MARI ROTH

NICO

Die Sängerin der Nacht

Sie ist Warhols Muse, aber erst
in der Liebe zu Jim Morrison
findet sie ihre Stimme

Roman

W0369495

aufbau taschenbuch

MIX
Papier aus verantwortungsvollen Quellen
FSC® C083411
www.fsc.org

ISBN 978-3-7466-1332-1

Aufbau Taschenbuch ist eine Marke
der Aufbau Verlage GmbH & Co. KG

1. Auflage 2021
© Aufbau Verlage GmbH & Co. KG, Berlin 2021
Satz Greiner & Reichel, Köln
Druck und Binden CPI books GmbH, Leck, Germany
Printed in Germany

www.aufbau-verlage.de

»Lass mich siegen, lass mich sterben
Lass mich lieben, lass mich fliegen.«

Nico, »Reich der Träume«

Prolog

Ibiza 1988

Er saß an der Bar, als sie hereinkam. Er erkannte sie sofort; ihr zerzaustes schwarz gefärbtes Haar; ihre eleganten Bewegungen, wie sie auf einen Barhocker ganz am Eingang glitt. Diese Frau war es gewohnt, in Bars zu gehen, und jede ihrer Gesten sagte: Glotzt nicht so, Leute! Ihr interessiert mich nicht.

Sie bestellte in schlechtem Spanisch einen Whisky, den Juan, der Barkeeper, ihr sogleich brachte. Die beiden nickten sich zu. Sie trank, lächelte kurz vor sich hin und schob Juan dann das Glas wieder zurück. Refill, hieß diese Geste, die sofort verstanden wurde. Es war halb zwölf, nicht einmal Mittag, für die meisten gewöhnlichen Menschen nicht die richtige Zeit für einen Drink. Aber sie war kein gewöhnlicher Mensch, das konnte jeder auf Anhieb sehen.

Sie schlug die Beine übereinander, sie trug einen weiten schwarzen Rock, ihre Jacke und die Bluse darunter waren gleichfalls schwarz, die Kleidung war geschmackvoll, zugleich wirkte sie, als würde sich ihre Trägerin nicht viel daraus machen. Die Frau saß da, trank ihren zweiten Drink nicht sofort, sondern blickte vor sich hin. Wie jemand, der sich erinnert, dachte er, oder nach Worten sucht, bestimmten Worten, die sich zu einem Lied oder einem Gedicht zusammensetzen.

Er hatte sie vor zwei Jahren in Manchester auf der Bühne gesehen. Damals hatte er bei einem Freund gewohnt und gedacht, er könnte einen Roman über einen Musiker und die Songs der sechziger Jahre schreiben, über die Beatles, die Rolling Stones, aber über ein paar erste Seiten, die ziemlich blutleer geblieben waren, war er nicht hinausgekommen. Stattdessen hatte er dann einen Thriller über einen Serienkiller übersetzt, der tagsüber Lehrer war und nachts blonden Frauen nachstellte. Jekyll und Hyde in der hundertsten Fassung, mühselig und langweilig.

»Wir müssen uns Nico ansehen. Sie gibt heute Abend ein Konzert«, hatte sein Freund gesagt.

Er hatte ihn nur fragend angeschaut.

»Nico von Velvet Underground – der Band, die Andy Warhol gegründet hat … oder so ähnlich.«

Mühsam hatte er sich zu erinnern versucht. Klar, er kannte Lou Reed, John Cale, und da war diese Frau gewesen, diese blonde kalte Schönheit aus Deutschland. Nico.

Das Konzert fand in einer alten Fabrikhalle statt; es war feucht und zugig, und ein paar Fenster waren eingeschlagen. Das Publikum schien in erster Linie aus älteren Punks zu bestehen. Etwa zweihundert Leute waren gekommen, alle mit einer Bierflasche in der Hand. Ihnen schien es nichts auszumachen, dass sie warten mussten und sich auf der schmalen, kaum erleuchteten Bühne nichts tat. Um acht sollte die Show beginnen. Es wurde halb neun, dann neun. Gegen halb zehn schlichen vier Musiker ohne Blick und Gruß auf die Bühne. Sie mussten ihre Instrumente noch stimmen und taten das ohne jede Eile; ein Schlagzeug dröhnte, die Gitarre jaulte auf, jemand, der wie ein Schuljunge aussah, setzte sich an ein Keyboard.

Und dann kam sie, wie aus dem Nichts, aus der Nacht gefallen, eine ganz in Schwarz gekleidete Frau mit einer Zigarette in der einen Hand, einem Bier in der anderen. Sie beugte sich zum Mikrophon vor, hauchte etwas, vielleicht eine Begrüßung, ein knappes »Welcome«. Dann starrte sie ein paar Atemzüge lang ins Publikum, mit unbewegter Miene, bevor sie zu singen begann, nein, singen war das falsche Wort: Sie stieß Klänge aus, die vielleicht eine Bedeutung hatten, vielleicht auch nicht, eine dunkle Schamanin, die ganz ihren eigenen Rhythmus pflegte; sie achtete nicht auf die Band und zwang ihre Musiker, ihr zu folgen, was nicht immer gelang. Aber selbst wenn Stimme und Sound der Instrumente nicht zusammenpassten, wob sich doch alles zu einem Teppich aus Klängen, der einzigartig war. Diese Frau hatte nichts ausgelassen, wie jedem mit einem Blick klar wurde, sie stand mit einem Bein schon auf einer anderen Seite, jener, die Normalsterblichen verschlossen bliebe. Vielleicht machte das ihre Faszination aus. Vielleicht nahm das Publikum es deshalb hin, dass sie plötzlich schwieg, eine Minute, zwei Minuten lang. Trotzdem waren die Leute völlig gebannt. Diese Frau war keine Sängerin, keine Schauspielerin, sie war eine rätselhafte Ikone, die ihre Ahnungen von Dunkelheit, Liebe und Verderben wie schwarze Kristalle über ihr Publikum warf.

Hinterher besorgte er sich tatsächlich eine Schallplatte von Nico. »Camera Obscura«, das Album, das 1985, ein Jahr vor dem Konzert, erschienen war, doch die Faszination des Liveauftritts hatte sich beim Hören nicht eingestellt. Diese Musik war ihm nur dumpf und dunkel vorgekommen.

»Pass auf, dass du vom Glotzen keinen Herzstillstand kriegst.« Nico hatte sich zu ihm umgewandt. Ihre dunklen Augen blitzten ihn an. Sie hatte ihn auf Deutsch angesprochen, registrierte er überrascht.

»Sorry. War in Gedanken«, erwiderte er wie ertappt. Er griff nach dem Bier vor sich. »Ich habe dich einmal im Konzert gesehen, Manchester, vor zwei Jahren. War cool.«

»Cool!« Sie wiederholte das Wort geringschätzig. »Ich bin noch nie in Manchester aufgetreten. Überhaupt noch niemals irgendwo aufgetreten. Du musst mich verwechseln.«

»Klar«, sagte er. Sie wollte spielen, das drückte ihr Tonfall aus. »Wieso hast du gewusst, dass ich aus Deutschland komme – so wie du?«

»Ich bin keine Deutsche«, sagte sie. Sie nahm eine Zigarette hervor. Juan sprang heran, um ihr Feuer zu geben. Geziert inhalierte sie und blies den Rauch langsam wie in einem Ritual gegen die Decke. »Menschen aus dem Nibelungenland erkenne ich zehn Meilen gegen den Wind. So geduckt hocken sie da, den Kopf eingezogen, beobachten und zählen. Deutsche zählen alles, ihre Welt besteht aus Zahlen, am liebsten zählen sie Tote und Geld.« Mit der linken Hand griff sie nach ihrem Glas, sie trank einen knappen Schluck.

Ihre Bewegungen, die Art, wie sie sich mit der Zunge über die Lippe fuhr, zeugten davon, wie schön sie einmal gewesen war. Das erste deutsche Supermodel, das Paris und New York erobert hatte, die schönste Frau der Welt. Es war eine Weile her. Nun hatten die Drogen ihre Spuren hinterlassen, aber faszinierend war sie noch immer.

»Ich zähle keine Toten«, sagte er. »Manchmal zähle ich Geld. Wenn ich keins mehr habe, dann …«

»Was bist du?« Sie wandte sich wieder zu ihm um. Licht fiel auf ihr Gesicht, ihre Augen. Ein wenig Interesse war da nun zu lesen.

»Ich bin Schriftsteller, das heißt, im Moment übersetze ich eher. Mein erster Roman … verkauft sich nicht besonders.« Dass sein Roman nie fertig geworden war, brauchte sie nicht zu wissen.

Sie lachte dunkel auf. »Deshalb hockst du hier und starrst fremde Frauen an?«

»Ja«, sagte er. »Das Konzert war übrigens gut, auch wenn dein Gitarrist fast von der Bühne gefallen wäre.«

»Er war high – high und betrunken von zu viel Bier«, sagte sie. »Waren wir alle. Deshalb waren wir ja so gut, haben die Kälte nicht gespürt. Meistens ist es kalt bei meinen Auftritten. War eine Scheißtour – hat auch nicht viel eingebracht. Mein Manager hat es versaut.«

»Trittst du hier auf Ibiza auf?«, fragte er und widerstand der Versuchung, einen Barhocker aufzurücken, um ihr näher zu kommen.

Sie schüttelte den Kopf, dann rauchte sie wieder und umfasste ihr halb volles Glas. Sie starrte vor sich hin, als wären ihre Augen auf der Suche nach etwas, das es nicht gab, nicht mehr gab oder vielleicht noch nie gegeben hatte.

Drei Männer kamen lärmend herein, warmes Licht fiel durch die Tür, doch Nico beachtete sie gar nicht. Sie war wie in einen Dämmerschlaf gesunken.

Das Gespräch ist wohl zu Ende, dachte er. Meine fünf Minuten mit der Frau namens Nico.

Dann, während er noch nach ein paar Münzen kramte, um sie auf den Tresen zu werfen und zu gehen, wandte sie sich wieder zu ihm um. Ihr Mund formte ein O, als würde gleich ein Laut der Überraschung über ihre Lippen kommen. Ihre Augen waren nun weit offen.

»Du kannst also mit Worten umgehen«, sagte sie, als wäre ihr Gespräch niemals unterbrochen worden.

Er nickte. »Denke schon.«

»Ich will einen Roman schreiben«, sagte sie. »Über mein Leben. Wenn du so gut bist, wie du tust, kannst du mir helfen. Es muss aber gut werden. Ich will das Buch David Bowie geben, damit er es liest und ein Album mit mir macht. Ich brauche ihn als Producer. Unbedingt. Ich habe ein paar Songs im Kopf, für die ich die richtigen Leute brauche. Leute wie Bowie.«

Das ist ein Scherz, dachte er erst, dann sah er ihr Gesicht, die laute Aufforderung in ihren Augen.

Er streckte ihr die rechte Hand hin. »Ich bin Reno«, sagte er. »Aus Hamburg … Ach, es ist eigentlich egal, woher ich komme … Ich bin dein Mann.«

Sie griff nach seiner Hand und drückte sie überraschend kräftig, dann lächelte sie so, dass er ihre schlechten Zähne sehen konnte. »Mein Mann?«, hauchte sie belustigt. »Ich brauche keinen Mann – ich brauche nur jemanden, der was aufschreibt und mir nicht auf die Nerven geht.«

So hatte es vor vier Wochen angefangen. In Juans Bar hatten sie sich hinten in einer Ecke eingerichtet. Beinahe jeden Tag war Nico gekommen, immer gegen halb zwölf. Sie hatte zwei, drei Stunden geredet, und er hatte sich Notizen gemacht. Es war ihm nicht immer leichtgefallen, ihren Gedanken zu folgen, auch ihre Launen hatten brüsk gewechselt. Mal hatte sie unaufhörlich geredet, von ihrer Mutter, von Berlin, New York, von Lou und Andy und von Jim, ihrem Seelenbruder, mit Vorliebe von Jim. Dann wieder war sie in Schweigen verfallen, wie in einen Schlaf, aus dem man sie besser nicht weckte, und einmal hatte sie sogar zu weinen begonnen, ganz leise und ruhig, ein Strom langsamer Tränen. Er hatte nicht begriffen, warum; sie hatte von Gleisen gesprochen, von einem Mann, den sie nur A. nannte, von ihrem Sohn Ari, dann hatte sie geschluchzt und mit einer heftigen Bewegung die zwei Gläser Whisky vor sich vom Tisch geschleudert, die krachend auf dem Boden zerborsten waren. Später wieder hatte sie ihn umarmt und ihm, als wären sie ein Liebespaar, seinen Namen ins Ohr geflüstert, wie eine Verheißung, als könnte ihr nächstes Treffen in einem Zimmer über der Bar enden.

Heute, am 17. Juli 1988, wollte er ihr die ersten Kapitel vorlesen. Daran hatte er noch in der letzten Nacht gearbeitet. Auch wenn die Sache mit David Bowie garantiert nicht mehr als ein Hirngespinst war; eines stimmte, das Buch sollte gut werden, und irgendwie, ja, konnte er sich dieser seltsamen, dunklen Frau nicht mehr entziehen und wollte sie – zumindest für ein paar Momente – glücklich sehen.

Er trank schon sein zweites Bier; es war fast dreizehn Uhr.

Die Bar füllte sich. Nico war immer für eine Überraschung gut. Sie nehme längst keine harten Sachen mehr, hatte sie ihm gesagt, sie sei überhaupt viel ausgeglichener und zuverlässiger geworden, jetzt, wo ihr Sohn auch auf der Insel sei, und sie würde über neue Songs nachdenken und viel an ihrem Harmonium üben. Warum kam sie ausgerechnet heute nicht? Hatte sie Angst vor dem, was in dem Buch stehen würde? Vor dem, was sie ihm alles erzählt hatte? Er spürte, wie er nervös wurde. Er hatte nur eine Ahnung, wo sie auf der Insel wohnte. Irgendein Haus von Freunden in den Bergen, ein paar Kilometer außerhalb, hatte sie einmal erwähnt. Sollte er ihr entgegengehen, sie suchen? Jedes Mal war sie mit dem Fahrrad gekommen und hatte es an einem Laternenpfahl vor der Bar angeschlossen. Aber es würde ihr nicht gefallen, wenn er sie in ihrem Haus aufsuchen würde. Zumal sie ihm nicht verraten hatte, wo genau es lag, aber sie kannte die Insel. Sie war seit den fünfziger Jahren immer wieder auf Ibiza gewesen. Ihre Mutter hatte hier gelebt.

Gegen vierzehn Uhr zahlte er, nickte Juan zu und machte sich auf den Weg.

Es ist nicht wahrscheinlich, dass ich sie finde, dachte er, eher findet sie mich.

Dann ging er Richtung Hafen, das Manuskript mit ihrer Geschichte in einer schmalen Ledertasche, die er auf dem Hippiemarkt gekauft hatte, unter dem Arm.

Erster Teil

Berlin 1945

1. Kapitel

Sie hörte die Züge, Tag und Nacht schienen sie hinter dem Haus in Richtung Horizont zu rumpeln.

»Christa«, hatte ihre Großmutter ihr gesagt, nachdem sie aus Berlin nach Lübbenau gekommen war, und sie hatte, als wollte sie ihre Worte unterstreichen, die kleine Hand ihrer Enkelin genommen, »du darfst nicht über die Schienen laufen, niemals. Jeden Moment kann ein Zug kommen.« Dann, als Christa nickte, um zu zeigen, dass sie längst begriffen hatte, dass Züge gefährlich waren, fuhr sie fort: »Dein Opi ist ein wichtiger Mann. Er stellt die Weichen, er sorgt dafür, dass alle Züge an ihr Ziel kommen. Deshalb dürfen wir in diesem schönen großen Haus wohnen.«

Trotzdem legte Christa am nächsten Tag ihren Kopf auf die Schienen, spürte das kalte Eisen und lauschte.

Ulli, ihr Cousin, der auch sechs Jahre alt war, lachte sie aus. »Was tust du da?«

Sie rührte sich nicht. Konnte sie einen Zug hören? Vibrierte das Eisen an ihrem Ohr deshalb?

Ulli warf einen Stein auf die Schienen, knapp an ihrem Kopf vorbei.

»Ich höre den Zügen nach«, sagte sie leise.

Auf dem ersten Zug, den sie sah und der ganz langsam an ihrem Haus vorbeirollte, stand ein dunkelgrünes Ungetüm mit einem langen Rohr – wie ein schlafendes Tier aus Metall wirkte es, interessant und auch ein wenig furchterregend.

Sie lief ein Stück mit, um das Ungetüm genauer betrachten zu können, doch wieder sprang Ulli an ihre Seite. Er war immer neugierig, fragte sie ständig, was sie dachte, als hätte er keine eigenen Gedanken im Kopf.

Sie streckte ihre Hand aus, um das Eisending zu streicheln, und er stellte ihr ein Bein, so dass sie hinfiel und sich ihre weiße Strumpfhose aufschlug. Blut sickerte durch das Loch aus ihrem Knie, der Anblick des durchlöcherten Stoffs war schlimmer als der Schmerz.

Später, als sie ihrer Mutter gestehen musste, was passiert war, lachte Ulli noch immer. »Christa hat einen Panzer gestreichelt, dabei ist sie hingefallen und hat ihre Strumpfhose kaputt gemacht.«

Der zweite Zug jagte ihr noch mehr Angst ein. Er blieb knirschend und dampfend stehen, und da waren Menschen, nein, es waren nur dunkle Menschenaugen, die sie durch Gitter anstarrten, die Blicke starr und traurig. Christa war wie gelähmt. Wieso waren Menschen in einem Zug eingesperrt? Der Zug, mit dem sie aus Berlin gekommen war, hatte Sitze und Fenster gehabt, durch die sie die Landschaft sehen konnte, Wiesen und einmal sogar einen breiten Fluss, auf dem ein Schiff trieb. Einzig das Fenster zu öffnen und sich hinauszulehnen, das hatte ihre Mutter ihr verboten.

Aus einem der Gitter ragte sogar eine Hand hervor, sie war klein und schmutzig; die Fingernägel waren abgebrochen und ein wenig blutig. Die Finger eines Kindes oder einer sehr jungen Frau. Die Lokomotive stieß einen schrillen Pfiff aus, der Christa zusammenzucken ließ. Unwillkürlich griff sie in die Tasche ihrer Jacke und holte einen Apfel heraus. Als der Zug mit lautem Knirschen wieder anfuhr, legte sie den Apfel in die Hand hinein; sofort schlossen sich die kleinen schmutzigen Finger um die Frucht und verschwanden im Innern des Zuges.

Plötzlich war ihre Großmutter neben ihr und riss sie zurück, als hätte sie Angst, dass Christa unter den Zug geraten könnte.

»Kind, was tust du?«, stieß sie beinahe panisch hervor.

Christa sah der Stelle nach, wo eben die Hand gewesen war. Sie war verschwunden und tauchte nicht mehr auf. »Was ist das für ein Zug?«, fragte sie, während ihre Großmutter sie ungewöhnlich energisch von dem Bahnsteig schob. »Warum gibt es da kein Fenster?«

»Es sind arme Menschen«, sagte ihre Großmutter leise. »Juden, die man in ein Lager bringt, aber nun müssen wir ins Haus und das Abendbrot machen, deine Mutter und dein Großvater kommen gleich.«

Für die Gutenachtgeschichte war jeden Abend, wenn er denn zu Hause war, ihr Großvater zuständig. Er kannte fast alle Märchen auswendig. »Frau Holle«, »Hänsel und Gretel« und ihre Lieblingsgeschichte »Aschenputtel«. Als Christa ihn am Abend fragte, ob er auch eine Geschichte mit Juden erzählen könne, schob ihr Großvater seine Brille nach oben, wie er es manchmal tat, wenn ihn etwas überraschte.

»Wie kommst du denn darauf?«

»Ich habe eine kleine Hand gesehen – an einem Zug«, erklärte sie ihm. »Das waren Juden im Zug.«

»Über Juden gibt es keine Geschichten«, sagte ihr Großvater darauf, der immer nach Tabak und Kaffee roch, den er den ganzen Tag trank. »Die Juden sind im Zug, weil sie in ein fernes Land gebracht werden, wo sie in einem eigenen Tal leben können. Aber du solltest nicht mehr so nah an die Züge herangehen«, sprach er mit seiner sonoren Stimme weiter, »weil ...« Dann verstummte er abrupt.

»Weil – warum?«, fragte sie, um ihm zu helfen.

»Weil es nicht gut ist«, sagte er und schob ihr die Bettdecke bis zur Nasenspitze. »Und jetzt erzähle ich die Geschichte von einem verwunschenen Frosch. Du weißt, dass es hier viele Frösche im Spreewald gibt. Im Sommer hört man sie ständig quaken. Du musst sehr aufpassen, es könnte ein sehr verzauberter dabei sein, der vielleicht ein Prinz ist und dich auf den Mund küssen will.«

Ein Zug hielt danach nie mehr hinter ihrem Haus, fast als würde ihr Großvater darauf achten, dass keiner stehen bliebe, um seine Enkelin zu erschrecken. Die meisten Züge waren nun auch nachts unterwegs. Christa hörte im Schlaf das Rumpeln und Rauschen; es zerschnitt ihre Träume und sorgte dafür, dass sie oft Angst davor hatte einzuschlafen.

Doch das lauteste Geräusch ihrer Kindheit – eine Art Schreckensmusik – war ein Grollen, das in der Nacht aus der Luft kam. Ein Flugzeug schien über das Haus hinwegzuschießen, dann erschütterte eine Explosion die Grundmauern, und ihre Mutter im Nebenzimmer schrie auf und stürzte auf die Straße. »Bomben!«, rief sie. »Das ist ja wie in Berlin.«

Auch Christa rannte hinaus, sie legte ihre Hand in die Hand

der Mutter, um sie zu beruhigen. Der Großvater sprach mit sanfter Stimme auf sie ein.

»Ich glaube, das war ein Flugzeug von uns – es hat eine Bombe verloren. Mehr ist nicht passiert.«

Am nächsten Tag konnte sie mit Ulli ein tiefes Loch im Wald erkunden. Entwurzelte Bäume lagen da, und die Erde war aufgerissen, als hätte ein Riese versucht, etwas auszugraben.

Ulli fand ein paar Vogelfedern und legte sie ihr in die Hand.

»Warum hast du eigentlich keinen Vater?«, fragte er. »Jeder hat einen Vater, auch wenn er im Krieg ist. Nur du nicht.«

Sie war kurz davor, wütend zu werden und mit den Füßen aufzustampfen, doch dann würden ihre schwarzen Lackschuhe schmutzig werden.

»Mein Vater ist ein Spion«, sagte sie. »Deshalb lebt er nicht mehr. Er war in der Türkei ein Spion.« Sie wusste nicht mehr genau, woher sie diese Erklärung hatte, doch sie gefiel ihr. Sie hatte auch keine Ahnung, was die Worte bedeuteten. Später, als sie ins erste Schuljahr kam, überlegte sie sich noch mehr Erklärungen, warum sie keinen Vater hatte, nicht mal einen, der Soldat war. Mein Vater ist mit einem Fallschirm weggeflogen; mein Vater ist mit einem Schiff untergegangen.

In Wahrheit aber wusste sie, dass ihr Vater in Köln gelebt hatte, wo sie auch geboren war, und sie und ihre Mutter nicht hatte sehen wollen; deshalb und weil ihm jemand in den Kopf geschossen hatte, als er schon schwer verwundet war, weinte ihre Mutter manchmal leise. Grete meinte, dass Christa es nicht mitbekäme, aber sie hörte es genau; sie hörte auch, wenn ihre Mutter sich bei ihrer Tante Helma beklagte. »Die Päffgens sind mit ihrem Bier stinkreich geworden, aber sie schicken uns nichts, keine müde Mark. Selbst die Hochzeit musste Wilhelm annullieren.«

»Dabei sind sie doch katholisch und rennen jeden Sonntag in die Kirche. Und was ist mit Christa?«, meinte Tante Helma. »Sie müssen doch stolz auf eine so hübsche Enkeltochter sein.«

»Christa interessiert sie nicht«, entgegnete Grete.

Christa interessiert sie nicht. Diesen Satz wollte Christa sich merken, aber eigentlich merkte sie sich viel lieber, dass Tante Helma sie »hübsch« genannt hatte.

Selbst ihrer Lehrerin Frau Karsunke gefiel ihr schönes blondes Haar. »Es ist gefällig, wie schön du dein Haar immer geflochten hast«, sagte sie oft im Unterricht. »Das würde auch der Führer mögen.«

Christa machte dann einen leichten Knicks, doch insgeheim lachte sie über Frau Karsunke und deren Sprache – »gefällig« und »Führer«.

Ihr Großvater sprach das Wort »Führer« neuerdings anders aus; dunkler, zischender. Abends, als er glaubte, Ulli und sie seien schon ins Bett gegangen, holte er im Wohnzimmer aus einer Holzkiste einen Apparat hervor, mit dem man Musik und Nachrichten hören konnte. Die Worte wurden sehr genau und ernst ausgesprochen. Von Soldaten war die Rede, von Verlusten, von Flugzeugen und dem Führer, der krank geworden sei, hörte Christa, wenn sie noch einmal zur Tür schlich und sie leise öffnete. Ulli interessierte sich nicht für die Geheimnisse der Erwachsenen, doch sie dafür umso mehr. Je älter ein Erwachsener war, desto mehr Geheimnisse schien er zu haben. Nein, das stimmte nicht ganz; ihre Großmutter Bertha hatte weniger Geheimnisse als ihre Mutter Grete. Die meisten Geheimnisse aber hatte eindeutig ihr Opi: Er begann, Lebensmittel zu verstecken; Dosen verbarg er in einer Kiste im Schuppen, und er las in einem dicken Buch und sprach dann fremdländische Worte vor sich hin. Als Christa ihn dabei entdeckte, lächelte er und meinte: »Man muss immer vorbereitet sein, liebes Fräuleinchen. Ich muss meine Kenntnisse auffrischen. Wenn die Russen kommen, kann ich sie in ihrer Sprache anreden. Dann tun sie uns nichts.«

Die Großmutter wollte nicht, dass Opi abends seine Kiste herausholte und den Stimmen zuhörte, die daraus drangen. »Das ist gefährlich«, sagte sie. »Du bringst uns in Teufels Küche, und außerdem hat der Führer eine Wunderwaffe – wirst sehen!«

»Wunderwaffe!« Der Großvater schnaufte, wie er es oft tat, wenn ihm irgendetwas nicht gefiel. »Das ist alles Wahnsinn, Bertha, glaub mir. Ich bin froh, wenn der Spuk endlich vorbei ist.«

Die Züge am Abend oder nachts wurden weniger. Bald fuhr nur hin und wieder einer, stattdessen nahm Christa in der Dunkelheit manchmal ganz nah laute Motoren wahr, oder zumindest bildete sie es sich ein. Jedenfalls wurden die Erwachsenen immer stiller und unglücklicher; so war ihre Mutter gewesen, bevor sie beide aus Berlin nach Lübbenau gekommen waren. »In Lübbenau gibt es immer etwas zu essen«, hatte sie gesagt, »Und es gibt keine Bomben und keine Russen.«

Einzig Ulli wurde nicht stiller, im Gegenteil, er schnappte ständig Dinge von Panzern und Flugzeugen auf, wie schnell sie waren, wie gut sie schießen konnten, solche Sachen, die er unbedingt an sie weitergeben wollte. Er fragte sie danach, nur um klüger als sie dazustehen. Oder er wollte wissen, wenn sie in dem Bombenkrater saßen, was sie einmal werden wolle, wenn der Krieg vorbei sei. Diese Formulierung hatte er von den Erwachsenen übernommen. »Grete, was tun wir, wenn der Krieg vorbei ist?«

Ihre Mutter hatte keine Antwort darauf, aber Christa hatte eine Antwort. »Ich will Ballerina werden«, sagte sie zu Ulli. Das Wort »Ballerina« hatte ihre Mutter einmal gesagt, es war ein schönes, rundes Wort, das gut auf der Zunge lag und das jeden überraschte, der es zu hören bekam.

Einen Ort jedoch gab es, zu dem er ihr nie hinterherlief. Dahin zog sie sich oft zurück: den Friedhof. Es gab keinen ruhigeren Ort; hier konnte sie alles tun, was ihr gefiel: sich auf eine Bank setzen und ihr Haar kämmen, lesen üben, indem sie die Namen auf dem Grabstein vor sich hin buchstabierte, oder sie schaute einfach in die Bäume und stellte sich Dinge vor – wie sie sang und wie sie dabei ihre Hände ausbreitete und ihr langes blondes Haar fliegen ließ. Manchmal kam auch ein anderes Mädchen dazu – die stille Frieda, die Tochter des Totengräbers, die alle Grabsteine kannte und mit der sie im Winter auf den zugefrorenen Fließen Schlittschuh laufen ging.

Im April, als die Tage wieder länger wurden und sie endlich nicht mehr ihre dickste Strumpfhose anziehen musste, geschah dann etwas Besonderes. Die Erwachsenen waren immer schweigsamer geworden, und plötzlich fuhr so ein Ungetüm, wie sie es auf dem Zug gesehen hatte und fast gestreichelt hätte, dröhnend in den Ort.

»Die Russen sind da«, sagte der Großvater. Er zog sich eine Mütze auf, seufzte laut und sah dann alle der Reihe nach an; erst Bertha, seine Frau, dann seine Töchter Grete und Helma und ganz zuletzt Ulli und sie. Ihr zwinkerte er sogar zu und zwang sich zu einem Lächeln. Schließlich ging er hinaus, genau auf das grüne Ungetüm zu, das sich mit seinem riesigen Rohr einmal um sich selbst gedreht hatte und nun den Großvater ins Visier nahm.

Der Großvater zögerte nur kurz, dann zog er sich in einer hektischen Bewegung die Mütze vom Kopf, winkte und rief etwas in der fremden Sprache, die er mit dem dicken Buch geübt hatte.

»Bald ist er aus – der Krieg«, flüsterte Omi Bertha, ohne ihren Mann aus den Augen zu lassen, doch Christa beobachtete genau, wie ihr, während sie das sagte, zwei große gläserne Tränen über die Wange rollten.

2. Kapitel

Christa war ein Name, der ihr nicht gefiel – auch Päffgen nicht. In der Schule sagte einmal ein Lehrer zu ihr, der sie nicht mochte: »Päffgen heißt kleiner Pfaffe – ein Pfaffe ist ein Priester. Bist du so ein Kind?«

Sie dachte sich gern andere Namen aus, um sich davonzuträumen; und überhaupt begann sie oft und mit Vorliebe die Augen zu schließen. Denn manche Dinge hätte sie lieber nicht gesehen. In einem kalten rumpelnden Zug, der keine Fenster hatte und sie nach Berlin zurückbringen sollte, sah sie ihren ersten Toten. Der Zug holperte langsam, als müsse er sich seinen Weg erst suchen, und da lag dieser Mann in einer grünen Uniform auf einem Feldweg mitten in einer Pfütze. Seine Beine waren verdreht, sein Gesicht ins Wasser getaucht, als hätte er trinken wollen.

Christa bemerkte, wie sie erschrak; sie hatte das Gefühl, ein Stromstoß würde durch ihren Körper zucken, und dann schloss sie die Augen. Doch das Bild brannte nach, bevor es in die Dunkelheit kippte und verschwand.

So ähnlich hätte sie es am liebsten auch mit den Ruinen in Berlin gemacht, doch es waren zu viele, eigentlich gab es nur Ruinen, und sie konnte nicht den ganzen Tag die Augen schließen.

Es roch nach Feuer, als sie in Berlin durch die Straßen liefen. Fast kein Haus stand mehr. Ihre Mutter hielt ihre Hand, umklammerte sie förmlich. Mitunter meinte Christa, ein leises Schluchzen von ihr zu hören.

»Mein Gott«, stammelte ihre Mutter. »Großer Gott – es ist ja alles kaputt!«

Doch es gab auch Wunder – kleine Wunder inmitten all der Trümmer. Ihr Haus in der Nürnberger Straße stand noch; sie konnten eineinhalb Zimmer beziehen, mit einem Bett und einem Tisch, sogar kochen konnte Grete auf ihrem alten Herd. Die Toilette war auf dem Gang. »Aber wir haben ein Dach über dem Kopf«, sagte ihre Mutter.

Am ersten Abend zündeten sie eine Kerze an; der Strom war abgeschaltet; jedenfalls funktionierte er nicht.

»Christa«, sagte ihre Mutter; sie lächelte über der Kerze, ihr Schatten flackerte an der Wand, »du bist das Schönste in meinem Leben. Und um Schönheit geht es, Schönheit und Musik. Solche Dinge …« Sie machte eine wedelnde Handbewegung, als wollte sie eine Fliege verscheuchen, und die Kerze geriet ins Flackern und malte andere Schatten an die Wand. »Und solange wir aufeinander aufpassen, kann uns nichts passieren, nicht wahr?«

Christa nickte. Es gefiel ihr, wenn die Mutter so ernst und feierlich mit ihr redete.

Am nächsten Tag gingen sie beide auf den Schwarzmarkt. Zwischen den Ruinen standen Leute zusammen, sie rauchten, oder sie hatten kleine Handwagen bei sich, auf denen sie Dinge parat hielten, Geschirr, Flaschen, Kleidung.

»Zigaretten«, sagte ihre Mutter. »Zigaretten sind das Wichtigste. Wer Zigaretten hat, überlebt. Zwanzig Zigaretten sind ein Vermögen.« Sie lächelte dabei und zeigte ein Etui, das voller Zigaretten war; weiß und stolz lagen sie beieinander.

An der Hand ging Christa mit, an Männern in langen Mänteln vorbei, die sie dunkel anschauten, manchmal lächelten sie auch, allerdings ohne Freude auszustrahlen. Die Mutter wusste mit diesen Männern umzugehen, abends hatte sie eine Nähmaschine besorgt, ein schwarzes glänzendes Ding.

»Damit«, sagte Grete mit wirklichem Enthusiasmus in der Stimme, »beginnt unser Geschäft – unsere Schneiderei.«

Die Nähmaschine war jedoch so schwer, dass sie immer wieder haltmachen mussten. Sie gingen an Trümmern vorbei, die sich zu Bergen auftürmten; man konnte Rohre sehen, kaputte Fliesen, grobe rissige Steine, und mitunter stank es auch; ein Gestank, der in die Nase stach und so schlimm war, dass Christa glaubte, ihr Essen hervorwürgen zu müssen. Dann zog ihre Mutter sie schnell weiter. »Hier sind zu viele Menschen gestorben«, stieß sie hervor und zerrte Christa hastig weiter.

Als sie die Nürnberger Straße beinahe erreicht hatten, hielt ein grünes Auto neben ihnen; ein Mann sprang heraus, er war groß, trug eine grüne Uniform, und er war Schwarz, ja, er hatte eine schwarze glänzende Haut, wie Christa sie noch nie gesehen hatte. Der Mann kam auf sie zu, und selbst ihre Mutter neben ihr zuckte zusammen und ließ für einen Moment ihre Hand los. Er sagte etwas zu ihr, in einer anderen samtenen Sprache, die Worte rollten ihm über die Lippen, er schob ein Lächeln nach, das weiße Zähne entblößte, als er begriff, dass sie ihn nicht verstand.

Christa nickte, sie wollte freundlich sein, und so richtig Angst hatte sie gar nicht.

Dann griff der Mann in seine Tasche und hielt ihr etwas hin, ein Stück Papier, nein, darin war etwas verpackt. Sie konnte schon ein wenig lesen, aber das Wort ergab keinen Sinn, wie sie es sich zusammensetzte: *Hershey's*.

Der Mann lächelte noch breiter und bewegte das Papier, so dass es zu rascheln begann.

»Schokolade«, sagte ihre Mutter atemlos. »Dieser Ami schenkt dir Schokolade, weil du so hübsch bist, Christa.«

Tante Helma und Ulli waren auch zurück in die Stadt gezogen, aber Christas Mutter und sie schafften es, sich besser einzurichten. Grete baute die Nähmaschine in der Küche auf. Bald begannen Frauen zu kommen mit Stoffen unter dem Arm, oder ihre Mutter besorgte auf dem Schwarzmarkt selbst welche, um Hosen und Kleider zu nähen. Gelegentlich brachte sie sogar Blumen mit und stellte sie auf den einzigen Schrank, den sie besaßen; am liebsten gelbe Blumen, die dufteten, damit sich kein Gestank in ihrer Wohnung breitmachen konnte.

Auch die Schule begann wieder; dreißig Kinder saßen in zu engen Bänken, und Christa fiel auf, dass sie die meisten nicht mochte. Plötzlich musste sie an Frieda denken, die Tochter des Totengräbers in Lübbenau. Damals war es ihr nicht so vorgekommen, aber nun wusste sie, dass Frieda ihre Freundin gewesen war. Sie hatte auf dem Friedhof nicht viel geredet, hatte Christa ihre glänzenden Murmeln gezeigt oder leise gesungen mit einer klaren Stimme, die bis in die Bäume hinaufstieg. »Die

Gedanken sind frei«, war ein Lied gewesen, das Frieda gekannt hatte, oder ein Kirchenlied: »Vom Himmel hoch, da komm ich her.«

In Berlin begann ihre Mutter auch wieder zu singen. Eines Tages kam sie mit einem Grammophon nach Hause.

»Nun, Christa«, sagte sie, »machen wir es uns gemütlich, wir beide.«

Anfangs hatten sie nur eine Platte, die den ganzen Tag lief, und ihre Mutter sang immer mit, selbst wenn sie noch so sehr in ihre Arbeit an der Nähmaschine vertieft war. Die Frau, die auf der Platte sang, hatte eine wunderschöne tiefe Stimme, sie rollte das R auf eine besondere Art und Weise und schmetterte jedes Wort heraus, dass es bedeutsam klang. »Ich weiß, es wirrrrd einmal ein Wunderrrr geschehen.«

»Zarah Leander«, sagte ihre Mutter, »sie war immer ein Trost für mich. Wenn ich die Augen zumache, sehe ich sie auf der Bühne … in einem Film. Da ist ein Vorhang, der sich langsam öffnet, und da steht sie, in einem schneeweißen Kleid. Diamanten funkeln in ihrem schwarzen Haar, ihre Lippen leuchten, sie ist wunderschön, und sie öffnet den Mund und singt dann: ›Wenn ich nicht in meinem Herzen wüsste, dass du einmal zu mir sagst: Ich liebe dich. Dann wäre das Leben ohne Sinn für mich.‹«

»Kann ich den Film auch einmal sehen?«, fragte sie ihre Mutter. Es gefiel ihr, wenn ihre Mutter so freundlich und zufrieden war.

»Ja«, sagte sie, »aber wir tun noch etwas anderes. Das große schöne Opernhaus unter den Linden ist zerbombt worden, aber im Theater des Westens wird wieder gespielt. Ich kenne jemanden, der uns Karten besorgen wird. Da, Christa, stehen Menschen auf der Bühne und singen wirklich, direkt vor einem. Das ist noch besser, als in einem Film zu sitzen.«

In einem weißen, von der Mutter selbst genähten Kleid und in einer hellroten Strumpfhose durfte sie ihre Mutter begleiten. Als sie sich umsah, konnte sie keine Kinder entdecken, nur Frauen in langen Kleidern und hagere Männer in grauen Anzügen, die ernst, mit Augen, die tief in den Höhlen lagen, vor sich hin blickten.

»Es kann sein, dass der Saal nicht richtig beheizt ist«, sagte ihre Mutter ihr, »und vielleicht zieht es auch, aber wenn die Musik losgeht, ist das alles vergessen. Na, wirst sehen! Die Karten haben mich ein paar Zigaretten gekostet.«

Stolz setzten sie sich auf die mit Samt überzogenen Sitze. Als der Vorhang sich öffnete und die Musik losspielte, hätte Christa beinahe einen Schrecken bekommen; Töne schienen sie zu überfluten; da spielten Geigen, nicht zwei, nicht drei, es klang, als wären es Hunderte. Sie machte sich kleiner auf ihrem Sitz und schloss die Augen. Dann wurde die Musik noch lauter, später wurde auch gesungen, nicht auf Italienisch wie meistens, hatte ihre Mutter ihr erklärt. Beethoven, der Komponist, sei ein Deutscher, deshalb würden die Sängerinnen und Sänger deutsch singen. Christa konnte trotzdem nichts verstehen. Auch von der Handlung begriff sie nichts; da war eine Frau, die jemanden, der gefangen war, befreien wollte. Ja, ungefähr darum musste es gehen. Sie verstand jedoch, warum ihre Mutter so voller Vorfreude gewesen war. Das, was da auf der Bühne geschah, wie die Menschen in bunten Kostümen hin und her liefen und sangen, hatte nichts mit dem grauen Leben zwischen den Trümmern zu tun.

Und so war ihre Mutter viel fröhlicher, als sie nach der Vorstellung an einem Sonntagnachmittag von der Oper nach Hause liefen. »Zarah Leander gefällt mir aber noch besser«, sagte sie. »Wenn ich noch einmal richtig jung wäre, würde ich gern wie Zarah Leander sein.«

Auch die zweite Platte, die ihre Mutter kaufte, war von Zarah Leander. Sie hieß »Nur nicht aus Liebe weinen«, und einmal erwischte Christa ihre Mutter dabei, wie sie an ihrer Nähmaschine tatsächlich zu weinen begann und Tränen auf den roten Stoff vor ihr tropften. Sie begriff, dass es mit ihrem Vater zu tun haben musste: Wilhelm Päffgen. Als sie in die Wohnung eingezogen waren, hatte eine gerahmte Fotografie eines Mannes in Uniform auf dem Küchenschrank gestanden, doch war sie nach ein paar Tagen in einer Schublade verschwunden.

»Wilhelm war ein guter Mann«, sagte ihre Mutter, als Christa sich neben sie schob, ohne dass sie eine Frage hatte stellen müssen. »Und wenn seine Familie nicht gewesen wäre ... wer weiß ...« Ihre Mutter tupfte sich die Augen ab, während Zarah Leander unverdrossen weitersang und das R rollte – »... es gibt auf Errrden nicht nurrr den einen ...«

»Er hatte so gütige Augen, und er hatte wunderbar sanfte Hände. Darauf muss man bei Männern achten, Christa, auf die Augen und die Hände. Er wäre bestimmt stolz, wenn er sehen könnte, wie groß und schön du bist.«

»Warum ist er gestorben?« Christa wagte endlich, diese Frage zu stellen.

Ihre Mutter seufzte. »Was für eine Frage!«, sagte sie. »Warum sind all diese Männer gestorben? Man hat sie in Uniformen gesteckt und in die Welt hinausgeschickt. Ein böser, grausamer Mann hat das getan.« Sie wischte sich über das Gesicht und seufzte wieder. »Ein anderer Soldat hat auf deinen Vater geschossen. Er hat eine Kugel in den Kopf bekommen.«

In der Nacht konnte Christa nicht schlafen; immer musste sie sich vorstellen, wie es war, eine Kugel im Kopf zu haben, es musste ihrem Vater fürchterlich wehgetan haben, und dann hörte sie auch die Züge wieder, die in Lübbenau knirschend über die Schienen gerumpelt waren.

Im Frühling war Berlin erträglicher; da wuchs Gras aus manchen Ruinen; und wenn man nachts die halbe Treppe zur Toilette hinuntergehen musste, war es nicht so furchtbar kalt. In der Schule mochte man sie nicht; sie war größer als die anderen Mädchen, ihre Stimme klang anders, und nicht selten sah sie aus dem Fenster und träumte sich irgendwohin, hinaus aus dieser Ruinenstadt, wie auch ihre Mutter es tat, wenn sie Opern hörte. Das ärgerte die meisten Lehrer, insbesondere den Oberlehrer Wuppke, der durch die Reihen ging und mit Vorliebe Mädchen, die ihm unaufmerksam erschienen, an den Haaren zog. Bei Christa blieb er noch häufiger als bei anderen stehen.

»Na, mein BdM-Mädel, wieder keine Lust auf den Unterricht?«, zischte er ihr zu, und dann ruckte seine rechte Hand vor und kniff sie in die Wange, dass sie ganz blau wurde und wehtat.

Lehrer Wuppke hatte graue erloschene Augen, und sein rechtes Bein war steif. Vielleicht hatte er deshalb meistens schlechte Laune.

Irgendwann beschloss Christa, keine Angst vor ihm mehr zu haben; wie sie überhaupt niemals mehr Angst haben wollte. Schweigend ließ sie Wuppkes Attacken über sich ergehen und verriet auch ihrer Mutter nichts davon, dass sie viel häufiger von ihm malträtiert wurde als die anderen Mädchen in der Klasse.

In manchen Opern, die sie mit ihrer Mutter sah, wurde auch getanzt; dann trippelten schöne schlanke Frauen in engen Kostümen über die Bühne, oder sie trugen bauschige Röcke und warfen lachend oder singend ihre Beine in die Höhe.

Wenn sie manchmal allein zu Hause war, weil ihre Mutter auf dem Schwarzmarkt oder später, als es wieder richtiges Geld gab, in Geschäften neuen Stoff kaufen ging, holte Christa den Spiegel aus dem Bad und stellte ihn so auf, dass sie sich sehen konnte. Dann versuchte sie, die Schritte nachzumachen, die sie in der Oper gesehen hatte; Drehungen, bei denen ihr Haar flog, oder Pirouetten auf Zehenspitzen, was ziemlich schwierig war und mitunter schrecklich wehtat.

Als ihre Mutter sie einmal dabei überraschte, klatschte sie Applaus und lachte auf. »Christa, du bist eine richtige Ballerina.«

Ja, Ballerina hatte ihre Mutter gesagt, eines von Christas Lieblingswörtern.

Danach übten sie zusammen; ihre Mutter legte Musik auf und schlug auf dem Tisch den Rhythmus, nach dem Christa sich bewegen sollte.

»Du hast Talent!«, rief sie, wenn es ihr gefiel. »Nicht viele Mädchen können sich so bewegen wie du, Christa.«

Bald liefen die Geschäfte ihrer Mutter so gut, dass sie umziehen konnten: in eine größere Wohnung in der Regensburger Straße, in der es nicht so feucht war und muffig roch. Nun hatten sie zwei richtige Zimmer, und immer mehr Frauen kamen zu ihrer Mutter, um sich ein Kleid schneidern zu lassen. Grete kaufte sich auch einen anderen Plattenspieler, ein Gerät von Philips, dessen Deckel gleichzeitig der Lautsprecher war. Zarah Leanders Stimme klang nun noch voller und schöner.

Eines Tages, als Christa aus der Schule kam, saß ein Mann an ihrem Küchentisch. Er hatte dunkle Augen, die wie Knöpfe aussahen, und trug nur ein Unterhemd; man konnte buschige, schwarze Haare sehen, die an der Brust herauslugten. Er rauchte eine Zigarette.

»Ich bin Kurt«, sagte er und lächelte Christa an.

»Kurt ist der Fahrer vom Blumenladen«, erklärte ihre Mutter ganz verlegen. »Er schenkt mir manchmal Blumen.«

»Blumen und Zigaretten«, ergänzte Kurt und nickte.

Der fremde Mann war barfuß, erkannte Christa, aber an einem Fuß fehlten zwei Zehen, so dass er gar nicht menschlich aussah, sondern eher, als würde er zu einem Tier gehören.

»Ich habe Kartoffelsuppe gekocht«, sagte ihre Mutter ein wenig zu beflissen.

Sie aßen schweigend, danach zog Kurt ein hellblaues Hemd über, auf dem vorn ein schwarzer Fleck prangte, und dann ging er mit einem kurzen Gruß.

»Kurt war im Krieg«, sagte ihre Mutter, nachdem er gegangen war. »In Russland, da sind ihm die Zehen abgefroren, aber er ist noch rechtzeitig rausgekommen.«

Christa antwortete nichts darauf, doch am Abend meinte ihre Mutter, während sie noch an der Nähmaschine saß: »Kurt wird nicht mehr wiederkommen; das verspreche ich dir.«

»Aber warum? Von mir aus kann er uns ruhig wieder besuchen.« Christa betrachtete das beigefarbene Kleid, an dessen Ärmeln ihre Mutter Rüschen anbrachte.

»Er wird nicht mehr kommen«, wiederholte Grete. »Er hat dich komisch angesehen. So etwas gefällt mir nicht. Du musst dich vor Männern in Acht nehmen, die dich so ansehen, so lauernd und verschlagen, als würden sie dich ausziehen wollen.«

Ich bin elf, fast zwölf, wollte Christa antworten. Wer soll mich denn ausziehen wollen? Aber vielleicht stimmte es ja; vielleicht gab es Männer, die Mädchen wie sie ausziehen wollten.

Als würde ihre Mutter glauben, etwas wiedergutmachen zu müssen, meinte sie in der Woche darauf: »Ich habe eine Überraschung für dich – ich habe einen Termin bei einer berühmten Tanzlehrerin bekommen, bei Madame Gsovsky.« Ihre Mutter sprach den fremdländischen Namen so bedeutsam aus, als müsste Christa ihn kennen.

Sie gingen zu einem Haus in der Fasanenstraße, vorbei an kaputten Fassaden und Ruinen, aber ein, zwei Häuser waren schon wiederaufgebaut worden. »Madame Gsovsky ist eine

Russin, sie ist die berühmte Ballettmeisterin der Staatsoper. Wir müssen also ganz höflich sein.«

Eine kleine schlanke Frau, die ihre schwarzen Haare streng nach hinten gekämmt hatte, empfing sie in einem völlig leeren Raum, an dem rechts und links Spiegel angebracht waren. Als sie sich darin sah, bemerkte Christa verblüfft, dass sie nun genauso groß wie ihre Mutter war und dass sie eigentlich keine Ähnlichkeiten hatten – nur ihr blondes Haar.

Die Frau, die ihre Mutter Madame Gsovsky genannt hatte, machte mit der rechten Hand eine ausladende Bewegung, dann trat sie ganz nah an Christa heran und schaute ihr in die Augen, als wäre sie keine Tanzmeisterin, sondern eine Ärztin.

»Das ist meine Tochter Christa«, redete ihre Mutter los. »Ist sie nicht hübsch? Und sie kann so schön tanzen, und am liebsten ... am liebsten würde sie Ballerina an der Oper werden.«

»Ich verstehe«, sagte Madame Gsovsky in einem schweren Dialekt. Es klang, als würden ihr Kieselsteine aus dem Mund fallen. Dann legte sie Christa ihre kleine, aber muskulöse Hand auf die Schulter und drückte sie. »Bist wirklich schönes Mädchen, aber ...« Mit der rechten Hand steuerte sie Christa so, dass sie sich einmal um sich selbst drehte. Abrupt ließ Madame Gsovsky sie dann los und schritt tänzelnd, wobei sie einen Fuß genau vor den anderen setzte, in die Mitte des Raumes hinein, als müsste sie ein wenig Abstand zwischen sich und ihre Besucher bringen.

»Ich habe ein wenig Geld zurückgelegt«, redete Grete weiter. »Ich könnte den Unterricht also bezahlen, wirklich ... Das

Geld würde ich gern aufbringen … Und Christa ist auch musikalisch … Wir gehen, so oft wir können, in die Oper. Christa liebt Musik …«

Madame Gsovsky machte eine abrupte Geste, wie ein Dirigent, der seinem Orchester Ruhe befahl. Ihre braunen Augen funkelten. »Gnädige Frau«, sagte sie dann, und ihr voller roter Mund verzog sich zu einem schmerzhaften Lächeln, »Ihre schöne Tochter muss etwas anderes tun. Sie ist viel zu groß und auch schon viel zu alt für den Meisterunterricht.« Wieder schwang sie wie ein Dirigent vor dem Einsatz ihre Hände, wieder ein mattes Lächeln. »Zu mir kommen die Kinder mit vier oder fünf, dann kann ich sie formen, vielleicht …« Ihr Blick glitt nun an Christa und ihrer Mutter vorbei auf den Spiegel hinter ihnen, als wollte Madame Gsovsky sich am liebsten selbst betrachten. »Ihre Tochter ist doch bestimmt schon zwölf; mit zwölf wird man keine Ballerina mehr. Ich hatte mit drei Jahren meinen ersten Unterricht bei meiner Mutter.« So wie sie das Wort »Mutter« aussprach, musste Christa nicht an eine Person, sondern an dunkle, feuchte Erde denken. Madame Gsovsky rollte das R noch mehr als Zarah Leander.

»Und da kann man nichts machen?«, fragte Grete mit banger Stimme.

»Bedaure.« Die Ballettmeisterin senkte leicht den Kopf. »Christa kann hier tanzen, wir geben Unterricht für Mädchen, ganz normale Mädchen, aber sie wird niemals eine Ballerina werden, niemals.«

»Ja«, sagte ihre Mutter, »wir verstehen. Niemals.« Dann lächelte sie und bedankte sich mehrere Male.

Als sie durch die Ruinenlandschaft zurückgingen, war ihre Mutter viel bedrückter als sie selbst. »Wir können etwas anderes probieren, oder wir melden dich für den normalen Tanzunterricht bei Madame Gsovsky an, und dann wird sie sehen, wie viel Talent du hast, und sie wird ihre Meinung ändern, ganz bestimmt.«

»Ich weiß nicht.« Auf einer Brache war ein kleiner See entstanden, eine weitläufige Wasserlache, auf der sich das Sonnenlicht spiegelte; ein weiß leuchtendes Boot aus Papier trieb da, obschon niemand zu sehen war. Während ihre Mutter immer weiterredete, beobachtete Christa, wie das Papierschiffchen allmählich Schlagseite bekam und langsam unterging.

Zweimal ging sie in den nächsten Wochen in die Ballettschule, aber sie begriff schnell, dass Madame Gsovsky recht hatte. Sie war zu groß und ungelenk; allein die Musik, die gespielt wurde, gefiel ihr, doch beim Tanzen durfte man nicht die Augen schließen, da musste man immer wissen, welcher Schritt der nächste war.

Berlin veränderte sich allmählich. Die Schuttberge in den Straßen verschwanden nach und nach; irgendwo in der Stadt wurde ein ganzer Berg mit den Trümmern aufgeschüttet, die man für den Wiederaufbau nicht mehr verwenden konnte. Es kamen auch mehr Menschen zurück, und mehr Militärfahrzeuge fuhren herum; bald wusste man genau, zu welchem Land die Autos gehörten. Russen sah man in Schöneberg selten, meistens waren es Amerikaner, die Patrouille fuhren. »Zum Glück sind wir bei den Amerikanern«, meine Tante Helma immer wenn sie sich trafen. »Ohne die Amis wären wir schon längst verhungert.«

Ein paar Monate lang hatte kein Lastwagen und kein Zug die Stadt erreichen können, da waren jeden Tag und jede Nacht Flugzeuge über Berlin hinweggedröhnt, um in Tempelhof zu landen. Doch anders als die Züge in Lübbenau hatten diese Geräusche Christa keine Angst gemacht. Das Rumpeln der Waggons aber blieb in ihrem Kopf, es ließ sie nachts aufschrecken, und manchmal spürte sie sogar das Verlangen, zu ihrer Mutter unter die Decke zu kriechen, als könnte Grete ihr Schutz bieten.

Die meisten Soldaten, die in ihren Jeeps herumfuhren, waren freundlich; und sie schienen einen unerschöpflichen Vorrat an Hershey's bei sich zu haben.

Als sie von der Schule nach Hause ging, winkte ihr ein großer schwarzer Soldat zu. »Du bist ein schönes Frollein«, sagte er auf Deutsch und lächelte. Auch er steckte ihr einen Schokoladenriegel in die Hand, dann schob er sie in eine Toreinfahrt hinein; das Haus dahinter war halb eingestürzt, dahinter lag noch ein weiterer Hinterhof. Das dritte Haus war bei einem Bombenangriff völlig zerstört worden, doch inmitten der Trümmer hatte sich jemand aus Blech eine Hütte gebaut. Der Soldat legte Christa eine Hand auf die Schulter. »Kaputt«, sagte er dann, »alles kaputt – der Krieg.« Die nächsten Worte sprach er auf Englisch, so dass sie ihn nicht verstehen konnte, doch sie glaubte an seinem Tonfall zu hören, dass er ihr Vorwürfe machte, als wäre sie schuld daran, dass die einstmals schönen Häuser nun zerstört waren.

Sie hatten die Blechhütte erreicht, er öffnete die Tür und schob sie hinein. Nun erst begriff sie, dass sie in Gefahr war, dass der Soldat gar nicht gekommen war, um ihr etwas zu zeigen. »Hildegard Neff«, sagte er. »You are beautiful like Hildegard Neff, a younger version of Hildegard Neff.«

Christa wollte sich umdrehen und weglaufen, doch der Mann packte sie und warf sie auf eine Matratze, die unter dem einzigen Fenster lag, das es in dieser Hütte gab. Die Matratze roch nach Staub und Zement, und sie war feucht, als hätte sie vor einiger Zeit noch im Regen gelegen.

Während der Soldat sich an ihrem Rock zu schaffen machte, schloss sie die Augen und stellte sich Hildegard Knef vor; sie hatte das schöne, bleiche Gesicht der Schauspielerin auf einem riesigen Kinoplakat am Kurfürstendamm gesehen.

An das, was danach geschah, wollte sie sich später nicht mehr erinnern. Sie schaffte es, ihren blutigen Schlüpfer auszuwaschen, bevor ihre Mutter vom Einkaufen nach Hause kam, und zog ihn wieder an, damit er ihr an der Haut trocknete.

Abends bat sie ihre Mutter, eine besonders schöne Oper anhören zu dürfen, nur bei Kerzenlicht.

»Nessun dorma«, sagte ihre Mutter, »ist eine der schönsten Arien der Welt.« Und dann erzählte sie die Geschichte dieser Arie aus der Oper »Turandot«. Ein Prinz hatte das Rätsel der Prinzessin Turandot gelöst, und nun musste sie ihn heiraten; es sei denn, sie würde bis zum Sonnenuntergang seinen Namen herausfinden. »Deshalb darf niemand schlafen, alle sollen versuchen, den Namen des Prinzen herauszubekommen. ›Nessun dorma‹ heißt ›Niemand schlafe‹.«

»Und?«, fragte Christa. Sie spürte, wie ihr Schlüpfer langsam trocknete, und die Schmerzen in ihrem Unterleib vergingen. »Finden sie den Namen des Prinzen heraus?«

»Natürlich nicht«, erwiderte ihre Mutter und lächelte. »Die Prinzessin Turandot muss den Prinzen heiraten, auch wenn sie ihn lieber umbringen möchte. Dann jedoch liebt sie ihn genauso wie er sie. Aber das ist Oper – nicht das richtige Leben.«

»Nessun dorma« – auch Christa war sich sicher, nicht mehr schlafen zu können. Der Soldat hatte nach Schweiß und Tabak gerochen, und er hatte seltsame grunzende Geräusche von sich gegeben, die sie beinahe mehr angeekelt hatten als seine Berührungen, doch später, nachdem sie die Arie mindestens zehnmal gemeinsam gehört hatten, war sie in ihr Bett gekrochen und hatte traumlos bis zum Morgengrauen geschlafen.

3. Kapitel

Obwohl ihre Schule ganz in der Nähe lag, machte sie nach dem Vorfall mit dem amerikanischen Soldaten oft viele Umwege, bevor sie nach Hause ging. Mitunter streifte sie stundenlang durch die Stadt. Die Ruinenlandschaft änderte sich ständig, Lastwagen fuhren hin und her, Steine wurden abgetragen, Löcher ausgehoben, Fassaden geflickt und Häuser neu aufgebaut. In manchen Straßenzügen jedoch herrschte eine gespenstische Ruhe, als würde sich niemand mehr trauen, hierher einen Fuß zu setzen. Mitunter hörte sie in der Stille auch ein leises Rieseln, wie ein sanfter Wind, der über Sand wehte; das war der Staub der Trümmer, der zu Boden glitt, und einmal, ohne dass jemand in der Nähe war, beobachtete sie, wie ein halbes Haus einstürzte. Trümmerteile brachen ab und rissen erst einen Balkon, dann ein gefliestes Badezimmer mit in die Tiefe.

Ich möchte nicht immer zwischen solchen Ruinen leben, dachte sie. Dann wieder faszinierte es sie, halbe, zerbombte Häuser zu sehen, in denen Menschen lebten, Wäsche aufhingen oder auf alten Teppichen saßen, als wäre ihr Wohnzimmer nicht von einer Bombe getroffen worden. Auf einer Brache entdeckte sie einmal einen Kutschwagen, allerdings war nirgendwo ein Pferd zu sehen. Vorsichtig näherte sie sich, und dann wurde die Tür der Kutsche geöffnet. Ein mittelalter Mann stieg heraus; er war hager, die Hose schlotterte ihm um die

Beine; er hatte sie sich mit einem Stück Seil um den Leib gebunden.

»Besuch für mich?« Seine Augenbrauen fuhren in die Höhe; in seinen Augen brannte ein seltsames Licht. »Ich verkaufe nichts mehr, kein Gramm«, sagte er dann. »Ich habe selbst für mich nicht genug.«

Verkaufen? Was glaubte dieser Mann, dass sie von ihm kaufen wollte?

»Oh«, sagte er dann und rundete seinen Mund, so dass sich die Falten in seinem Gesicht strafften. »Du bist viel zu jung für Morphium. Deshalb kommst du gar nicht, nicht wahr?«

Christa schüttelte den Kopf. »Ich gehe nur durch die Stadt«, sagte sie zaghaft.

Der Mann lächelte. »Alle sind geschäftig und bauen auf, und du gehst durch die Stadt? Recht so! Man schaut die anderen an und tut, was sie nicht tun. Wenn du willst, kann ich dir aus der Hand lesen. Ich kann das. Es kostet dich aber etwas. Hast du Geld dabei?«

Sie schüttelte wieder den Kopf, doch der Mann hatte schon nach ihrem rechten Arm gegriffen und fuhr mit dem Zeigefinger seiner Linken sanft eine Linie in ihrer rechten Handinnenfläche nach.

»Mädchen wie du wissen schon früh, dass sie schön sind, dass ihre Schönheit alle verzaubert. Aber hüte dich vor Männern, die nur deine Schönheit wollen.« Er blickte auf; das Funkeln in seinen Augen hatte sich noch verstärkt. »Und hüte dich vor Männern wie mir. Ich war einmal ein richtiger Schriftsteller, aber dann …« Er ließ ihre Hand abrupt los. »Wenn ich kein Morphium mehr habe, kann ich nicht mehr denken, dann …« Er unterbrach sich wieder. »Hast du wirklich kein Geld?« Er wartete ihre Antwort nicht ab. In seinen Augen loderte nun eine unbestimmte Wut. »Weißt du, wie schwer es ist, in dieser verfluchten Stadt Morphium aufzutreiben? Wenn es diesen Arzt nicht gäbe … Er schreibt selbst Gedichte … Von ihm kriege ich manchmal etwas. Das reicht dann für ein paar Tage.« Der Mann lächelte wieder, diesmal konnte sie seine gelblichen Zähne sehen. »Pass auf dich auf, meine Schöne«, flüsterte er und kletterte in seine Kutsche zurück, in der er offenbar wohnte.

Überrascht hielt sie inne, wartete darauf, dass der Mann sich noch einmal zeigte, aber sie hörte nur seine Stimme, heiser und krächzend. »Wir lagen vor Madagaskar«, sang er, »und hatten die Pest an Bord.«

Mit vierzehn Jahren war ihre Schulzeit zu Ende; Christa konnte sich auch nicht vorstellen, länger in diesem muffigen Klassenzimmer zu sitzen und den langweiligen, schlecht gelaunten Lehrern zuzuhören. Einige mochten sie am Anfang – einer hatte sie sogar »deutsches Mädchen« genannt und sie vor der Klasse aufstehen lassen: »So sieht ein deutsches Mädchen aus, lasst euch von den Yankees nichts anderes einreden« –, aber bald hatte sie die meisten Lehrerinnen und Lehrer mit ihrem Schweigen und ihrer Sturheit gegen sich aufgebracht.

»Ich habe dir eine Stelle beschafft«, sagte ihre Mutter voller Stolz. Eine Woche war Christa in Lübbenau bei den Großeltern gewesen; dort gab es keine Trümmer und keine Soldaten, und auf dem Friedhof hatte noch immer eine tiefe, selige Stille geherrscht. »In einem Bekleidungsgeschäft. Ich habe meine Beziehungen für dich eingesetzt. Morgen kannst du anfangen.«

Christa wollte widersprechen; sie wollte das Klassenzimmer nicht gegen ein Bekleidungsgeschäft eintauschen. Aber was wollte sie? In die Welt hinaus – raus aus Berlin, aber wohin?

»Sieh es dir erst einmal an«, erklärte ihre Mutter weiter, nachdem sie Christas Zögern bemerkt hatte. »Du hast mir so oft zugeschaut, du kennst dich mit Stoffen aus, und du kannst selbst ein wenig nähen. Außerdem hast du Geschmack, du wirst den Frauen helfen, die richtige Auswahl zu treffen.«

»Ich könnte vielleicht irgendwas an der Oper arbeiten, oder ich würde selbst gern Kleider vorführen«, meinte Christa vage.

»Vielleicht kannst du das auch in dem Laden, den ich für dich ausgesucht habe«, versuchte ihre Mutter sie zu besänftigen.

Am Montagmorgen um neun Uhr stand Christa vor dem Geschäft; es lag in einer Seitenstraße vom Kurfürstendamm, viele Häuser in dieser Gegend waren bereits wiederhergestellt worden. Der Laden hatte ein einziges langes Schaufenster, in dem drei Kleider, rot, weiß und schwarz, und vier Hosen drapiert worden waren. Neben den Kleidern stand: *Für die moderne Frau von heute!*

Christa widerstand dem Impuls, sich umzudrehen und davonzulaufen.

Eine kleine grauhaarige Frau, die ihren Namen nicht nannte,

nahm sie in Empfang, sie musterte Christa, als versuchte sie, eine Ähnlichkeit mit ihrer Mutter zu finden.

»Ich sehe, dass du recht groß und stark bist.« Die Frau hatte eine laute Befehlsstimme. »Da können wir zuerst ein paar Kartons in unser Lager einräumen. Wir haben eine neue Lieferung von Korsetts und Damenunterwäsche bekommen.«

Die Frau machte eine Handbewegung wie ein Soldat, der anordnete, ihm zu folgen.

Hinter dem Geschäft lag ein langes, schmales Lager, das nur von drei matten Glühbirnen erleuchtet wurde. Vor einer Tür stapelten sich braune Kartons.

»Ich reiche dir die Kartons an, und du musst sie dann in das Regal räumen«, sagte die Frau wichtigtuerisch und deutete auf eine Leiter, die Christa an dem Regal aufstellen sollte.

Gleich der erste Karton glitt Christa so aus der Hand, dass er sich öffnete – schneeweiße Korsetts in verschiedenen Größen segelten auf die Frau hinab.

»Pass doch auf!« Die Stimme der Frau zitterte vor Zorn.

»Entschuldigung.« Christa spürte, wie sich ihr der Hals zuschnürte. In diesem engen Raum konnte sie kaum atmen.

Den zweiten und dritten Karton brachte sie ordentlich im Regal unter, doch Karton Nummer vier fiel ihr komplett aus den Händen. Mit einem dumpfen Geräusch kam er knapp vor den Füßen der Frau auf. Sie stieß einen kurzen, erschreckten Schrei aus.

»Mädchen«, sagte sie. »Ich gehe jetzt in die Küche und koche mir einen Bohnenkaffee. Du räumst diesen Karton noch ein, und dann will ich dich hier nie wiedersehen.«

Ihre Mutter, die eigentlich nie zornig auf sie war, sprach am Abend kaum mit ihr, nachdem Christa ihr gebeichtet hatte, dass man sie gleich nach einer Stunde hinausgeworfen hatte.

»Wir werden uns etwas anderes überlegen«, sagte sie nur und bediente noch beflissener ihre Nähmaschine. »Aber irgendetwas wirst du arbeiten müssen, Töchterchen. Jeder muss arbeiten.«

Abends, als sie sich ihr Haar kämmte und ein wenig an ihrem Pony herumschnitt, wie sie es zwei-, dreimal in der Woche tat, sprach der Spiegel mit ihr. So kam es ihr zumindest vor, als könnte sie ihre Gedanken auf ihrem Spiegelbild erkennen. Sie musste verhindern, dass ihre Mutter sich etwas Neues für sie ausdachte; sie wollte auch nicht in einem anderen Geschäft bedienen, anderen Leuten Kleider anreichen, oder vielleicht würde ihre Mutter denken, dass sie mit Blumen arbeiten sollte, weil sie selbst Blumen so sehr liebte, doch auch das wollte Christa nicht.

Du bist schön, sagte der Spiegel zu ihr, alle drehen sich nach dir um, nicht nur Männer, auch Frauen, daraus musst du Kapital schlagen. Dabei werden dir deine Mutter und ihre Zarah-Leander-Lieder nicht helfen.

»Ich brauche ein paar Tage Zeit, Mütterlein«, sagte sie am nächsten Tag zu Grete, und sie wusste, wie gern ihre Mutter das Wort »Mütterlein« mochte. »Ich werde mir selbst eine Arbeit suchen, etwas, das uns viel Geld einbringt.«

Der Blick ihrer Mutter war ungewöhnlich dunkel und zweifelnd. Was soll uns denn schon viel Geld einbringen, was du tun könntest?, sagten ihre Augen.

Für manche war das KaDeWe – das Kaufhaus des Westens – der Mittelpunkt Berlins; im Juli 1950 war es wieder geöffnet worden, ein Zeichen der Hoffnung, dass die Zeiten der Not endlich vorbei waren, dass es wieder schöne Dinge zu kaufen gab. Christa und ihre Mutter waren auch da gewesen, als die Wiedereröffnung gefeiert worden war, doch hatten sie es nicht geschafft, in das Kaufhaus zu gelangen, so viele Menschen hatten es belagert und dann, als die Türen geöffnet wurden, regelrecht erstürmt. Sie hatte ihre Mutter beiseitegezogen, dieses Drängen und Keuchen war ihr zuwider.

In der Schule hatte sie von einer Mitschülerin, die eigentlich nicht hübsch war mit ihrem rosigen Pfannkuchengesicht, erfahren, dass manchmal Fotografen durch das KaDeWe liefen, um junge Mädchen zu entdecken. Christa hatte keine Ahnung, ob es stimmte oder nur eine dumme Lüge war.

Doch an einem Freitag, weil sie meinte, Freitag sei ein guter Tag dafür, zog sie sich den dünnen roten Mantel an, den ihre Mutter ihr genäht hatte, und machte sich zum KaDeWe auf. Vorher hatte sie sich ihre dunkelblonden Haare noch mit einem teuren Shampoo gewaschen und heimlich den Lippenstift ihrer Mutter benutzt.

Sie hatte keine Ahnung, was genau sie tun sollte. Sollte sie durch das Kaufhaus streifen, sich teure, funkelnde Uhren anschauen, wie sie es gern tat, oder lieber durch die Kosmetikabteilung wandern, um an Parfüms zu riechen?

Als sie das Kaufhaus erreicht hatte, diesen groben steinernen Koloss, entschied sie sich, vor den Schaufenstern zu flanieren. Die Sonne schien, ein helles, freundliches Licht lag über der

Straße. War es nicht so, dass Fotografen das Licht liebten, dass sie sich gar nicht so gern im Inneren von Gebäuden aufhielten? Ein Schaufenster war mit Pralinen dekoriert, die in aufwendigen Schachteln präsentiert wurden. Auf weißen kostbar aussehenden Tellern wurden einzelne Schokoladenstücke ausgestellt, die aber unmöglich echt sein konnten, sonst wären sie längst geschmolzen.

Aus einem anderen Fenster schauten sie Plastikpuppen an, die bunte Badeanzüge trugen; einer hatte man einen Schwimmring um den Hals gehängt, eine andere hielt ein Sektglas in der Hand, das jedoch leer war.

Christa hielt ihr Gesicht in die Sonne und schloss für ein paar Momente die Augen. Niemals, schwor sie sich, niemals wieder würde sie in ein Bekleidungsgeschäft gehen, um in einem düsteren Gang Kartons einzuräumen.

Als sie die Augen öffnete, stand ein Mann vor ihr, der eine schwarze Lederjacke trug und sie mit einem matten Lächeln musterte. Er hatte schwarze gelockte Haare und mochte Mitte zwanzig sein. Anscheinend war er vor wenigen Augenblicken aus dem Kaufhaus gekommen.

»Mädchen«, sagte er in einem Tonfall, der verriet, dass er Berliner war, »was bist du für eine? Läufst hier auf und ab für Kundschaft?«

Christa schaute ihn an, weil sie nicht ganz verstand. Kundschaft – was meinte er damit?

»Nein«, sagte der Mann dann, »so eine bist du nicht.« Er streckte seine Hand aus, als wollte er ihr über die Wange streichen, doch dann berührte er ihren Mantel am Revers.

»Schöner Stoff«, sagte er. »Aus einem alten Fallschirm, nicht wahr? Hast du dir den Mantel selbst geschneidert?«

»Den hat meine Mutter gemacht«, sagte Christa. Sie versuchte, selbstbewusst zu klingen und ein wenig älter. »Sie ist Schneiderin«, fügte sie hinzu.

Der Mann schaute ihr in die Augen. »Sie ist Schneiderin? Und was bist du?« Er lächelte freundlich. »Ach, ich weiß, was du bist. Du bist ein Engel, nicht wahr? Ein blonder Engel, herabgefallen – mir genau vor die Füße. Und ich sag dir etwas, heute ist dein Glückstag.«

Der Mann nannte sich Karl-Heinz; er führte sie zu einem schwarzen Mercedes, der in einer Seitenstraße geparkt stand. »Engel«, sagte er, »wir machen jetzt eine kleine Spritztour. Nach Grunewald, da möchte ich dir jemanden vorstellen, der sich für Mädchen wie dich interessiert. Wird dir gefallen!«

Nur einen Moment zögerte Christa, ob sie wirklich in diesen Wagen steigen sollte, der schwarz funkelnd mit Weißrandreifen auf sie zu warten schien.

»Keine Angst«, sagte Karl-Heinz, »es geht hier nicht um einen Job in einer Bar oder in einem Schuppen für die Amis. Es geht um Mode, Engel.«

Wie ein richtiger Chauffeur lief Karl-Heinz um den Wagen herum und hielt ihr die Beifahrertür auf. In einem solch edlen Wagen war sie noch nie mitgenommen worden. Ihr roter Mantel knisterte, als sie einstieg.

Karl-Heinz ließ den Motor aufheulen. »Dieser Benz ist ein Träumchen«, sagte er. »Da möchte man jeden Tag über die Avus rasen.«

Sie verstand nichts von Autos, wusste nicht einmal, was die Avus war, doch es war auch gleichgültig. Wie erwählt kam sie sich vor, als wäre dieses schöne funkelnde Auto eigens für sie vorgefahren.

»Noch nie«, sagte Karl-Heinz, »habe ich ein so schönes Mädchen wie dich im KaDeWe gefunden. Mein Chef wird Augen machen.«

Christa sah, wie die Stadt an ihr vorbeizog. Die Blicke der Passanten folgten dem Mercedes.

»Gehst du noch zur Schule?«, wollte Karl-Heinz wissen.

»Nein.« Christa schloss kurz die Augen; da war das Gefühl der Geschwindigkeit noch intensiver.

»Was machst du dann?«

»Ich gehe vor dem KaDeWe auf und ab«, erwiderte Christa und lächelte stumm vor sich hin, weil ihr ihre Antwort selbst gefiel.

Sie hielten vor einer Villa in einer schönen, von Bäumen gesäumten Straße.

»Voilà«, erklärte Karl-Heinz, während er den Zündschlüssel anzog und der Motor erstarb. »Die kleine Ausfahrt ist zu Ende. Bin gespannt, was mein Chef nun sagt.«

»Mag er vielleicht keine Engel?«, fragte Christa, mutig geworden.

»Er liebt Engel«, entgegnete Karl-Heinz, »besonders wenn sie seine Kleider tragen.«

Sie durchquerten auf einem schmalen Plattenweg einen Vorgarten, in dem die steinerne Figur eines Buddhas die Besucher mit müdem Blick begrüßte. Dann standen sie vor einer breiten grünen Holztür. Karl-Heinz klingelte, und eine ältere Frau mit hochgesteckten Haaren öffnete.

»Er ist im Atelier«, sagte sie mit einem argwöhnischen Blick auf Christa. »Und er hat schlechte Laune. Hast du die Stoffe bekommen?«

»Nein«, sagte Karl-Heinz, »aber ich habe etwas viel Besseres.« Er nahm Christas Hand und zog sie mit sich durch eine Halle. Hätte man sich geradeaus gewandt, wäre man auf eine weitläufige Holztreppe zugegangen, doch Karl-Heinz bog linker Hand ab, vorbei an mehreren Kleiderständern.

Die Tür zu einem größeren Raum stand offen. Eine Fensterfront wies in einen Garten. Ein Mann saß an einem Schreibtisch, hinter ihm hatte sich eine junge Frau mit halblangen schwarzen Haaren postiert und sah ihm über die Schulter zu, wie er etwas auf einem größeren Block skizzierte.

»Die Ärmel«, sagte der Mann, »ich möchte sie etwas gerafft haben, und auch die Brustpartie sollten wir betonen, nicht zu sehr, aber die Kontur soll unbedingt weiblich sein.«

Die Frau nickte, ohne ein Wort zu sagen. Dann drehten sich der Mann und die Schwarzhaarige beinahe gleichzeitig um.

»Kalle«, sagte der Mann, »was ist mit den Stoffen?« Er trug einen schwarzen Pullover, sein dunkelblondes Haar war zurückgekämmt, sein Gesicht hatte einen leicht gebräunten Teint, als würde er sich häufiger in der Sonne aufhalten. Er mochte Mitte dreißig sein.

»Keine Stoffe«, sagte Karl-Heinz, »dafür habe ich etwas anderes mitgebracht. Ging vor dem KaDeWe in der Sonne auf und ab, ganz unschuldig.«

Der Mann stand auf, ohne eine Regung im Gesicht. Nein, Interesse erwachte in seinen Augen. Wie ein Falke schaute er sie an, dann streckte er seine Hand vor, und genau wie Karl-Heinz zuvor befühlte er den Stoff ihres Mantels. »Nicht schlecht«, sagte er, »selbst geschneidert?«

»Von meiner Mutter«, entgegnete Christa, nun doch ein wenig eingeschüchtert.

»Sie versteht etwas von Mode. Und du auch?«, fragte der Mann. Er duftete nach Rasierwasser.

Eine andere, jüngere Frau steckte den Kopf in die offene Tür. »Die kleine Froboess kommt nachher, Chef. Haben eben angerufen. Die wollen die drei Kleider anprobieren.«

Der Mann winkte ab. Er hörte nicht auf, den Stoff ihres Mantels zu befühlen. »Fallschirmseide, nicht schlecht. Wir haben gelernt, aus allem etwas zu machen, was? Ich habe sämtliche Truhen in meinem Haus durchwühlt, immer auf der Suche nach Material. Egal was, selbst Kartoffelsäcke habe ich mitgenommen. Oder Gardinen – meine ersten Kleider habe ich aus Tüllgardine gemacht. Weißt du, was ich meine?«

Christa nickte, obwohl sie nichts verstand. Die Frau mit den halb langen schwarzen Haaren musterte sie ebenfalls, aber ihr Blick strich über ihren Körper, als würde sie im Geiste dessen Maße errechnen.

Der Mann ließ den Mantel endlich los und drehte sich zu der Frau um. »Gisela, was sagst du zu dieser Schönheit im roten Mantel, die Kalle uns hier gebracht hat?«

Die Frau verzog leicht den Mund, sie zögerte, ihr Blick glitt zu Karl-Heinz, der sich neben Christa geschoben hatte. »Sie ist außergewöhnlich, zweifellos, der volle Mund, die hohen Wangenknochen, die Form ihrer Augen. So wie sie möchte wohl jede Frau der Welt aussehen. Also, wenn sie sich einigermaßen zu bewegen weiß, können wir sie noch in unsere Herbstshow einbauen.«

»Gut«, sagte der Mann mit den dunkelblonden Haaren und klatschte in die Hände. »Dann machen wir das. Bella«, er richtete sich wieder an Christa, »wärst du so lieb und ziehst dein rotes Mäntelchen aus, und dann gehst du einfach mal auf und ab, wie du es vor dem KaDeWe getan hast, ja?«

Christa wollte wieder nur nicken und gehorchen, doch dann sagte sie: »Wer sind Sie denn eigentlich?«

Der Mann lachte auf. »Hat Karl-Heinz dir nichts verraten, als er dich mit meinem Auto herkutschiert hat? Ich bin Heinz Oestergaard, ich bin der beste Modeschöpfer der Stadt, und wenn du gleich nicht alles falsch machst, darfst du demnächst meine neueste Mode präsentieren.«

1. Kapitel

Sie war entdeckt worden – und es war so einfach gewesen, ein roter Mantel, das KaDeWe, Sonne und sie selbst. Sie begriff, dass sie selbst das Wichtigste gewesen war, alles andere war Beiwerk. Doch wenn es geregnet hätte, wäre dieser Karl-Heinz, der wohl so eine Art Mädchen für alles für Oestergaard war, vielleicht nicht stehen geblieben. Ja, vielleicht hing alles von Zufällen ab, ob die Sonne schien oder nicht, oder ob sie einem Mann wie Oestergaard begegnete oder irgendeinem Betrüger oder Wichtigtuer.

Sie hatte sich vor diesem Modeschöpfer durch den Raum bewegt, als würde sie vor einem Spiegel auf und ab gehen, den Kopf hoch erhoben, sie hatte sich sogar zweimal spielerisch um die eigene Achse gedreht, als würde sie ein weites Rüschenkleid tragen. So etwas konnte sie; das hatte sie schon oft geübt, allein oder mit ihrer Mutter, wenn Grete ihr ein neues Kleid geschneidert hatte oder sie ein anderes anprobieren sollte.

»Sehr gut.« Oestergaard hatte wieder geklatscht. »Das machst du gut, Bella.«

Was sollte dieses »Bella« bedeuten? Ach, es war ihr egal.

Dann hatte Oestergaard noch erklärt, was er mit seiner Mode alles tue; er orientiere sich, er dürfe das in aller Bescheidenheit sagen, an dem großen französischen Modeschöpfer Christian Dior, er entwerfe also längst nicht mehr nur Uniformen oder

Arbeitskleidung für Bayer und Hoechst, sondern habe sich ebenfalls der Haute Couture verschrieben.

»Es ist so, Bella«, erklärte er. »Die dunkle Zeit ist vorbei, wo Frauen wie du in Fabriken schuften mussten, für Munition, die dann arme Schweine wie Karl-Heinz irgendwo sinnlos verballerten, bis es sie vielleicht selbst erwischte. Frauen dürfen nun wieder Frauen sein, und ich helfe ihnen dabei, mit meinen schönen Kleidern.«

Karl-Heinz hatte sie dann nach Hause gefahren. Sie hatte ihren ersten Auftrag in der Tasche. In Oestergaards Villa würde sie mit ein paar anderen Mädchen dessen neue Mode vorführen – in zwei Wochen.

Ihre Mutter konnte es kaum glauben. Sie küsste Christa auf die Wangen, auf den Mund und tänzelte aufgeregt um sie herum, als hätte sie im Lotto gewonnen. Für ihre Mutter war Heinz Oestergaard kein Unbekannter.

»Man nennt ihn den Modezar von Berlin. Er ist reich und prominent, und er hat sogar schon Kleider für Zarah Leander entworfen, habe ich in der *Constanze* gelesen.«

»Und nun arbeite ich für ihn«, sagte Christa stolz – statt irgendwo Kartons mit schrecklichen Korsetts einzuräumen, fügte sie stumm hinzu und war beinahe sicher, dass ihre Mutter ihr diesen Gedanken vom Gesicht ablas.

Ihre erste Modenschau wurde ein voller Erfolg für Oestergaard, der sich am Ende lächelnd und mit einem Sektglas in der Hand vor seinem Publikum verbeugte, etwa fünfzig Männern und Frauen, die in seine Villa gekommen waren. Der Modeschöpfer war viel nervöser gewesen als Christa selbst. Alles hatte er kontrolliert, ob ihre Frisur richtig saß, ob alle Kleider parat lagen. Christa hatte sich – anders als die drei anderen Mädchen, die ein paar Jahre älter waren als sie – von dieser Nervosität nicht anstecken lassen. Was war schon dabei? Sie sollte einen schmalen roten Teppich hinuntergehen, den Blick nach vorn gerichtet, so dass sie niemanden im Besonderen anschaute, nach drei, vier Schritten sollte sie sich einmal um die eigene Achse drehen, wie eine Tänzerin, und falls sie ein Jackett trug, sollte sie es öffnen und sich dann auf dem Rückweg ins hintere Umziehzimmer von den Schultern gleiten lassen.

So etwas war ein Kinderspiel für sie. Einzig an die hochhackigen Schuhe hatte sie sich gewöhnen müssen, aber dafür hatte Oestergaard sogar einen Ballettmeister engagiert, mit dem sie und die anderen ein paar Tage vorher eine Zeit lang geübt hatten.

Während die anderen Mädchen nach einer Stunde erschöpft waren, war es ihr vorgekommen, als wäre sie in Wannsee am Strand gelaufen. In Gedanken war sie das auch – sie lief aus der Stadt mit ihren düsteren Ruinen hinaus, trug dabei ein schönes Kleid, sie war barfuß, die Sonne schien, die Wellen eines blauen Meeres rauschten in der Ferne.

Es war schon immer so gewesen, dass sie sich eine Menge Dinge vorstellen konnte und sie förmlich vor sich sah.

Hinterher war Oestergaard zu ihr gekommen, er hatte auch ihr ein Glas Sekt gegeben und ihr zärtlich, wie ein gutmütiger Vater, über die Wange gestreichelt. »Du warst sensationell, Bella«, hauchte er glücklich. »Bald werden sich alle um dich reißen, aber vergiss nie, wer dich entdeckt hat.«

»Werde ich nicht«, sagte sie. »Karl-Heinz hat mich entdeckt – vor dem KaDeWe.«

Oestergaard lächelte, er hatte ihr gar nicht zugehört. »Du hast schon einen großen Bewunderer«, sagte er und deutete hinter sich. Ein junger dunkelblonder Mann mit hageren Gesichtszügen stand da, der sie stumm und nicht sonderlich freundlich ansah. »Tobias ist Fotograf, der beste. Er macht auch Fotos für mich. Er möchte dich fotografieren, ganz exklusiv, in meinen Kleidern.«

Er war der schönste Mann, den sie bisher getroffen hatte. Bei seinem Anblick war es, als hätte sich eine Tür geöffnet und er käme aus einer ganz anderen Zeit herein, in der es keinen Krieg und nicht Millionen von Toten gegeben hatte. Mit dunklen, ausdrucksvollen Augen schaute er sie an, ein Mann um die dreißig, mager, schleichend wie eine Katze und scheinbar ohne Sprache.

Er gab ihr nicht die Hand, sondern sagte nur: »Ich bin Tobias, der Fotograf.« Seine Stimme war zart und warm.

»Tobias und weiter?«, fragte Christa. Sie spürte, wie Oestergaard sie beobachtete, als wollte er sehen, wie sich Fotograf und Model aufeinander einließen.

»Nur Tobias«, sagte der Fotograf. Er ließ eine Kamera, die er über der Schulter hängen hatte, in einer eleganten Bewegung herabgleiten.

Christa war fasziniert. Solche Männer hatte es in ihrer Welt bisher nicht gegeben. Sie kannte Soldaten, Hausmeister, Vertreter, aber nicht so einen Fotografen. Sie lächelte, als sie das Auge der Kamera auf sich spürte.

»Ist nicht nötig, dass du so geziert lächelst«, sagte Tobias leise, nicht unfreundlich, aber auch nicht sonderlich enthusiastisch. »Diese ersten Aufnahmen sind nur für mich, die wird nie jemand zu Gesicht bekommen. Du musst nicht anfangen, dich in Pose zu werfen.«

Er schoss einige Fotos, gab ihr Anweisungen, wie sie sich setzen und wie sie ihren Kopf heben sollte. Dabei bewegte er sich, als wäre die Kamera ein Teil von ihm, als gehörte sie, sobald er sie in den Händen hielt, zu seinem Körper.

Nach zehn Minuten war das Spiel schon vorbei. Tobias sah sie durchdringend an, seine Augen selbst wie zwei winzige Kameras, die sie absuchten.

»Du hörst von mir«, sagte er. »Vielleicht sind ein paar Magazine interessiert. Ich gebe dir Bescheid.«

Dann nickte er Oestergaard zu und ging grußlos.

Oestergaard lächelte ein wenig. »Er heißt Herbert Tobias, aber seinen Vornamen hasst er«, sagte er, »Tobias wird die schönsten Fotos von dir machen, und er mag dich. Da bin ich mir sicher. Eigentlich ist er kein richtiger Fotograf, sondern Schauspieler, aber davon kann heutzutage ja keiner leben. Und er war wie ich in Russland, hat die ganze Scheiße da miterlebt. Vielleicht fotografiert er deshalb am liebsten Ruinen oder schöne Frauen oder beides.«

Drei Tage später saß sie auf der Rückbank eines VW Käfers, neben ihr ein paar Kleider. Am Steuer saß eine Frau, die sich als Hildegard vorgestellt hatte und die zu Oestergaard gehörte. Tobias hatte wortlos auf dem Beifahrersitz Platz genommen; er rauchte und sah aus dem Fenster.

»Ich mag es, draußen zu fotografieren. Fotos in Studios finde ich langweilig und öde. Ich stelle dich zwischen ein paar Ruinen«, sagte er irgendwann zu Christa. »Schönheit und Ruinen – kann es einen besseren Kontrast geben?«

Sie wusste nicht genau, wo sie sich befand, aber sie waren noch im amerikanischen Sektor.

»Fahr nur nicht zu den Russen«, hatte Tobias zu ihrer Fahrerin gesagt. »Von den Russen habe ich genug.«

Umziehen musste Christa sich im Auto, aber das machte ihr nichts aus. Tobias arbeitete konzentriert, und nachdem er sie geschminkt hatte, dezent und geschmackvoll – »Nicht zu viel Lippenstift, deine Lippen sind sinnlich genug« –, gab er lediglich knappe Kommandos, wie sie sich aufstellen, wie sie schauen sollte. Es gefiel ihr, wie er sich bewegte, wie er die Kamera auf sie richtete, als wäre sie ein besonderes Auge, sein drittes Auge, das Dinge sah, die andere nicht wahrnahmen.

Als sie fertig waren und Hildegard sie in Schöneberg abgesetzt hatte, um zurück zu Oestergaards Villa zu fahren, berührte Tobias sie am Arm; das erste Mal, dass er sie anfasste.

»Oestergaard wird zufrieden sein«, sagte er. »Aber vielleicht bringe ich die Aufnahmen auch bei einer größeren Illustrierten unter.« Dann stellte er eine Frage, die sie überraschte: »Hast du einen Freund? Wartet jemand auf dich?«

»Nein«, antwortete sie hastig, »niemand wartet.« Dass ihre Mutter ganz sicherlich an ihrer Nähmaschine sitzen und alle paar Minuten auf die Uhr blicken würde, neugierig zu erfahren, wie der Tag ihrer Tochter verlaufen war, erwähnte sie nicht.

»Wir könnten etwas essen, und dann gehen wir ins KC. Wie wäre das?« Tobias lächelte sie auf seine stille, hintergründige Art an.

Sie nickte, obwohl sie nicht wusste, was die beiden Buchstaben KC bedeuten sollten. Redete Tobias von einem Club der Amerikaner? Ja, vermutlich kannte er sich mit solchen Läden aus.

Die Bar, in die Tobias sie am Abend führte, befand sich in der Kleiststraße in Schöneberg, nicht weit von ihrem Zuhause entfernt. Tobias selbst hatte keine Wohnung, er lebte in einem kleinen Hotel an der Kurfürstenstraße. »Da kann ich jederzeit meine Sachen packen und ausziehen, wenn ich von dieser kaputten Stadt genug habe«, hatte er ihr erklärt.

»Hier bin ich in Wahrheit zu Hause«, sagte er, als er ihr die Tür zu der Bar öffnete. »Mehr als an jedem anderen Ort in Berlin. Und noch nie habe ich ein Mädchen, das ich fotografiert habe, mit hierher genommen.«

Christa hatte keine Ahnung, ob er die Wahrheit sagte.

Das Kleist-Casino hatte nichts mit einem Spielkasino zu tun, hier wurde nicht Roulette gespielt; es gab eine Theke, an der ein paar Männer saßen, und ein paar nackte Holztische im dämmrigen Licht.

Tobias steuerte eine hintere Ecke an. Als Christa ihm folgte, sah sie zwei Männer, die sich küssten, sehr lange und intensiv. Tobias ließ die Finger seiner rechten Hand über die Schulter des einen gleiten, während er ihn passierte. Er setzte sich schließlich in einen schmalen Sessel, Christa tat es ihm gleich.

»Du hast vielleicht schon begriffen, dass ich Mädchen liebe«, sagte er und zündete sich eine Zigarette an, »aber auf meine ganz eigene Art, platonisch sozusagen. Im Bett bevorzuge ich eher Männer.« Er inhalierte tief.

Als ein Mann mit einem Schnauzbart zu ihnen kam, bestellte er zwei Gläser Wein. »Für härtere Sachen bist du zu jung, Christa«, erklärte er.

Nein, dachte sie, während sie ihn ansah, sie hatte nicht sofort begriffen, dass er Männer liebte. Sie wusste, dass es so etwas gab, Männerliebe – »warme Brüder« hatte ihre Mutter einmal gesagt. »Pass auf, in dieser Straße treffen sich warme Brüder.«

»Ich hoffe, du bist nun nicht schockiert.« Tobias prostete ihr zu, nachdem der Schnauzbärtige ihnen, nicht ohne Christa interessiert zu mustern, zwei Gläser Rotwein gebracht hatte. »Man muss immer noch sehr vorsichtig sein, wem man so etwas erzählt. Ich dachte, ich sage es dir einfach.«

»Jeder soll lieben, wen er will«, sagte Christa. Sie probierte den Wein, er schmeckte ihr nicht, er war viel zu sauer.

»Warum lässt du dich fotografieren? Weil du schön bist?«, fragte Tobias. Sie spürte seine forschenden dunklen Augen auf sich.

»Warum fotografierst du?«

»Ich mag es, die Welt von mir abzurücken und aus der Distanz anzuschauen. In Russland, im schlimmsten Dreck habe ich damit angefangen – als Soldat. Da hatte ich meine Kamera immer dabei. Vielleicht habe ich deshalb überlebt.«

Sie schwiegen ein paar Momente. Ein Mann kam im Halbdunkel heran, er beugte sich vor, küsste Tobias auf die Wange und flüsterte ihm etwas ins Ohr.

»Wenn du wirklich ein Star werden willst«, sagte Tobias dann, »musst du deinen Namen ändern. Ein Mädchen, das Christa heißt, ist bieder und gehorsam, aber so eine bist du nicht.«

»Nein«, sagte sie, »so bin ich nicht, ganz und gar nicht.« Sie dachte an den Tag, den sie in diesem Bekleidungsgeschäft gearbeitet hatte.

»Ich werde schöne Fotos von dir machen, ist ja bei dir nicht schwer«, sprach Tobias weiter, »aber eigentlich gehörst du nicht in so eine kaputte Stadt wie Berlin. Paris ...« Ein Lächeln glitt über sein Gesicht, und zum ersten Mal streifte es auch seine dunklen Augen. »Paris wäre eine Stadt für dich.«

Paris ... Sie griff nach vorn und nahm sich eine Zigarette. Tobias gab ihr bereitwillig Feuer. Noch vor Kurzem, dachte sie, direkt nach dem Krieg, wäre eine einzige Zigarette ein Vermögen wert gewesen. Ihre Mutter hätte sie ihr sofort aus den Händen gerissen.

Sie inhalierte, ohne zu husten.

»Ich würde gern einmal nach Paris reisen«, sagte sie und nahm ihren zweiten Zug.

Tobias lächelte wieder, ein bedächtiges Lächeln, nun voller Freude und Sinnlichkeit. »Nicht reisen, dort leben musst du. Ich war in Paris, bis letztes Jahr, aber dann wurde das Pflaster ein wenig zu heiß. Ach ...« Er machte eine wedelnde Handbewegung. »Eigentlich haben sie mich hinausgeworfen. Ich war mit meinem Freund Dick dort, aber in Paris sind sie noch nicht so weit. Wir haben uns an den falschen Orten aufgehalten – sind in einem Pissoir erwischt worden.« Er betonte das Wort »Pissoir« und lachte dann.

»Ich würde gern nach Paris reisen«, wiederholte Christa. »Mit dem Zug. Ich mag Züge.« Dann erzählte sie zum allerersten Mal einem anderen Menschen, dass in ihren Träumen oft Züge vorkamen, dass sie gewissermaßen durch ihren Schlaf fuhren, schwarze, laut rumpelnde Züge, die im Nirgendwo verschwanden.

»Wir sind Deutsche«, sagte Tobias. Er drückte seine Zigarette aus und steckte sich sogleich eine neue an. »Das werden wir niemals loswerden. Wir haben Leute in Züge gesteckt und vergast.«

»Das habe ich nicht getan«, sagte Christa. Auch sie nahm sich eine zweite Zigarette, nun schon deutlich geübter.

»Du wirst überall eine Deutsche sein«, erwiderte Tobias, »ob du in Paris oder London oder Rom bist. Dieses Schicksal bleibt dir nicht erspart.«

Schon bald musste sie sich keine Sorgen mehr um Geld machen, ein Auftrag folgte auf den anderen. Für Oestergaard wurde sie zu einem Hausmannequin; stundenlang musste sie manchmal mit anderen Mädchen in einem winzigen Zimmer sitzen und warten, bis er ein Kleid fertig hatte, das sie dann anprobierte, damit er sah, wie es saß oder wo man es ändern musste. Langweilige, nervige Stunden.

Am liebsten arbeitete sie mit Tobias zusammen, der auch die besten Auftraggeber hatte. Bei einer sehr exklusiven Salonveranstaltung im KaDeWe, zu der einige berühmte Schauspielerinnen geladen waren – Zarah Leander war leider nicht dabei –, führte sie kostbaren Schmuck vor. Tobias hatte die Idee, dass sie sich schwarze Handschuhe überstreifte, und er sorgte dafür, dass man ihr Blumen ins Haar flocht und sie Kleider mit Blumenmuster trug. Für Aufnahmen in seinem Atelier, das er zusammen mit mehreren anderen Fotografen angemietet hatte, legte er eine Auswahl an Fächern bereit. »Fächer passen zu dir«, sagte er. »Wenn du einen Fächer hältst und ernst und ein wenig arrogant in meine Kamera blickst, wirkst du noch schöner und entrückter. Wie jemand von einem anderen Stern, aber das sind wir ja beide – von einem anderen Stern.«

Die Fotos mit dem Fächer verkaufte er an das Magazin *Bunte*. Abends gingen sie wieder ins KC. Tobias machte sich nichts aus Geld; wenn er es hatte, musste er es ausgeben.

Er lud die ganze Bar ein, aber er schien auch jeden hier zu kennen.

Christa war wie so oft die einzige Frau. Das KC war ebenfalls zu ihrem Lieblingsort geworden; hier wurde sie nicht angestarrt, sie saß meistens schweigend da und rauchte.

Tobias hatte die Fotos für die *Bunte* mitgebracht. Tatsächlich blickte sie kühl und damenhaft in die Welt; arrogant hatte er es genannt, entrückt, und sie wirkte viel älter als sechzehn Jahre.

»Ich bin nicht arrogant, ich bin in Wahrheit schüchtern und unsicher«, sagte sie, während sie die Fotos betrachtete. »Ich trage viel zu viel Angst in mir.«

Tobias lächelte. »Aber das wissen die anderen nicht, und das ist gut so. Schüchterne werden ausgenutzt und sitzen in der Ecke. Du bist niemand, der in der Ecke sitzt. Es gibt Frauen, die müssen nur einen Raum betreten, und schon passiert etwas. So eine Frau bist du, Christa.«

Ein blonder, magerer Mann in einem weißen, beinahe durchsichtigen Hemd kam heran und küsste Tobias im Vorbeigehen auf den Mund.

Als Tobias sie wieder ansah, war er plötzlich ernst, seine dunklen Augen schienen noch dunkler geworden zu sein und fixierten sie. »Ich habe etwas für dich«, sagte er, »einen Auftrag. Ich habe einem Freund von dir erzählt. Er möchte dich kennenlernen.«

»Ja«, sagte sie leichthin. »Warum nicht?« Sie verstand nicht, warum Tobias so ernst geworden war.

»Maywald ist ein Starfotograf, er arbeitet für Christian Dior.« Tobias sah sie an, er wartete offenbar auf ihre Reaktion. »Ich spreche von Paris«, fuhr er fort. »Du musst dafür nach Paris fliegen, und ich werde nicht mitgehen können. Sobald ich einen Fuß in die Stadt setze, sperren sie mich wieder ein.«

»Paris?«, sagte sie fragend. Sie hatte ihre Mutter vor Augen, deren Reaktion, sobald sie nur das Wort »Paris« aussprach. Sie hatte schon einmal vorgefühlt, aber ihre Mutter hatte nur geantwortet: »Berlin wird wieder schön, wirst sehen, und für Paris bist du noch viel zu jung.«

»Ich möchte, dass du nach Paris fliegst.« Tobias berührte sie an der Hand, als wolle er sichergehen, ihre volle Aufmerksamkeit zu haben. »Berlin ist zu kaputt und klein für dich. Auf dem Cover der *Bunten* bist du schon, was willst du noch jahrelang für Oestergaard Modell stehen? Der nächste Schritt ist Paris.«

»Ja«, sagte sie, »ich gehe nach Paris, aber vorher muss ich noch etwas anderes erledigen.«

5. Kapitel

Ihre Mutter sprach nie über ihren Mann, nicht einmal darüber, wie genau sie sich kennengelernt hatten. Es gab dieses eine gerahmte Foto in der Schublade im Küchenschrank von ihm und seinen Namen: Wilhelm Päffgen. Irgendwann hatte Christa aufgegeben, nach ihrem Vater zu fragen. Sie war nicht die Einzige in ihrer Schule, die keinen Vater hatte, zwei Mädchen hatten sogar noch darauf gewartet, dass ihre aus russischer Gefangenschaft zurückkehrten. Die Päffgens waren eine reiche Kölner Familie, so viel wusste Christa von ihrer Tante Helma; seit mehr als einem halben Jahrhundert brauten sie ihr eigenes Bier, das Kölsch genannt wurde. Hatte sie Großeltern in Köln, Onkel oder Tanten? Vermutlich, aber niemals kam ein Lebenszeichen aus der fernen Stadt im Rheinland, niemals ein Brief oder eine Karte. Einmal hatte Christa sogar in einer Telefonzelle am Bahnhof Zoo gestanden, den Hörer schon in der Hand, um sich mit dem Brauhaus Päffgen verbinden zu lassen. Doch was hätte sie sagen sollen? Ich bin die Tochter von Wilhelm Päffgen, Ihrem Sohn, Ihrem Bruder – warum interessiert sich niemand für mich?

In einem ihrer Alpträume hatten nicht wie sonst unbekannte Menschen in dem Zug gehockt, der hinter ihrem Haus in Lübbenau vorbei in die Nacht fuhr, nein, sie hatte das stille, schmerzverzerrte Gesicht ihres Vaters hinter den Gitterstäben gesehen. Er ist längst tot, hatte sie im Traum voller Schrecken gedacht. Warum sitzt er tot in diesem Zug und schaut mich an? Dein Mann war ein Abenteurer, hatte ihre Tante einmal zu ihrer Mutter gesagt, als sie glaubte, Christa wäre nicht im Zimmer, Wilhelm war charmant, aber haltlos, sagte sie, ein Mensch, der sich aus keinen Regeln etwas macht, und er hat dich im Stich gelassen.

Wie gern hätte sie diesen Abenteurer-Vater kennengelernt und mit ihm gesprochen!

Bevor sie nach Paris flog, kaufte sie sich eine Fahrkarte für den Expresszug. Ihrer Mutter hatte sie gesagt, sie müsse für Fotoaufnahmen an die Ostsee, da würde sie zwei Tage unterwegs sein. Nur Tobias wusste, was sie vorhatte.

Noch nie in den sechzehn Jahren ihres Lebens war sie in Köln gewesen. Nein, das stimmte nicht wirklich. Hier war sie geboren worden, aber schon nach ein paar Wochen hatte ihre Mutter die Stadt verlassen. Christa hatte sich eine Karte erster Klasse gekauft, niemand war in ihrem Abteil. Sie hatte ihr schönstes Kleid angezogen, sich sogar leicht geschminkt, ein wenig Lippenstift, ein wenig Make-up.

Ich sehe wie jemand aus, der sich an einer höheren Schule bewirbt, hatte sie am Morgen vor dem Spiegel gedacht, und wie jemand, der nicht sicher ist, dass das, was er tut, richtig ist.

Kaum waren sie aus Berlin heraus, veränderte sich das Wetter; der Himmel klarte auf. Vielleicht hatte auch er genug von Staub und Trümmern.

In einem Buch über Köln, das sie sich in einer Buchhandlung angeschaut hatte, ohne es dann jedoch zu kaufen, hatte

sie über den Dom gelesen und davon, dass auch Köln eine Ruinenstadt war – über neunzig Prozent der Häuser in der Innenstadt waren zerbombt worden. Also wie in Berlin, hatte sie gedacht.

Doch in dem Land, durch das sie fuhr, sah sie keine Trümmer. Nur als sie durch Magdeburg kamen, dann Hannover.

Plötzlich legte sich eine Hand auf ihre Schulter.

»Fräulein«, sagte eine leise Männerstimme. Der Schaffner, ein glatzköpfiger Mann mit rot geäderten Wangen, beugte sich über sie. »Wollten Sie nicht bis Köln reisen? Wir sind angekommen.«

Sie richtete sich mühsam auf. Sie hatte sich alles genau anschauen wollen, vor allem die ersten Häuser in Köln, und nun hatte sie ihre halbe Reise verschlafen.

Als sie aus dem Bahnhof trat, in dem genauso viel Betrieb herrschte wie in Berlin, stand sie vor dem imposanten Dom. Der Anblick nahm ihr den Atem. Solch eine Kathedrale hatte sie noch nie gesehen. Wohl deshalb hatte Tante Helma immer von den »Katholen« gesprochen und von »dem heiligen Köln«, allerdings hatte sie es in einem spöttischen Tonfall gesagt.

Christa nahm sich Zeit, ein wenig umherzulaufen. In der Friesenstraße befand sich das Brauhaus Päffgen; es lag nicht weit vom Dom entfernt. Der Rhein gefiel ihr, drei Brücken hatte man wiederaufgebaut, meinte sie zu erkennen. Auf einer fuhr alle paar Minuten eine Straßenbahn in die eine, dann eine in die andere Richtung. Die meisten Männer trugen Hüte, wie in Berlin. Als sie an einer Straßenecke zögerte, kam gleich ein junger Mann mit einem glatt rasierten Gesicht heran und fragte, ob er ihr helfen könne. Seine Sprache war anders, weicher; sie lächelte und lehnte dankend ab; nein, sie komme zurecht.

Für einen Moment, als sie in Richtung Brauhaus lief, versuchte sie, sich vorzustellen, was geschehen wäre, wenn man ihren Vater nicht im Krieg erschossen hätte, wenn er ihre Mutter und sie stattdessen zu sich geholt hätte. Dann würden sie nun gemeinsam durch diese Stadt laufen, an Trümmern vorbei, die es auch hier noch gab, obschon an fast jeder Ecke gebaut wurde.

Es war einerlei, dachte sie dann, sie wäre bald in Paris.

Köln kam ihr kleiner und enger vor, und auch die Friesenstraße war eher eine Gasse denn eine richtige Straße. Autos passierten sie, einmal sogar ein Pferdefuhrwerk, das mit Fässern beladen war.

Sie nahm nicht den Eingang ins Brauhaus, das nichts weiter als eine düstere Kneipe mit braun gebeizten Holztischen war, sondern ging zu einer Haustür mit einer Klingel. Als ihr geöffnet wurde, stand eine mittelalte Frau mit einer Schürze und dunklen, zurückgebundenen Haaren vor ihr und schaute sie argwöhnisch an.

»Bitte, was wollen Sie?«, fragte sie in diesem eigentümlichen Singsang, der hier in der Sprache vorherrschte.

Christa spürte kurz einen Moment der Aufregung. »Ich bin Christa Päffgen«, sagte sie dann mit fester Stimme. »Gehören Sie auch zur Familie Päffgen? Kann es sein, dass Sie meine Tante sind?«

Die Frau verharrte für einen Moment, ihre Augen blitzten

auf. »Nein«, sagte sie, »ich bin nicht deine Tante. Du bist ein Bastard, du gehörst nicht zu der Familie Päffgen. Richte das deiner Mutter aus und komme bitte nie wieder hierher.«

Die Frau machte eine Bewegung, als wollte sie ihre Hand zu einem Gruß erheben, aber dann schlug sie nur die Tür zu.

Niemals war ihr so etwas geschehen. Es hatte in der Schule Lehrer und andere Mädchen gegeben, die sie nicht mochten, die sie schnitten und mit bösen Blicken bedachten, aber »Bastard« hatte noch nie jemand zu ihr gesagt. Wahrscheinlich war diese Frau tatsächlich ihre Tante gewesen. Christa begriff, warum ihre Tante Helma so abfällig über die Päffgens sprach, sie würden jeden Sonntag in die Kirche rennen, aber in Wahrheit seien sie nichts als Heuchler.

Christa ging zum Bahnhof zurück; die Stadt, die ohnehin nicht schön war, hatte sich binnen Augenblicken verändert, war nunmehr nichts als ein Ort, der sie nicht haben wollte, feindlich trotz Dom und Glockengeläut.

Sie kaufte sich eine Fahrkarte zurück nach Berlin – sie müsste nicht einmal eine Stunde warten, bis sie den Zug nach Hause besteigen könnte –, und dann tat sie etwas, das sie selbst überraschte. In einem Kiosk im Bahnhof fragte sich nach einer Flasche Kölsch. Päffgen-Bier gebe es nicht zu kaufen, es werde nur im Brauhaus an der Friesenstraße ausgeschenkt, erklärte ihr der Verkäufer, ein Junge, dem die Haare ins Gesicht fielen und der gewiss kaum älter war als sie. Gut, erwiderte sie, dann wolle sie ein anderes Kölsch probieren.

Er reichte ihr eine Flasche, die sie mit auf den Bahnsteig nahm und dort ganz am Ende auf einer Bank öffnete.

Der Magen zog sich ihr beim ersten Schluck zusammen. Hatte sie jemals etwas getrunken, das ekelhafter schmeckte als dieses Bier? Sie probierte noch einen zweiten und dritten Schluck, bevor sie die Flasche unter die Bank schob, als hätte sie jemand dort vergessen.

Niemals mehr, nahm sie sich vor, würde sie auch nur einen Schluck von diesem widerlichen Kölner Bier trinken.

6. Kapitel

Tobias hatte sie ins KC eingeladen; ihr letzter Abend in Berlin. Sie hatte sich einen kleinen Reiseführer mit farbigen Fotos gekauft und heimlich, ohne dass ihre Mutter es mitbekam, ein paar französische Ausdrücke geübt. Diese fremde Sprache faszinierte sie, sie war so ganz anders, man musste sie hauchen, musste Worte zu Lautketten aneinanderreihen, aber ach, eigentlich faszinierte sie alles Fremde.

Warum war sie nicht in Paris oder London auf die Welt gekommen, sondern in diesem düsteren zerstörten Nibelungenland?

Aus Angst vor dem Abschied hatte ihre Mutter schon mehrmals geweint, auch deshalb hatte sie die Einladung ins KC gern angenommen.

Tobias rauchte wieder zu viel, sie selbst hatte damit schon wieder aufgehört.

»Ich werde dich bestimmt noch einige Male in diesem Jahr buchen«, sagte er, »aber ich kann leider nicht nach Paris kommen. Vielleicht fahren wir nach Rom oder, besser noch, nach Mallorca oder Ibiza. In Paris würde man mich sofort wieder verhaften.« Er lächelte ein wenig kummervoll.

Für einen Moment dachte sie daran, ihn zu bitten, sich um ihre Mutter zu kümmern, ihre Mutter hatte viele Bekannte und Kundinnen, allerdings keine wirklichen Freunde, genau wie sie selbst. Doch nein, für so etwas war Tobias nicht der Richtige; er war ein guter Fotograf, aber ihre Mutter würde ihn nicht verstehen und er sie ebenfalls nicht.

»Wir müssen noch etwas tun«, sagte er. »So kannst du nicht nach Paris fahren.«

»Warum nicht?«, fragte sie und griff sich durch ihr dunkelblondes Haar, das sie sich kurz geschnitten hatte.

»Nein, es geht nicht um deine Frisur. Die Haare wachsen nach, außerdem gibt es Perücken. Es geht um deinen Namen. Wir müssen noch einen neuen Namen für dich finden. Du kannst nicht als Christa Päffgen nach Paris reisen und mit diesem Namen Karriere machen wollen. Christa Päffgen ...« Er betonte die beiden Worte affektiert, rollte das R und dehnte das Ä. »So einen Namen möchten Franzosen gar nicht aussprechen.«

»Ich mag meinen Vornamen auch nicht«, sagte sie unsicher, »aber ich glaube, mein Vater hat ihn ausgesucht, damals in Köln ... Er war katholisch.«

Tobias sah an ihr vorbei, ein sehnsuchtsvoller Blick ins Nirgendwo. »Ich erzähle dir etwas«, sprach er vor sich hin. »In Paris habe ich den schönsten Mann getroffen, dem ich jemals begegnet bin – und das will etwas heißen. Viele Frauen und Männer in Paris sind atemberaubend schön, sie verstehen sich zu kleiden und zu schminken, ganz anders als hier bei uns. Leider hat dieser Mann mich gar nicht beachtet. Er ist ein Grieche, ein Schauspieler und Regisseur. Jean Genet, der Schriftsteller, war an seiner Seite, als ich ihm begegnet bin. Ich habe mich sofort in ihn verliebt, in seine Haut, auf dem ein goldener Schimmer lag, in sein befreiendes Lachen. Mich hat nicht einmal gestört, dass eine Frau an seiner Seite saß, die förmlich an seinen Lippen hing.« Tobias schaute sie wieder an, er inhalierte, mit für einen Moment halb geschlossenen Augen, und verzog dann den Mund, als spürte er tief in sich einen Schmerz.

»Warum erzählst du mir das?«, fragte sie leise.

»Dieser Mann heißt Nico Papatakis«, sagte Tobias. »Nico – wie klingt das für dich? Ein sanfter Name, rätselhaft und ohne Geschlecht, und doch kann man ihn sich gut merken und wunderbar aussprechen. Du wirst nicht mehr Christa sein, wenn du in Paris aus dem Flugzeug steigst. Dann bist du Nico, die schöne geheimnisvolle Nico.«

Zweiter Teil

Paris 1954

7. Kapitel

Zum ersten Mal in ihrem Leben saß sie in einem Flugzeug. Ihr gefielen die Uniformen der Stewardessen, die sie am Eingang begrüßt hatten, als wäre sie ein Ehrengast. Sie hatte das Glück, am Fenster zu sitzen und auf das graue Berlin hinabzublicken, als die Maschine in Tempelhof startete. Noch immer gab es Ruinen und leere Trümmergrundstücke, und die Autos sahen aus, als säßen da Menschen in ihnen, deren Absicht nur darin bestand, immer nur im Kreis zu fahren.

Ihre Mutter hatte am Flughafen geweint, sie hatte sie immer wieder an sich gedrückt und »Töchterlein, pass auf dich auf!« geschluchzt. Fast wäre Christa zu dem Schalter gelaufen, an dem sie ihr Gepäck aufgegeben hatte, und hätte der Frau erklärt, sie habe es sich anders überlegt, sie wolle doch nicht abfliegen, ohne ihre Mutter in eine fremde Stadt, deren Sprache sie nicht beherrschte.

Aber dann stieg die Maschine immer höher, und Berlin verschwand unter dichten grauweißen Wolken, und plötzlich fühlte sie sich wohl. Tobias hatte ihr ein Empfehlungsschreiben mitgegeben, das er auf Französisch verfasst hatte. Und noch etwas machte sie froh: Sie war als Christa gestartet, doch in Paris würde sie als Nico landen.

Sie flüsterte den Namen stumm vor sich hin. Ein kurzer, weicher Name, ein Name wie eine Feder im Wind – ja, das war sie; sie war Nico, sie war ein Mensch, der sich selbst einen Namen gab. Sie war dieser Name, und alles andere, das zerbombte Köln, in dem sie geboren war, den Spreewald mit den Zügen in der Nacht, die Ruinenstadt Berlin, all das ließ sie hinter sich.

Sie schloss die Augen, hörte das laute Dröhnen der Motoren, das auch nach dem Start nicht leiser geworden war, wie sie es erwartet hatte, und dann tat sie etwas, das sie noch nie getan hatte, nicht einmal in heimlichen Momenten: Sie sprach mit ihrem toten Vater. Ich bin eine Abenteuerin, wie du einer warst, auch dir war deine Welt zu klein, wahrscheinlich bist du deshalb erschossen worden, du warst ein Partisan, ein Deserteur, ein Abtrünniger – und nun lasse ich meine Welt hinter mir und werde Nico sein.

Die Leute von dem Magazin *Elle*, für das sie ihre ersten Aufnahmen machen würde, hatten ihr ein Zimmer in einem kleinen Hotel an der Place de la Contrescarpe gebucht. An ihrem ersten Abend in Paris, an dem sie noch keine Verabredung hatte, ging sie schüchtern in die Bar des Hotels. Ihr Französisch war jämmerlich, wie sie gleich beim Einchecken gemerkt hatte, doch sie schaffte es immerhin, sich ein Glas Weißwein zu bestellen.

An der Bar neben ihr saß ein älterer Mann mit einem mächtigen grauen Bart und weißen, zerzausten Haaren, die er sich am Morgen gewiss zurückgekämmt hatte, die ihm aber immer wieder in die Stirn fielen. Er trug ein verwaschenes weißes Leinenhemd und starrte auf das Glas vor sich, das er in seinen Pranken hielt, kein Wein darin, sondern Whisky vermutlich.

Irgendwann hob er den Kopf und schaute sie an. Er hob die Augenbrauen. »Madame«, sagte er und dann noch etwas auf

Französisch, das sie nicht verstand, aber sie bemerkte, dass es nicht seine Sprache war, er war kein Franzose, sondern jemand, der mühsam versuchte, diese Sprache zu sprechen.

Sie hob die Schulter, lächelte verlegen.

»Oh, you are not French«, sagte der Mann da. Er lächelte, ein Dutzend Falten kräuselten sich um seine Augen, was ihn noch älter aussehen ließ. Ja, er war alt, ein alter grauer Bär.

»I'm Nico«, sagte sie. Zum ersten Mal sprach sie vor einem Fremden ihren neuen Namen aus. Es fühlte sich gut und richtig an.

»Nico?« Als der alte Mann ihren Namen wiederholte, verlieh er ihm Tiefe und Bedeutung, es war beinahe, als würde er ihn kosten wie ein besonderes Gericht. »You are beautiful. Are you Swedish?« Nein, verbesserte sich der Mann dann sofort, für eine Schwedin sei ihr Haar nicht blond genug; sie solle es blonder tragen, richtig blond, dann sei sie eine perfekte Schwedin.

Er bestellte ihr noch ein Glas Wein und redete weiter, so dass sie nur selten etwas entgegnen musste. Auch wenn ihr Englisch kaum reichte, um alles zu verstehen, begriff sie, dass sie ihm gefiel. Der alte Mann machte ihr Komplimente, er lächelte sie an, vielleicht wollte er auch, dass sie mit ihm auf sein Zimmer ging. Ja, er machte sich ein wenig größer, während er redete, dachte sie; größer und männlicher wollte er wirken.

Er sei eigentlich aus Amerika, aber nun wohne er schon eine Zeit lang in Paris, im Ritz genauer gesagt, aber da gefiele ihm die Bar nicht, sie sei »too arrogant«; jedenfalls meinte Nico, diese Worte zu verstehen.

Als sie erwiderte, dass sie Deutsche sei, aus Berlin, rundete sich sein Mund, den man in dem Bart kaum ausmachen konnte, und er stieß einen kurzen Pfiff hervor, der beinahe wie der Laut eines verirrten Vogels klang. Er sei auch im Krieg gewesen, eigentlich in mehreren Kriegen, gegen die Deutschen habe er ebenfalls gekämpft – »against German bastards« –, das Wort ließ sie zusammenzucken. Ja, er habe ein paar Deutsche getötet – in der »Schlacht im Hürtgenwald«, wie er meinte.

Er fixierte sie, seine Augen waren plötzlich die Augen eines Adlers, der eine Reaktion erwartete.

»I have never heard the name Hürtgenwald«, sagte sie. Sie sprach das deutsche Wort genauso seltsam aus wie er. Ob er wirklich Menschen getötet habe, fragte sie.

Plötzlich lächelte er. Seine Lippen tauchten in dem Bart auf, wie ein versunkenes Boot aus einem grauen Gewässer. »It was a joke«, sagte er und berührte sie an der Schulter. Im nächsten Moment bestellte er sich einen weiteren Whisky. Er sei Schriftsteller, er müsse sich immer etwas ausdenken, aber sie gefalle ihm, ob sie mit ihm mal auf eine Party gehen wolle; er kenne eine Menge Leute in Paris – »important people like Jean-Paul Sartre, the philosopher, or Jean Genet.«

Wieder dieses Lächeln, dann streichelte er das neue Glas, das der Barkeeper ihm mit einem höflichen, devoten Nicken hingeschoben hatte, bevor er es zum Mund führte.

»Maybe, I come with you«, sagte sie. Den Namen Jean Genet hatte auch Tobias erwähnt.

»Good idea, Nico«, erwiderte der alte Mann, und in seinem

nächsten Buch werde sie vorkommen; das könne er schon jetzt versprechen. Er werde über eine schöne junge Frau schreiben, die allein in eine Bar kam und sich neben einen einsamen Mann setzte, um ihm den Tag zu verschönern. Dann griff er abrupt zu seinem fast leeren Glas und prostetet ihr zu. »O sorry, Mademoiselle«, sagte er. »I forgot to introduce myself. I'm Ernest – Ernest Hemingway.«

Wilhelm Maywald, bei dem sie sich vorstellen sollte, wohnte in einem der besseren Viertel von Paris. Am Morgen hatte Nico sich die Haare färben lassen, sie war nun wirklich blond. Wie eine Schwedin sah sie aus, ganz so, wie Hemingway es gesagt hatte. Es gefiel ihr, die blonde Nico zu sein. Kaum vierundzwanzig Stunden war sie aus Berlin weg und hatte sich schon verändert.

Tobias hatte ihr von Maywald vorgeschwärmt; er sei ein absoluter Starfotograf, habe schon vor dem Krieg in Paris gelebt und kenne alle wichtigen Leute, und er mache die schönsten und außergewöhnlichsten Aufnahmen für Christian Dior, den Gott der Mode. Dass er ein Deutscher war und Wilhelm hieß wie ihr Vater, nahm Nico als ein gutes Zeichen. Trotzdem näherte sie sich seinem Haus unsicher; die Adresse hatte Tobias ihr aufgeschrieben. Eine ältere Frau, vermutlich eine Hausangestellte, öffnete ihr; doch sie ließ sie nicht eintreten, sondern sagte etwas in viel zu schnellem Französisch, und dann, als sie bemerkte, dass die junge Frau vor ihr sie nicht verstand, bedeutete sie mit einer Geste, Monsieur sei im Garten. Nico möge um das Haus herumgehen.

Vorsichtig und als dürfe sie kein Geräusch verursachen, schlich sie an dem Haus vorbei; es war ein später Tag im August, hier sangen sogar Vögel.

Durch eine offene Tür konnte sie sehen, wie sich ein Mann, der einen weißen Rollkragenpullover trug, über Fotos beugte, Negative auf einem Leuchttisch.

Vorsichtig klopfte sie gegen das Glas der Terrassentür.

Es dauerte einen Moment, bis der Mann sich umwandte und aufschaute. Er war viel älter, als sie erwartet hatte, sicherlich schon fast fünfzig; sein Haar war lockig und von grauen Strähnen durchzogen. Er kniff die Augen zusammen, musterte sie und fragte: »Oui?«

Offensichtlich hatte er ihren Besuch vergessen, den Tobias angekündigt hatte.

Sie räusperte sich, während sie durch die Tür schritt. »Ich bin Nico«, sagte sie auf Deutsch. »Tobias hat mir empfohlen, mich bei Ihnen zu melden. Und ich glaube, morgen haben wir einen Termin für die *Elle.*«

Der Mann lächelte. »Morgen haben wir einen Termin?«, fragte er ein wenig spöttisch. Gleichzeitig winkte er sie heran.

Für einen Moment sagte er gar nichts, sondern betrachtete sie lediglich. »Ich habe schon viele schöne Frauen gesehen«, sagte er, »aber du …« Er brach ab. »Woher kommst du, Nico? Wie groß bist du?«

»Ein Meter dreiundsiebzig«, sagte sie. »Ich komme aus Berlin.«

Maywald lächelte. »Es gibt also doch Schönes, was aus Deutschland kommt. Bis eben hatte ich kein Shooting für die

Elle morgen, aber das hat sich gerade geändert. Ich werde die Aufnahmen selbst machen, und dann ...« Er deutete an, dass sie sich setzen sollte. Links von seinem Leuchttisch befanden sich zwei kleine schwarze Sessel.

»... dann fahre ich zu einem Shooting an die Côte d'Azur. So ein Mädchen wie dich habe ich noch gesucht. Wenn du Zeit hast, arrangiere ich sofort, dass du mitkommst.«

»Gern«, sagte sie. Ihre Nervosität war wie weggeblasen. Ja, dass Maywald wie ihr Vater Wilhelm hieß, war ein gutes Zeichen gewesen.

Für ein paar Minuten verließ Maywald das Zimmer. Anscheinend sollte die Hausangestellte oder Sekretärin oder wer immer ihr die Tür geöffnet hatte, sich um alles kümmern, was die Shootings betraf.

Mit zwei Tassen schwarzem Kaffee kehrte er zurück.

»Solche Überraschungen mag ich«, sagte er und reichte ihr eine Tasse. »Nun erinnere ich mich an dich. Ich habe dein Foto auf der *Bunten* gesehen – ein gutes Bild. Tobias hätte hier Karriere machen können, wenn er sich ein bisschen besser benommen hätte. Die Franzosen haben Stil – und Moral. Sich in einem Pissoir zu vergnügen schätzen sie aus gutem Grund nicht sonderlich.«

Nico trank von dem Kaffee und hatte das Gefühl, dass sie etwas entgegnen sollte. »Mein Vater hieß auch Wilhelm«, sagte sie plötzlich, als wäre das eine wichtige Botschaft.

Maywald fixierte sie. »Wilhelm ist ein Name, den ich nicht mag – klingt zu sehr nach Kaiserreich und Pickelhaube. Alle hier nennen mich Willy. Aber dein Name gefällt mir – Nico hat

Stil. Warum bist du hier in Paris, Nico? Woran glaubst du? An Gott? An Schönheit?«

Sie zögerte einen Moment. Solch eine Frage hatte ihr noch niemand gestellt. »Nicht an Gott«, gab sie leise zur Antwort. Ich glaube an mich, hätte sie beinahe hinzugesetzt, dann aber sagte sie: »Ich glaube an meine Träume … und an Schönheit … an schöne Dinge … Blumen, Schmuck … Und mir gefällt es, besondere Kleider zu tragen.«

Maywald nippte an seinem Kaffee, er hatte sie nicht einen Moment aus den Augen gelassen. »Es gefällt mir, wenn Frauen klug sind. Viele denken, dass die jungen Mädchen auf den Titelblättern nur schön sein müssen, aber das stimmt nicht. Bei wem sich nicht äußere Schönheit mit innerer Tiefe, einem Geheimnis paart, bei dem bleibt alles hohl und flach. Ich habe mein Leben geweiht, solche Schönheit zu finden, egal bei wem, bei Frauen oder Männern.«

Dann führte er sie durch seinen kleinen Garten, erklärte ihr ein paar Pflanzen und erzählte, wen er schon alles fotografiert hatte – nicht protzend, sondern so, als würde er mit einer guten Freundin sprechen. »In Berlin habe ich mein erstes Foto überhaupt gemacht. Es war im Jahr 1931 – ich habe eine Laterne fotografiert, genauer gesagt, ihr Licht, das auf das Pflaster fiel, weil mich das Muster so fasziniert hat. Damals war ich schon vierundzwanzig Jahre alt und hatte keine Ahnung, wohin mich dieses Bild bringen würde.« Abrupt blieb er stehen und hielt sie am Arm fest. »Wo wohnst du eigentlich in Paris, Nico?«

Sie nannte ihm den Namen des Hotels.

Maywald nickte. »Ein kleines sauberes Haus, aber wenn wir von der Côte d'Azur zurückkehren, ziehst du erst einmal hier ein.« Er bemerkte ihre Verwirrung und lächelte. »Keine Angst. Mir geht es wie Tobias. Ich liebe Frauen auf meine Art, aber im Gegensatz zu ihm bin ich bei meinen Vorlieben viel diskreter.«

Es wurde die erste echte Reise, die Nico unternahm. Noch nie hatte sie das Meer gesehen, und nun fuhr sie im Spätsommer an die Côte d'Azur. Anders als Tobias hatte Maywald einen richtigen Tross dabei; sie waren vier Mädchen, dazu kamen Bobby, sein Freund und Lebensgefährte, seine Schwester Helene und Ursula, eine weitere Deutsche, die alles für ihn regelte.

Nico genoss es, vor der Kamera zu stehen. Es war viel angenehmer und einfacher, als über einen Laufsteg zu wandeln und mit starrer Miene Kleider vorzuführen. Gleich am ersten Abend wurde sie in Cannes auf eine Yacht eingeladen; und abends in einem Club, der La Jungle hieß, verliebte sie sich in David, der ebenfalls für Fotoaufnahmen nach Frankreich gekommen war. Sie verbrachten die Nacht am Strand, ein Himmel voller Sterne über ihnen. Ihr Englisch war kaum besser als ihr Französisch, aber es genügte, um David zu verstehen. Er war zweiundzwanzig, und er träumte von einer Karriere in Hollywood. Not just pictures, I want to shoot movies. Movies, begriff sie, damit waren offenbar Filme gemeint.

Er küsste ihre Brust, und als er in sie eindrang, konnte sie kaum glauben, dass sie einmal Christa gewesen war, das kleine Mädchen, das sich in Berlin, sobald es dunkel wurde, vor jedem und allem gefürchtet hatte.

Als sie gegen Morgen, während die Sonne langsam über den Horizont stieg, aufwachte, fror sie. Sie hatte sich gegen die Kälte in ihr dünnes Kleid und ein Badehandtuch eingewickelt. David war verschwunden, nur ein Abdruck im Sand verriet, dass jemand neben ihr gelegen hatte.

Müde und enttäuscht schlich sie in ihr Hotel zurück. Verdammt, warum hatte dieser schöne David sie alleingelassen! Für ein paar Momente musste sie tatsächlich mit den Tränen kämpfen.

Es war noch nicht einmal sechs Uhr, als sie am Hotel eintraf, aber Helene stand da und nahm sie mit ernster Miene in Empfang. »Bist du noch ein kleines Kind, Nico? Wir sind nicht zum Vergnügen hier, sondern um zu arbeiten.«

Später ließ Maywald sie am längsten von allen Mädchen warten, doch als er sie dann in einem Dorf im Landesinneren fotografierte, war er wieder voller Enthusiasmus.

»Weißt du, was Coco Chanel einmal gesagt hat? Sie arbeitet am liebsten mit deutschen Mädchen. Anders als Französinnen oder Engländerinnen gehen Deutsche aufrecht wie stolze Tiere, und die alte Coco hat recht, verdammt.«

Am Abend suchte sie nach David, aber sie fand ihn nirgends, doch während sie die Croisette entlangging, fiel ihr auf, dass hier viele Davids unterwegs waren, gut aussehende blonde Männer mit brauner Haut und Augen, die sie einzufangen versuchten.

Egal also, sie würde einen anderen David finden.

Im La Jungle traf sie auf die anderen Mädchen, die unter Bobbys Aufsicht ihre Cocktails tranken. Vor ein paar Wochen noch hätten diese jungen Frauen, ihre Schönheit, ihr selbstbewusstes Auftreten sie eingeschüchtert, nun aber gehörte sie dazu, trank dieselben bunten Cocktails und spürte die Blicke der Männer, die wie hungrige Panther um sie herumstreiften.

Erst als Bobby bereits ins Hotel zurückgegangen war, holte Marie, die einzige Französin unter ihnen, die aber auch einigermaßen Englisch sprach, einen Joint hervor, den sie reihum gehen ließen.

Nico nahm den Joint zögernd entgegen. So etwas hatte sie noch nie geraucht.

Marie lachte sie an. Ihre grünen Augen blitzten auf. »He, Nico, wir wollen nur ein wenig Spaß haben. Morgens trinken wir Kaffee und fressen Diätpillen, damit wir nicht dick werden, und abends rauchen wir ein bisschen Gras.«

Vorsichtig nahm Nico einen Zug; es schmeckte so bitter, dass sie sofort husten musste.

Nein, dachte sie, so etwas war nichts für sie – sie wollte weder Haschisch rauchen noch Diätpillen schlucken.

8. Kapitel

In Paris kam sie sich wie eine Traumwandlerin vor. Eine Stadt ohne Ruinen, eine Stadt voller Worte und Musik. Sie verdiente hundert, manchmal sogar über zweihundert Franc in der Stunde, und alles, was sie dafür tun musste, war, in eine Kamera zu schauen. Maywald beschaffte ihr einen Auftrag nach dem nächsten, für die *Elle*, die *Vogue*, für Christian Dior, gelegentlich auch für britische oder deutsche Magazine, und er war es auch, der dafür sorgte, dass sie immer pünktlich kam. Er hatte sie in einem Zimmer in seinem Haus einquartiert und stand morgens persönlich in ihrer Tür, um sie zu wecken.

Manchmal hörte sie seine sonore Stimme schon, bevor er angeklopft hatte: »Raus aus den Federn, Nico. Die Welt will dich sehen.«

In Gedanken nannte sie ihn ihren Vater, ja, sie hatte ihren Ersatzvater gefunden, den zweiten Wilhelm, der sich auch um ein paar Französischstunden kümmerte und darum, dass sie ihre Mutter in Berlin nicht vergaß.

Nur abends gelang es ihr, Maywalds Aufsicht zu entkommen. Anfangs war sie mit den anderen Mädchen losgezogen, aber dann traf sie Hemingway wieder, in der Bar im Ritz. Sie hatte so getan, als wäre sie rein zufällig hier, doch in Wahrheit, was er rasch durchschaute, war sie neugierig gewesen, ob sie ihn noch einmal treffen würde.

»Hast du schon über mich geschrieben?«, fragte sie ihn.

Er lächelte sie an; sein braun gebranntes Gesicht legte sich in Falten, als wäre es aus altem Pergament. »Vielleicht«, sagte er. »Deine Haarfarbe gefällt mir. Nun bist du wirklich eine Schwedin.«

Sie tranken Whisky, dann gingen sie zu einer Party, auf der angeblich auch Jean-Paul Sartre sein sollte, doch anscheinend war der berühmte Philosoph so winzig, dass er ihr nicht auffiel. Ein paar Männer stürzten sich regelrecht auf sie, einer gab sich als Schriftsteller aus, aber alle sprachen so aufgeregt durcheinander, dass sie sich keinen Namen merken konnte.

Schließlich, weil auch Hemingway sich langweilte, fuhren sie ins Hotel La Louisiane, um sich in der Bar eine Jazzband anzuhören.

»Was war mit dieser Schlacht in Deutschland?«, fragte sie Hemingway, als sie im Taxi saßen. »Hast du wirklich jemanden umgebracht?«

Der alte Mann hatte versucht, seinen Arm um sie zu legen, doch sie war elegant, wie sie meinte, zurückgewichen. Er roch nach Alkohol, nicht nur weil sie zwei Gläser Whisky getrunken hatten. Wahrscheinlich trank er ohnehin zu viel.

»Ich war Reporter«, sagte er, »aber ich war dabei, eine Scheiß-Schlacht in einem Wald. Die Deutschen haben es uns richtig gezeigt, im Schlamm haben wir gelegen, in einem verdammten Urwald mitten in Europa. Damit hatten unsere schlauen Generäle nicht gerechnet, dass es da einen Urwald gäbe und die Deutschen um jeden Fußbreit ihrer Erde kämpfen würden.« Er beugte sich vor, offensichtlich, um sie zu küssen.

Sie wich erneut zurück und hob leicht abwehrend die Hand. Du bist ein alter Mann, wollte sie ihm sagen, und du hast eine Frau, die im Ritz auf dich wartet. Ich weiß es doch.

Zum Glück hielt das Taxi einen Moment später an.

Die Musik, die im Hotel La Louisiane gespielt wurde, hatte sie noch nie gehört. Drei schwarze Musiker in grauen Anzügen mit weißen Hemden standen auf einer winzigen Bühne. Dizzy Gillespie hieß der Mann an der Trompete. Um ihn drehte sich alles, er gab die Einsätze vor; ein Schlagzeuger und ein Bassist begleiteten ihn. Während der Bassist reglos dastand und vor sich hin starrte, als wäre er in Trance, wanderten die Augen des Schlagzeugers ständig über das Publikum, als wollte er sie auffordern, noch aufmerksamer zuzuhören und ihre Darbietung zu bestaunen. Es war eine Musik, die merkwürdige Wege ging, wild, ungeordnet, männlich. Ihrer Mutter mit ihrer Vorliebe für Zarah Leander hätten diese Klänge gewiss nicht gefallen.

Hemingway bestellte den nächsten Whisky, und als sie ihren nicht sofort trank, nahm er ihr Glas und kippte die goldfarbene Flüssigkeit in einem Zug hinunter. Betrunken legte er eine Hand auf ihr Knie, die sie jedoch mit einer eleganten Bewegung zurückschob.

»Ich mag schöne Schwedinnen«, flüsterte er ihr ins Ohr, als hätte er vergessen, dass sie Deutsche war, oder vielleicht war das auch seine Art von Humor.

»Und ich mag keine betrunkenen Amerikaner«, flüsterte sie zurück. »Auch nicht, wenn sie schöne Bücher schreiben.«

Nachdem Hemingway aufgestanden war, um zur Toilette zu

schwanken, erhob Nico sich ebenfalls und verließ den Club. Als sie sich vor dem Ausgang kurz umblickte, meinte sie zu sehen, wie der Schlagzeuger ihr eine Kusshand nachwarf.

Als sie Maywald am nächsten Morgen erzählte, mit wem sie den Abend verbracht hatte, glaubte er ihr zunächst nicht.

»Nico, ich weiß, dass Träumerinnen wie du schöne Geschichten erzählen können, die mitunter einer Lüge gleichen.« Er lächelte spöttisch, während seine Schwester Helene sie musterte wie eine strenge Lehrerin.

»Es stimmt, dass Ernest in der Stadt ist«, sagte sie in einem Tonfall, als würde sie den Schriftsteller persönlich kennen.

»Hemingway war in Deutschland«, sagte Nico und schaute Maywald an, nicht dessen strenge Schwester. »Er war Reporter in einer Schlacht in einer Gegend, die Eifel heißt – Hürtgenwald.«

Maywald zog seine Augenbrauen in die Höhe. »Dann«, sagte er, »muss ich ihn unbedingt in den nächsten Tagen fotografieren. Hast du seine Telefonnummer im Ritz?«

Ein wenig eifersüchtig schien Tobias von Berlin aus darüber zu wachen, was sie tat. Jedes Coverfoto, das von ihr erschien, kommentierte er in den Telefonaten, die sie gelegentlich führten. Meistens ließ er ihr ausrichten, sie möge ihn zu einer bestimmten Uhrzeit in seinem Hotel anrufen.

»Maywald ist ein Könner, aber auf der neuen *Vogue* siehst du aus wie ein braves Schulmädchen, das Kinn trägst du zu hoch, und deine Augen wirken zu groß. Die Proportionen in deinem Gesicht stimmen nicht.«

Nico ließ ihn reden. Immerhin hatte sie es doch geschafft, dass er manchmal bei ihrer Mutter vorbeischaute oder jemanden hinschickte, der nach dem Rechten sah.

»Ich habe von Helene erfahren, dass ihr in drei Wochen kein Shooting habt«, erklärte er. »Ich bin mit einem Team auf Ibiza. Drei Models, du wärst das vierte.«

Auf Ibiza, einer spanischen Insel im Mittelmeer, war sie noch nie gewesen, aber wenn sie ehrlich war, interessierte sie eine Reise gar nicht. Sie fühlte sich gerade in Paris angekommen. Es war angenehm, dass Maywald und Ursula sich um alles kümmerten, und abends oder am Nachmittag, wenn die Aufnahmen vorbei waren, getraute sie sich mehr und mehr, allein loszuziehen. Im Café de Flore gab es schon zwei Kellner, die sie erkannten und ihr immer einen besonderen Platz zuwiesen.

»Ich weiß nicht«, sagte sie vage zu Tobias. »Ich habe hier eigentlich genug zu tun und …«

»Ibiza ist der schönste Platz auf Erden«, unterbrach Tobias sie unwirsch. »Du würdest etwas verpassen. Die Strände sind phänomenal, und es wohnen interessante Leute dort. Ich bitte Helene, dir Tickets für die Reise zu besorgen. Für mich macht sie das. Am besten nimmst du von Barcelona die Fähre. Ich küsse dich, Nico«, sagte er zum Abschluss und betonte ihren Namen, als würde er allein dessen wahre Bedeutung verstehen.

Schon auf der Fähre bedauerte sie, sich auf diese Reise eingelassen zu haben. Sie wurde seekrank. Man kontrollierte ihren Ausweis besonders aufmerksam, und nicht nur von den Polizeibeamten am Hafen wurde sie aufdringlich angestarrt.

»Spanien ist völlig anders als Frankreich«, hatte Maywald ihr erklärt, der nichts dagegen hatte, dass sie mit Tobias Aufnahmen machen würde. »Du musst aufpassen, Nico. Die Gesetze sind strikt. Wegen der leichtesten Vergehen landet man im Gefängnis. General Franco hält sein Land fest im Griff.«

Kaum war sie auf Ibiza angekommen, begriff sie, was Maywald ihr hatte sagen wollen. Jemand von der Guardia Civil machte ihr in schlechtem Englisch klar, dass sie ihren Körper allzeit bedecken müsse. Außerdem habe sie provozierendes Verhalten zu unterlassen, und am besten halte sie sich ohnehin möglichst wenig in der Öffentlichkeit auf, um kein Aufsehen zu erregen. Es war, als wäre sie eine Berühmtheit, die man schon erwartet hatte.

Nico beschloss, sich daran zu halten. Wenn sie keine Aufnahmen hatte, lief sie mit Sonnenbrille und ganz in Schwarz gekleidet über die Insel.

Tobias hatte nicht zu viel versprochen. Sie bemerkte selbst, wie gut es ihr tat, dass das Leben hier einen anderen Takt hatte als in Paris. Die Zeit verging völlig anders; gemächlich flossen die Stunden unter ewiger Sonne dahin. Das Licht war anders, weicher, wie sie auch bei den Aufnahmen bemerkte; es hüllte jeden in einen sanften Zauber ein. Selbst Tobias entspannte sich mehr und mehr, was man auch seinen Fotos ansehen konnte.

Nach dem letzten Shooting, das im Westen, vor der winzigen Insel Es Vedrà, stattgefunden hatte, rauchten sie einen Joint mit Blick auf den riesigen Felsen, der dort aus dem Wasser ragte. Haschisch war auf Ibiza trotz aller Restriktionen leicht zu bekommen. Boote brachten es vom spanischen Festland oder von der afrikanischen Küste heran.

»Ich werde noch ein wenig länger bleiben.« Nico blickte auf das Wasser, auf dem sich die letzten Sonnenstrahlen verloren. »Es gefällt mir hier. Mir gefällt es, den ganzen Tag eine Sonnenbrille zu tragen.«

Tobias hatte sich rauchend an einen verkrüppelten Baum gelehnt. Er inhalierte mit geschlossenen Augen. »Für jeden aus dem grauen, kalten Deutschland ist das hier das Paradies«, sagte er. »Hol doch deine Mutter her. Man kann von Tempelhof ganz einfach nach Barcelona fliegen. Warum mietest du dir hier kein Haus? Es kostet nicht viel, und Geld genug hast du ja.«

Tatsächlich beschloss sie, ihre Mutter am nächsten Tag einzuladen. Sie fand auch eine Wohnung in Sa Penya, mitten in der Altstadt von Ibiza-Stadt, unterhalb des Hafens. Stolz schmückte sie die Räume mit Blumen und kaufte einen guten Wein, um mit ihrer Mutter anstoßen zu können. Zum ersten Mal würde sie Grete als Nico gegenüberstehen.

Bleich und seekrank schwankte die Mutter ihr am Hafen entgegen. Das Wetter war sonnig, ein lauer Wind wehte, doch Grete bewegte sich wie eine alte Frau.

»Warum hast du mich hierhergelockt? Und wie siehst du aus?«, fragte sie, nachdem sie Nico umarmt hatte.

»Ich wollte dich sehen, Muttilein«, sagte Nico und betonte das Wort »Muttilein«, das ihr auf einmal sehr deutsch und fremd vorkam. »Und Ibiza ist der schönste Ort der Welt«, pries sie die Insel, ähnlich wie Tobias es getan hatte.

Die Wohnung lag über einem Restaurant, in der Nähe waren Geschäfte und Bars. Nachts konnte man sich treiben lassen. Musik klang aus allen Ecken. Nach Einbruch der Dunkelheit musste Nico sich keine Gedanken mehr um ihre Kleidung machen; da reichten eine Bluse und ein kurzer Rock.

Sie lud ihre Mutter in ein spanisches Lokal ein Stück unterhalb ihrer Wohnung ein. Sie saßen unter einem Baldachin aus grünen Blättern an einem kleinen Tisch, doch ihre Mutter schien sich nicht entspannen zu können. Sie redete von Berlin, davon, dass es im Treppenhaus durch das Dach geregnet habe, dass ihre Nähmaschine kaputtgegangen sei und die Kundinnen immer anspruchsvoller würden. All das wollte Nico gar nicht hören. Sie genoss die Abendstimmung. Die Hitze des Tages war gewichen, ein lauer Wind umwehte sie.

»Wie wäre es, wenn wir immer auf Ibiza bleiben würden, Muttilein?«, fragte sie.

Grete schaute sich um, alle Tische waren belegt, es wurde geredet und getrunken, irgendwo weinte ein kleines Kind.

»Ich weiß nicht«, sagte sie. »Die Sprache … Ich verstehe doch nichts … nicht ein einziges Wort.«

»Aber hier versteht man die Sonne, das Meer und den Himmel«, erwiderte Nico.

Ein Gitarrenspieler hatte sich auf einen Klappstuhl gesetzt und begann zu spielen; erst feurige Flamenco-Stücke, dann ruhige Lieder, zu denen er auch sang. Sie kannte kein einziges Lied, aber seine Stimme gefiel ihr.

Kurz nachdem ihre Mutter in das Lokal hineingegangen war, um die Toilette aufzusuchen, begann der Gitarrenspieler, der allenfalls Mitte zwanzig war, zu den Tischen zu gehen und Geld einzusammeln. Nico wollte ihm auch ein paar Pesetas in seinen Hut werfen, doch er lehnte ab. Er lächelte, makellos weiße Zähne funkelten in seinem braun gebrannten Gesicht, dann sagte er etwas auf Spanisch. Als er begriff, dass sie ihn nicht verstand, fuhr er auf Englisch fort. »No money from such a beautiful lady. The price is an invitation. A glas wine with me?« Er zog seine Augenbrauen fragend in die Höhe.

»Why not?«, antwortete sie.

Er verneigte sich. »My name is Francisco«, sagte er. »Please wait for me.« Dann nahm er ihre Hand und küsste sie leicht.

Als ihre Mutter zurückkehrte, saß er wieder auf seinem Stuhl und spielte Liebeslieder – so kam es Nico jedenfalls vor.

Grete gefiel die Musik überhaupt nicht. »Es ist zu laut hier«, sagte sie missgelaunt. »Dieses Geklimper und das Gerede die ganze Zeit ... Ich habe schreckliche Kopfschmerzen.« Sie erhob sich und sah Nico herausfordernd an. »Ich würde gern gehen, Christa.«

»Nico«, sagte sie. »Ich bin jetzt Nico. Und hier ist der Schlüssel für die Wohnungstür. Lass sie einfach offen. Ich komme ein wenig später.«

Mit düsterer Miene verschwand ihre Mutter. Sie würde offenbar einige Zeit brauchen, um Berlin, um Deutschland hinter sich zu lassen.

Der Gitarrenspieler blickte nun immer offensichtlicher zu ihr herüber. Er spielte noch drei Lieder, dann erhob er sich und verbeugte sich graziös. Die Gäste an den anderen Tischen und ein paar Passanten, die stehen geblieben waren, klatschten, und er ließ ein weiteres Mal seinen Hut kreisen, bevor er sich zu Nico setzte.

Gleich darauf brachte eine junge Frau zwei Gläser Rotwein.

»What are you?«, fragte Francisco. »The princess of Ibiza?« Er prostete ihr zu.

Sie schwieg, nippte an dem Wein, der köstlich schmeckte, viel besser als der, den sie vorher getrunken hatte, dann sagte sie: »No«, sagte sie, »I'm the princess of Sweden.«

Francisco erzählte ihr, wo er überall schon gewesen war, um Musik zu machen, Barcelona, Madrid und in Santiago de Compostela – ob sie schon einmal da gewesen sei?

Sie schüttelte den Kopf. Von diesem Ort habe sie noch nie gehört.

Ein heiliger Ort. Dort sei der Apostel Jakobus begraben.

Nico war erstaunt. Dieser Gitarrenspieler war offenbar jemand, der an die Kirche glaubte; ein Katholik wie ihre Familie in Köln, die sie verstoßen hatte.

»Do you believe in God?«, fragte sie.

Er lächelte. »I believe in energy.«

Als das Restaurant schloss, nahm er seine Gitarre, und sie gingen zum Strand hinunter, an eine Stelle fernab von allem. Sie wussten beide, was passieren würde, ohne dass sie darüber ein Wort verloren.

Am Strand legte Francisco seine Gitarre ab. Aus seiner Tasche zog er eine Kerze und grub sie tief in den Sand, bevor er sie ansteckte. Nico lehnte sich zurück und schloss die Augen. Eine warme Dunkelheit hüllte sie ein, und das Meer in etwa dreißig Schritt Entfernung rauschte wie der Wind.

Als sie die Augen wieder öffnete, beugte er sich vor und nahm ihre Hand.

»I can read your palm.«

Sie verstand nicht sofort, was er meinte. Er wollte ihr aus der Hand lesen? Wie damals in Berlin der Mann, der inmitten von Trümmern in einer Kutsche gehaust hatte.

Sanft führte er ihre linke Hand an die Kerze heran und berührte sie mit dem Zeigefinger seiner Rechten. »You know that you are one of the most beautiful women on earth?«, sagte er leise. Dann schien er seinen Blick in ihre Handfläche zu versenken.

Er spielt, dachte sie, es ist ein schönes Spiel; es beginnt mit der Hand, auch eine Hand kann erotisch sein, und dann geht es weiter, den Arm hinauf, bis zum Hals, zur Brust. Ein schönes Spiel. Sie hätte beinahe gelacht, doch plötzlich blickte er auf. Er hatte dunkle braune Augen. Sie erkannte erst jetzt, wie schön er war, weiche goldbraune Haut, Falten und Kanten an den richtigen Stellen, schwarzes, glänzendes Haar, der leichte Bartschatten.

»I see a child«, sagte er, »a beautiful mother und a beautiful child, but no father.«

Sie erschrak für einen Moment. Sprach er über sie und ihre Mutter, die er auch gesehen haben musste? Oder sah er tatsächlich etwas in ihrer Zukunft?

Als sie ihn fragen wollte, legte er ihr einen Finger auf die Lippen. Dann küsste er sie. Er küsste lang und gut, und wie man einer Frau geschickt die Kleider abstreifte, wusste er auch.

Während sie sich liebten, sah sie den Mond über sich. Ich

werde nie nach Deutschland zurückkehren, ging ihr merkwürdigerweise durch den Kopf. Ich werde es Grete sagen müssen.

Hinterher spielte Francisco ihr zwei Lieder vor; in einem brachte er ihren Namen unter.

Dann bat er sie, für ihn ein Lied zu singen.

»Ich kenne keine Lieder«, sagte sie auf Deutsch.

Er lächelte sie an. »Come on! One song in Deutsch.«

Sie schüttelte den Kopf, doch im nächsten Moment begann sie zu singen, fast so als kämen die Worte, bevor sich die Gedanken formten. Sie sang »Der Mond ist aufgegangen«. Plötzlich erinnerte sie sich an das Lied, das ihr Großvater in Lübbenau ihrem Cousin und ihr abends manchmal vorgesungen hatte.

Francisco applaudierte, als sie zum Ende gekommen war. »You sing like a German goddess.«

Sie sang wie eine germanische Göttin? Was sollte das bedeuten?

Dann gingen sie zurück nach Sa Penya. Francisco verabschiedete sich mit einem langen Kuss. Morgen fahre er nach Barcelona zurück. Schade, aber es sei sehr schön mit ihr gewesen.

Sie nickte ihm zu. Ja, ein schöner Abend am Meer. Ein Wiedersehen wäre auch gar nicht nötig gewesen.

Bevor sie einschlief, meinte sie, in der Kammer nebenan ihre Mutter im Schlaf reden zu hören, eine gepresste murmelnde Stimme.

Grete und ich, wir werden länger bleiben, dachte sie noch.

Maywald würde es bestimmt verstehen, er würde nur ein wenig Geld schicken müssen.

Als sie aufwachte, fiel ihr Blick auf den Koffer ihrer Mutter, der mitten im Raum stand. Grete saß am Tisch und rührte in einer Kaffeetasse.

»Wo bist du gewesen?«, fragte sie barsch, nachdem sie Nicos Blick wahrgenommen hatte. Doch sie wartete ihre Antwort nicht ab. »Ich konnte nicht schlafen. Der Lärm von der Straße, Betrunkene haben gesungen und geschrien, dann habe ich ein Polizeiauto gehört. Hier, in diesem Haus, bleibe ich keine Nacht länger.«

Nico rappelte sich auf. Am liebsten hätte sie bis Mittag geschlafen, doch der Kaffee, nach dem sie griff, tat ihr gut. »Muttilein«, sagte sie, »wir wollen doch noch ein wenig bleiben, nicht wahr? Ich besorge dir eine andere Wohnung, nur für dich, in einer ruhigeren Gegend.«

Und das tat sie auch. Sie fand ein Häuschen, in Figueretas, zehn Minuten entfernt. Da gab es keine Lokale, keine Geschäfte in der Nähe, und es war nicht weit zum Meer.

Ihre Mutter war zufrieden. Vielleicht würde sie doch einsehen, wie gut Ibiza auch ihr tun würde.

Drei Wochen schafften sie es, sich jeden Tag zu sehen, am Strand spazieren zu gehen oder sich in einem Restaurant zu treffen. Ihre Mutter schien sich zu entspannen, doch dann, als hätte sie begriffen, dass ihre Tochter sich abends mit anderen Männern traf, begann sie merkwürdige Fragen zu stellen: »Christa, du bist bald zwanzig. Wann willst du heiraten? Willst du ewig als Fotomodell arbeiten und dich von fremden Männern anstarren lassen? Das ist doch nicht das Richtige für eine junge Frau. In Berlin finden wir bestimmt einen wohlhabenden, gut aussehenden Mann für dich.«

»Ich komme nicht nach Berlin zurück«, sagte Nico. »Zumindest nicht so schnell.«

Nach drei Wochen ging ihr das Geld aus. Maywald hatte nichts geschickt. Oder vielleicht hielt sie das Gerede vom Heiraten auch nicht mehr aus.

»Ich muss nach Paris zurück«, sagte sie ihrer Mutter am Morgen. »Bleib noch ein paar Tage, wenn du willst, aber ich nehme gegen Mittag die Fähre nach Barcelona. Ich habe Aufträge und muss wieder Geld verdienen.«

9. Kapitel

Paris schüchterte sie nicht mehr ein, als sie aus Ibiza zurückkehrte. Maywald hatte neue Aufträge für sie, und abends konnte sie weiter durch die Clubs ziehen. Im Café de Flore begegnete sie Carlos, einem Mann Mitte zwanzig, der in einer grünen Weste über einem weißen Hemd dasaß, filterlose Zigaretten rauchte und sich ständig über seinen mächtigen Bart strich. Er tat so, als sei er ein Engländer und wolle mit diesen schrecklichen Franzosen um sich herum nichts zu tun haben.

Nico bat ihn um eine Zigarette, und natürlich fing er sofort an zu reden, in einem affektierten Englisch, als hätte er erst vor drei Tagen seine exklusive Universität in Oxford verlassen. Carlos behauptete, alle wichtigen Leute in Paris zu kennen.

»Aber du hast mich nicht gekannt«, antwortete Nico ihm.

»Du bist auch nicht wichtig. Du lässt dich fotografieren. Was ist das schon? Nichts!« Er schnippte mit den Fingern. »Du bist nur eine Schönheit, Nico. Schönheit vergeht. Und …« Er lächelte, seine Zähne hatten eine bräunliche Färbung, als würde er schon eine Ewigkeit rauchen und Tabak kauen. »… und du bist nicht mein Typ.«

»Du meiner auch nicht«, erwiderte sie leichthin.

Trotzdem wurde Carlos einen Sommer lang ihr Begleiter durch die Nächte von Paris. Er kannte tatsächlich eine Menge Leute und wusste, wo man die beste Musik hörte, und weil er so viel redete, konnte sie ruhig neben ihm sitzen und zuhören oder auch nichts anderes tun, als die Menschen um sich herum zu beobachten. Im Epi-Club am Boulevard Montparnasse hörten sie Serge Gainsbourg, und im Le Tabou trat Juliette Gréco auf, die Carlos auch zu kennen vorgab. »Sie singt schön, aber sie ist mit diesem Schwarzen zusammen, diesem Trompeter aus Amerika – Miles Davis.«

Nico verstand den Inhalt der Lieder nicht, dazu war ihr Französisch viel zu schlecht, aber ihr gefiel, wie Juliette Gréco auftrat; eine sparsame Inszenierung, nur sie, ein Stuhl und ein Gitarrist im Hintergrund.

Einmal kam Juliette sogar an ihren Tisch, sie küsste Carlos auf die Wangen und musterte Nico argwöhnisch, als hätte sie eine Rivalin gewittert.

»Êtes-vous suédoise?«, fragte sie mit ihrer rauchigen Stimme, die ein wenig arrogant wirkte.

Nico brauchte einen Moment, um die Worte für sich zu übersetzen. Die Gréco hielt sie für eine Schwedin?

Sie schüttelte den Kopf. »Je suis allemande«, erwiderte sie, aber da hatte Juliette Gréco sich schon abgewandt und begrüßte einen bleichen, krank aussehenden Mann mit kurzem, schütterem Haar am Nachbartisch, der vertrauensvoll den Arm um sie legte.

Carlos lachte auf und blickte der Sängerin nach. »Juliette mag keine Frauen, die schöner sind als sie – und ein Mann wie Boris Vian ist ohnehin interessanter als eine kleine Schwedin, die kein Wort über die Lippen kriegt.«

Sie hatte keine Ahnung, wer Boris Vian war.

»Boris ist hier während des Krieges als Trompeter aufgetreten, er hat auch ziemlich schreckliche Theaterstücke und Romane geschrieben«, sprach Carlos weiter, »aber nun ist er krank und kann nicht mehr spielen. Wahrscheinlich wartet er darauf, dass ihn eines Tages ein gnädiger Herzanfall von seinem Leiden erlöst.«

Er bestellte eine weitere Flasche Wein, die sie – wie all die anderen auch – würde bezahlen müssen.

»Du hast keine Bildung, Nico«, redete er weiter. »Bist du überhaupt zur Schule gegangen? Welche Sprache sprichst du? Du sprichst kein richtiges Französisch, kein Englisch. Sprichst du überhaupt Deutsch?«

Sie musste lächeln. Ihr gefiel es, wenn er sich so echauffierte, wenn er so tat, als wäre er ein englischer Gelehrter.

»Und hast du irgendwo Wurzeln? Wo gehörst du hin?«

»Ich habe Luftwurzeln«, sagte sie.

Carlos lächelte und schnippte mit den Fingern. »Du musst Nietzsche lesen«, fuhr er fort. »Das ist doch euer Philosoph, ein verrückter Denker für die Deutschen – er schreibt über Übermenschen, über die Umwertung aller Werte. Darüber, dass nichts wirklich etwas bedeutet.« Er lächelte ein wenig höhnisch. »Alles, was entsteht, ist wert, dass es zugrunde geht«, sagte er dann auf Deutsch. »So denkt ihr Germanen doch schon seit dem alten Goethe.«

Bei ihrem nächsten Treffen brachte Carlos ihr einen Band von Nietzsche mit, eine deutsche Ausgabe von »Also sprach Zarathustra«. Sie steckte das Buch ein und schleppte es eine Zeit lang mit sich herum und versuchte, darin zu lesen, etwa wenn sie bei Shootings endlos lange warten musste, bis das Licht oder die Kamera eingerichtet war. »Du grosses Gestirn! Was wäre dein Glück, wenn du nicht Die hättest, welchen du leuchtest.«

Sie musste sich eingestehen, dass sie kaum ein Wort verstand. War sie tatsächlich so ungebildet? Ja, vielleicht hatte Carlos recht, und sie sprach keine Sprache richtig, noch nicht einmal ihre Muttersprache, jedenfalls nicht das Deutsch, das in diesem Buch zu lesen war.

Tobias lachte über sie, als sie ihm am Telefon davon erzählte, und Maywald interessierte es gar nicht. »Es ist schön, wenn du Bücher liest«, meinte er beiläufig. »Aber vielleicht fängst du mit etwas Leichterem an, wie wäre es mit ›Madame Bovary‹? Oder lies etwas von diesem Mann, der dich verführen wollte, diesem Hemingway.«

Sogar als sie für ein Shooting nach Rom reisen musste, nahm sie das Buch von Nietzsche mit. Einzelne Sätze gefielen ihr, die sie dann mit einem roten Stift markierte. »Es ist immer etwas Wahnsinn in der Liebe.« Oder: »Nichts ist wahr, alles ist erlaubt.« »Wohl bin ich ein Wald und eine Nacht dunkler Bäume.« Eine Nacht voll dunkler Bäume – so war ihr auch ihre Kindheit in Lübbenau vorgekommen und später das erste Jahr in den Ruinen von Berlin.

Vielleicht würde sie auch einmal etwas schreiben, sagte sie sich, zumindest ein Gedicht oder vielleicht ein Lied. Aber wenn sie ehrlich war, bereitete ihr schon das Briefeschreiben Probleme. Immerhin hatte sie es geschafft, ihre Mutter zu überreden, das kalte Berlin zu verlassen und nach Ibiza zu ziehen. Sie hatte ihr ein Haus gemietet und sogar Möbel besorgt, die aus Valencia auf die Insel gebracht werden sollten, und eigentlich wollte sie unbedingt helfen, alles einzurichten, doch dann kam das Angebot aus Rom, das sie nicht ausschlagen sollte, wie Maywald meinte. Die Italiener seien neidisch auf die Franzosen, sagte er, sie wollten auch große Mode machen, deshalb bestellten sie die teuersten Models ein, am liebsten direkt aus Paris, und bezahlten fast das Doppelte des üblichen Honorars.

In Rom musste Nico sich nicht einmal ein Hotelzimmer nehmen, sie konnte bei Silvana Mangano wohnen, einer Schauspielerin, die sie in Paris häufiger getroffen hatte. Silvana war auch Model gewesen, bevor sie zum Film gegangen war. Sie hatte schon mit Stars wie Kirk Douglas und Anthony Perkins gedreht; ihr Mann Dino war ein berühmter Filmproduzent, und ihre Wohnung lag mitten in der Stadt.

Rom war so anders als Paris, entspannter, heißer, und die Leute waren freundlich, wenn auch bei den Aufnahmen alles ein wenig länger dauerte. Doch mit dem Geld würde sie eine Zeit lang auf Ibiza leben können.

Als Nico vom letzten Shooting in Silvanas Apartment zurückkehrte, geriet sie mitten in einen heftigen Streit. Dino schrie einen anderen Mann auf Italienisch an, der wie ein Tiger durch die Wohnung lief und offenbar drohte, jeden Moment zu gehen. Der zweite Mann war vielleicht Ende dreißig, er hatte pechschwarzes Haar und Augen so finster, als wären sie aus Kohle. Ein kaputtes Glas lag auf dem Boden; ihr Streit war also nicht eben erst ausgebrochen. Der Mann sah sie kurz an, hob die Augenbrauen, doch dann brüllte er ebenfalls auf Italienisch zurück, fuchtelte mit den Händen und zerrte ein paar Geldscheine aus seiner Hosentasche, die er verächtlich in Dinos Richtung zu Boden warf.

»Pah!«, schrie Dino, dann ergoss sich ein lauter Wortschwall über den anderen, durchsetzt mit Flüchen, so viel verstand Nico immerhin. Und sie begriff, dass der Fremde ein Regisseur war, dass es um Geld ging und darum, wer neben Silvana eine Hauptrolle spielen sollte. Dino wollte einen Amerikaner, einen richtigen Star für die Rolle.

»Voglio Marcello!«, schrie der andere Mann. »E basta.« Er stürzte vor und riss einen Stapel Papier an sich, der neben Dino auf einem Tischchen lag.

Das Skript des Films, meinte Nico zu verstehen.

Der Fremde stürmte zur Tür, doch dort hielt er inne und schaute sie an.

»And who are you?«, fragte er sie in einem kaum verständlichen Englisch, aber nun deutlich ruhiger.

»I'm a model«, erwiderte sie. »I live in Paris.«

Der Mann nickte. »I'm a director«, sagte er. »Maybe I'll find a role in my next film for you.«

Sie vergaß den Namen des Mannes, oder vielleicht hatte Dino ihn in seinem Ärger auch nie erwähnt.

Ein Jahr später war sie wieder in Rom, diesmal, um ein paar Tage auszuspannen. Sie saß mit Silvana in einem Café an der Via Vittorio Veneto, und da tauchte dieser Mann plötzlich wieder auf. Er stand wie aus dem Nichts vor ihnen und setzte sich an ihren Tisch, nun ganz freundlich und liebenswürdig. In den Studios in Cinecittà habe er gerade begonnen, einen Film zu drehen, aber irgendwie komme er nicht voran. Es solle um Dekadenz gehen, um eine große Orgie, aber wie stelle man eine Orgie dar? Niemand schien es zu wissen, auch der Mann selbst nicht, obschon er doch der Regisseur war. Er hieß Federico Fellini, erfuhr Nico.

»Ich erinnere mich an dich«, sagte Fellini zu ihr. »Ich habe dein Gesicht schon einmal gesehen. Ich glaube, es war in einem Traum. Ja, es muss in einem Traum gewesen sein. Du musst in meinem Film mitspielen.«

Sie beschloss, ihn lieber nicht daran zu erinnern, dass sie bei dem Streit mit Dino De Laurentiis dabei gewesen war.

»Wie heißt du?«, fragte er.

»Ich heiße Nico.«

Fellini lächelte, in seinen dunklen Augen glomm ein Funkeln auf. »Nico – was für ein perfekter Name! Ich sehe die Szene schon vor mir.« Er sprang auf und stellte sich in Positur, ganz wie ein Theaterschauspieler auf der Bühne. Dann blickte er zur Straße. Suchend schweifte sein Blick umher, bevor er zu Nico zurückglitt. »Vier, fünf Leute stehen in einer Gruppe zusammen, Männer, Frauen, sie trinken, jemand erwähnt, dass Nico gleich eintreffen müsste, dass er sehnlichst Nico erwartet. Das Publikum denkt, nun wird ein Mann erscheinen, doch dann kommst du, blond und schön schwebst du herein. Perfekt. Ich werde noch heute Abend das Skript ändern.«

Nico lachte. Das würde Fellini bestimmt nicht tun; sie kannte diese Art von Angeberei und Schmeichelei mittlerweile.

Doch dann rief er tatsächlich an.

»Du bist einer der Stars in *La Dolce Vita*, und du musst nichts tun, als du selbst zu sein – ein schwedisches Model.«

In Paris hatte sie bisher nur einmal in einem Werbespot mitgespielt, noch nie in einem richtigen Film. Doch Fellini behandelte sie, als wäre sie ein Star, und er wiederholte ständig, sie müsse nur sie selbst sein – Nico, das Fotomodell.

»Aber ich will eigentlich gar kein Fotomodell sein«, sagte sie ihm.

Er schnippte mit den Fingern und lächelte. »Noch besser – du bist Nico, das Model, das kein Model mehr sein will. Perfetto!«

In ihrer ersten Szene hatte Fellini zu ihrem großen Erstaunen das Café an der Via Vittorio Veneto nachbauen lassen, wo sie sich zum ersten, nein, eigentlich zum zweiten Mal begegnet waren. Nico sollte den Hauptdarsteller des Films – Marcello Mastroianni – in diesem Café zufällig treffen und ihn in einem Taxi mit zu einer Party nehmen. Dabei sollte sie ihm von ihrem Verlobten erzählen.

Es war ein kurioses Spiel der Identitäten – sie war Christa, die Nico geworden war, die eine Frau namens Nico spielte. Mastroianni behandelte sie zuvorkommend, alle am Set taten das – sie war ein Star aus einer anderen Welt, der Welt der unbewegten Bilder, und dass die meisten glaubten, sie sei Schwedin, war ihr auch recht.

Nach den Dreharbeiten erzählte ihr ein Freund Fellinis von einem anderen Film, in dem es eine Rolle für sie gebe. Eine französische Produktion auf der italienischen Insel Ischia – ein

Thriller werde da gedreht, ein Film noir, der gewiss ein Erfolg würde.

Als Nico mit der Fähre übersetzte und nach dem Filmteam suchte, musste sie feststellen, dass die Rolle, für die sie passen könnte, bereits besetzt worden war. Fellinis Freund hatte sie nicht angekündigt, wie er es versprochen hatte. Sie war wütend und enttäuscht, doch dann passierte etwas viel Schlimmeres. Sie sah den Hauptdarsteller, der ihr Partner in dem Film hätte sein sollen. Ein junger schweigsamer Franzose mit einem kühlen, abschätzigen Blick. Sie spürte, wie etwas geschah, was ihr noch nie geschehen war. Ihr Herzschlag beschleunigte sich, sie wurde unruhig, ihr Mund trocknete aus, sie hätte am liebsten in eine andere Richtung geschaut, aber sie konnte es nicht.

Dieser Franzose war der schönste und interessanteste Mann, den sie jemals gesehen hatte. Doch er sprach sie nicht an, er lächelte nicht einmal in ihre Richtung, wie es alle Männer, selbst die ganz schüchternen, taten. Sie existierte für ihn einfach nicht, kaum dass er ihren Namen zur Kenntnis nahm, als sie ihm vorgestellt wurde. Seinen Namen konnte sie nicht einmal aussprechen – für sie war er nur A., der mysteriöse, faszinierende A.

Was sollte sie tun? Sie wollte seine Haut berühren, seinen Atem spüren. Noch nie hatte sie bei einem Mann den ersten Schritt tun müssen.

Spät am Abend stand er dann doch vor ihrem Hotelzimmer. Sie zerrte ihn förmlich zu sich hinein, auf eine Art, die sie von sich nicht kannte. Er trank ein Glas Wein und fragte, ob sie wirklich in Paris lebe. Doch ihre Antwort warteten sie beide gar nicht ab, sondern schoben sich gegenseitig auf das Bett zu, das unter dem Fenster stand.

Als sie aufwachte, war A. längst gegangen, und am nächsten Tag war seine Freundin am Set, eine berühmte deutsche Schauspielerin, der Nico auf keinen Fall begegnen wollte.

10. Kapitel

Zurück in Paris, sah sie ihn überall, nein, sie sah nicht ihn, aber überall dieses große A, das für ihn stand. A war der erste Buchstabe im Alphabet, l'amour – die Liebe begann im Französischen mit A, aber auch das Amüsement – das Vergnügen. Und selbst das »Also« von Nietzsches Zarathustra, in dem sie immer noch zu lesen versuchte.

Würde A. sich bei ihr melden? Nein, das würde er nicht. Es gab diese blasse, recht hübsche Freundin, diese Schauspielerin, die gar nicht aus Deutschland, sondern aus Österreich stammte, eine Berühmtheit fast auf der ganzen Welt.

Nico versuchte, sich das Warten abzugewöhnen; sie hatte weiterhin Aufträge, doch letztlich empfand sie genauso, wie sie es Fellini leichthin erzählt hatte. Sie wollte kein Model mehr sein, wollte nicht mehr nur angestarrt und für schön befunden werden. Aber was wollte sie stattdessen?

Carlos half ihr – mit seinem Humor, seiner Ironie. »Du bist dekadent«, sagte er. »Ist es schon wieder so weit, dass ihr Deutschen euch leisten könnt, dekadent zu sein?«

»Ich bin Nico«, sagte sie. »Ich komme aus keinem Land.« Vom Monsieur A. hatte sie ihm wohlweislich nichts gesagt. Carlos hätte für ihren Liebeskummer nur Hohn und Spott übriggehabt.

»No question – du bist deutsch. Kein Franzose würde seine

Mutter auf eine fremde Insel verschleppen, wie du es getan hast«, sagte er.

Ja, es stimmte. Ihre Mutter fühlte sich nicht wohl auf Ibiza. Manchmal fuhr Nico hin, musste jedoch nach wenigen Tagen immer wieder zurück nach Paris.

Carlos kannte Monsieur A., aber er mochte ihn nicht, und wenn sie insgeheim gehofft hatte, dass er sie einmal auf eine Party schleppte, auf der auch A. sein könne, so hatte sie sich getäuscht. Vermutlich war es genau andersherum – Carlos ging nur auf Partys und in Bars, in denen A. garantiert nicht auftauchen würde.

Eines Abends saß ein gut aussehender Mann neben ihr. Nico hatte ein Fotoshooting für die *Harper's Bazaar* gemacht; hinterher hatte die Redakteurin, eine Chinesin, die nun in den USA lebte, sie und die anderen Models in dem Fotostudio zum Essen eingeladen. Plötzlich war auch der Mann da gewesen. Er war mittelgroß und strahlte eine Freundlichkeit aus, die ihn sofort interessant machte. Er war nicht mehr jung, gewiss Anfang vierzig, obschon sein Haar noch dunkelbraun war, ohne jede Spur von Grau.

Als die Redakteurin »Nico« rief, drehte er sich gleichfalls um.

»Heißen Sie auch Nico?«, fragte Nico ihn, ein wenig verwirrt. »Ist das etwa Ihr Name?«

Der Mann wandte sich ihr zu. Er hatte dunkelbraune Augen, um die sich bereits einige Falten eingenistet hatten. Er nickte leicht. »Ja, das ist mein Name«, sagte er. Er sprach ein schönes klares Französisch.

»Leben Sie hier in Paris?«, fragte Nico weiter. »Und gehört Ihnen vielleicht ein Nachtclub?«

Der andere Nico schaute sie forschend an. Dann lächelte er. »Ja«, sagte er. »Du weißt gut Bescheid. Kurz nach dem Krieg habe ich das La Rose rouge eröffnet. Es gehört mir aber schon länger nicht mehr. Zuletzt habe ich in New York Filme gemacht.«

Nico schwieg für einen Moment. Sie sah auf die Hand des Mannes, eine schöne zarte Hand, die sich viel in der Sonne aufhielt und die gewiss schon viele Frauen liebkost hatte. Plötzlich begriff sie, dass dies ein besonderer Moment war; ihr ganzes Leben bestand aus besonderen Momenten. Sie schloss kurz die Augen und sog den Duft dieses Mannes ein, einen Hauch Aftershave, Zigaretten, Kaffee und noch etwas anderes, das sie gern genauer kennenlernen würde.

Als sie die Augen wieder öffnete, sah der andere Nico sie immer noch an, fragend, doch geduldig.

»Kennst du einen Fotografen mit Namen Tobias?«, fragte Nico ihn.

Der andere Nico lachte. »Ja, sicher kenne ich Tobias. Ein guter Fotograf. Wir haben uns häufiger mit Jean – Jean Genet – getroffen. Ich habe einen Film über ihn gemacht.«

»Tobias war in dich verliebt. Weißt du das?«, sprach Nico weiter. »Und er hat mir diesen Namen gegeben – Nico. So heiße ich, weil du diesen Namen trägst.«

Der andere Nico zögert kurz, dann tat er etwas, das sie überraschte, er nahm ihre rechte Hand, küsste sie und sagte: »Ich sehe keinen Ring an deinem Finger. Ich würde dir gern einen Ring schenken.«

Er hieß Nico Papatakis, weil sein Vater Grieche war, doch er war in Addis Abeba, der Hauptstadt von Äthiopien, geboren worden, im Jahr 1918. Er war Soldat gewesen, hatte gegen die Italiener gekämpft, die Äthiopien erobert hatten, und war 1939 nach Paris geflohen. Seine Geschichte, die er ihr an diesem ersten Abend erzählte, war so voller Namen von Ländern, Städten und Menschen, die sie noch nie gehört hatte, dass ihr regelrecht schwindlig wurde. Sie brauchten kein Wort darüber zu verlieren, dass Nico mit ihm gehen würde. Er besaß noch ein Apartment in Paris, und nur einen Moment lang fragte sie sich, ob er nicht vielleicht mit der Moderedakteurin von *Harper's Bazaar* liiert war, die ihn eingeladen hatte.

Papatakis half ihr in die Jacke und nahm wie selbstverständlich ihren Arm. Sie liefen schweigend durch Paris, als würden sie sich schon lange kennen. An einem Blumenstand vor einer Metrostation, der noch geöffnet hatte, kaufte er ihr eine Rose.

Sie schliefen nicht sofort miteinander, erst in der zweiten Nacht. In der ersten lag ihr Kopf auf seiner Brust, und er streichelte sie. Sie atmete seinen Duft ein, und er sagte: »Es ist wichtig, dass man den Geruch eines anderen Menschen mag.«

Und so blieb es zwischen ihnen – der eine konnte die Gedanken des anderen erahnen.

Papatakis liebte ihre Schönheit, was er ihr auch in ihrer ersten Nacht sagte, und er fand die richtigen Worte dafür, keine abgeschmackten, schmeichlerischen Vergleiche. Deine Schönheit ist rund wie ein Kreis.

Und er schaffte es, dass sie A. vergaß, dass es beinahe war, als wäre sie nie auf diese Insel gefahren, um eine Rolle zu bekommen, die dann doch schon vergeben war.

Maywald war zufrieden, als sie zu Papatakis zog, und dann reiste sie mit ihm sogar nach Ibiza, um ihn ihrer Mutter vorzustellen, was sie noch nie mit einem Mann getan hatte.

Ihre Mutter jedoch war wenig angetan. »Was ist das für ein Mann?«, fragte sie, als Papatakis sich aufgemacht hatte, um allein durch die Altstadt zu schlendern – auch das war er: ein Flaneur, jemand, der immer besondere Ecken in einer Stadt entdeckte.

»Er ist ein freundlicher, kluger Mann«, erwiderte Nico. »Und er kann nichts dafür, dass er kein Deutsch spricht und du kein Französisch.«

»Er ist alt«, sagte ihre Mutter – und wie sie das Wort »alt« betonte, ließ erahnen, was genau sie dachte: Ich hätte einen anderen, viel jüngeren Mann für dich ausgesucht. »Bestimmt war er schon einmal verheiratet.«

Nico lächelte. »Ja, mit Anouk Aimée, einer berühmten Schauspielerin, und er hat sogar eine Tochter, aber nun ist er mit mir zusammen.«

»Nimmt er Drogen?«, fragte ihre Mutter weiter. »Bestimmt nimmt er Drogen. Und wie verdient er sein Geld?«

»Er liebt guten Wein, und er ist Filmproduzent.«

Papatakis ließ sich nicht anmerken, wie offensichtlich Gretes Abneigung gegen ihn war. Er war höflich und versuchte, Englisch mit ihr zu sprechen, doch Grete überging ihn meistens. Sie hatte noch andere Themen, mit denen sie Nico drangsalierte.

Die Nachbarn würden sie ausspähen, hinter ihrem Rücken schlecht über sie reden, weil sie eine Deutsche sei, neulich habe jemand ihre Mülltonne versteckt, und in den Geschäften werde sie immer als Letzte bedient.

Nico versuchte, ihr gut zuzureden. »Sieh, was du hier hast – immer schönes Wetter, Sonne, das Meer. In Berlin war es doch nur grau und regnerisch.«

»Ja«, sagte ihre Mutter und begann dann ihre Klagelitanei von vorn.

»Deine Mutter ist ein guter Mensch, aber leider ist sie sehr schwach und hilfsbedürftig«, sagte Papatakis, als sie abfuhren.

Nico hatte Tränen in den Augen, die er mit dem kleinen Finger wegwischte. »Wir sollten häufiger hierherkommen und nach ihr sehen.«

Doch sobald sie in Paris ankamen, waren sie sofort mit allem Möglichen beschäftigt. Nun wurde Nico auch für Werbespots fürs Fernsehen gebucht, und Papatakis nahm sie auf seine Reise in die USA mit. Er überredete sie, bei Eileen Ford's, der berühmtesten und wichtigsten Modelagentur, einen Vertrag zu unterschreiben. Geld hatte sie nun mehr als genug, daran sollte es auch ihrer Mutter nicht fehlen, doch im Grunde langweilten sie die ewig gleichen Shootings.

Bei einem Abend, den sie mit Jean Genet in einem teuren Restaurant verbrachten, fragte Papatakis sie: »Nico, du bist unglücklich? Was willst du wirklich?«

Sie konnte nicht sofort antworten. Zu oft hatte sie sich diese Frage schon gestellt.

»Als ich so alt war wie du«, sagte Jean, »wollte ich nur Sex und meine Freiheit.«

»Und nun?«, fragte Nico. »Was willst du heute?«

Jean lächelte. »Guten Sex und meine Freiheit.«

Bei ihm hatte das Wort »Freiheit« eine besondere Bedeutung. Er hatte oft im Gefängnis gesessen, wegen Diebstahls, weil er homosexuell war, und einmal wäre er beinahe für den Rest seines Lebens eingesperrt worden. Noch immer musste er damit rechnen, wegen des kleinsten Vergehens für lange Zeit hinter Gitter zu wandern, selbst wenn er unter den Pariser Schriftstellern zahlreiche Fürsprecher hatte. Angeblich hatte einer von ihnen sogar an den Präsidenten geschrieben, um sich für Genet einzusetzen. Nico hatte noch nichts von ihm gelesen, und er hatte sie auch nie danach gefragt.

»Aber ohne Leidenschaft geht es nicht«, sprach Jean Genet weiter. Er war noch älter als Papatakis, fast fünfzig. »Ich war sogar mit Leidenschaft Soldat, als ich aus der Besserungskolonie gekommen bin.«

Besserungskolonie – so ein Wort hatte sie noch nie gehört.

»Aber du bist zu schön«, fuhr Genet ungerührt fort, »für schöne Menschen ist das Leben schwerer als für hässliche. Alle wollen dich ansehen – gierige Augen sind etwas Schreckliches.«

»Das ist es«, sagte Nico. »Ich möchte nicht immer angesehen werden – ich möchte selbst etwas tun. Ich möchte eine Künstlerin sein.«

Jean Genet klatschte in die Hände, und es klang ganz und gar nicht spöttisch oder ironisch. Sie erschrak für einen Moment vor ihren eigenen Worten. Künstlerin sein – was bedeutete das?

Kein Model, das sie kannte, war eine Künstlerin, das wurde man erst, wenn man etwas anderes tat – Schauspielerin wurde oder selbst zu fotografieren begann.

Papatakis nahm ihre Hand. »Du hast eine besondere Stimme«, sagte er. »Keine Frau, die ich kenne, hat so eine tiefe, wundervolle Stimme. Hast du einmal darüber nachgedacht zu singen?«

Das hatte sie nicht. Sie sang manchmal für sich, und dann fiel ihr ein, was Francisco, der Gitarrenspieler, am Strand zu ihr gesagt hatte. *You sing like a German goddess.*

Nico lächelte und stimmte die ersten Zeilen von »Der Mond ist aufgegangen« an.

Genet applaudierte von Neuem. »Ihr Deutschen«, sagte er ein wenig atemlos, »ihr tragt eine merkwürdige Poesie in euch, die man unter der Haut fühlen kann, selbst wenn man kein einziges Wort begreift.«

»Vielleicht wäre auch ein Film das Richtige.« Nico spürte ihre Verlegenheit. »Es hat Spaß gemacht, mit Fellini zu arbeiten. Leider …« Für einen Wimpernschlag hatte sie wieder A. vor Augen, den kühlen schönen Schauspieler, von dem sie seit ihrem Treffen auf Ischia nichts mehr gehört hatte.

»Wir werden etwas arrangieren«, sagte Papatakis. »Ich kenne Leute in New York. Lee Strasberg zum Beispiel – bei ihm haben viele große Schauspieler angefangen.«

Später, als sie allein waren und zu ihrem Apartment zurückgingen, wuchs ihre Unsicherheit wieder, die sie nur Papatakis und sich selbst eingestand.

»Meinst du, ich kann das? Singen oder schauspielern?«

Er küsste sie auf die Wange.

»Oui«, flüsterte er, nur dieses eine Wort, aber es lag so viel Gewissheit darin.

Obwohl Papatakis ein so feiner, zärtlicher Mann war, obwohl sie, wenn er unterwegs war, weiterhin mit Carlos durch die Clubs zog, gab es diese Momente, von denen niemand wusste, die sie nicht einmal ihrer Mutter eingestanden hätte. Schwermut überfiel sie dann, ja, dieses besondere deutsche Wort traf es genau. Ein Gefühl der Schwere legte sich auf sie und drückte sie in die Tiefe; sie hatte alles, Geld, einen gewissen Ruhm, Schönheit, einen kultivierten Geliebten, und doch waren da so viele dunkle Stellen in ihrem Leben. Sie vermisste ihren Vater, sie vermisste Dinge, die sie nicht kannte, sie hatte eine Sehnsucht nach Liebe, nach Nähe, die ihr die Tränen in die Augen trieb. Das waren Momente, in denen sie sich am liebsten zusammenrollte, sich an sich selbst festhielt – und in denen sie leise vor sich hin sang.

11. Kapitel

Papatakis flog oft nach New York; er arbeitete mit dem Filmregisseur John Cassavetes zusammen, der auch griechischer Abstammung war, und hatte ständig neue Filmprojekte, über die er verhandelte. Als Nico ihn das erste Mal begleitete, fühlte sie sich für Momente wieder wie ein kleines Kind. Schon am Flughafen, kaum dass sie gelandet war, sah sie die Reihen von Schokoriegeln in den Geschäften liegen: Hershey's. Die Schokolade, die sie als junges Mädchen in Berlin so geliebt hatte, gab es immer noch. Sie bat Papatakis zu warten und kaufte sich gleich zehn Riegel. Den ersten aß sie sofort im Taxi.

»Als Kind war ich ganz verrückt nach dieser Schokolade«, erklärte sie ihm. Von dem GI, der sie in den Hinterhof gelockt und vergewaltigt hatte, hatte sie noch nie jemandem erzählt und würde es auch niemals tun.

Papatakis lächelte. »In New York wirst du noch nach ganz anderen Dingen verrückt sein. Es gibt keine Stadt auf der Welt, die New York gleicht, auch Paris nicht.«

Und es stimmte. New York hatte ein ganz eigenes Tempo, das sie mitriss. Hier war alles schneller, lauter, höher. Papatakis hatte ein Apartment mitten in Manhattan. Nico musste nur auf die Straße treten, und schon konnte sie in die Atmosphäre der Stadt eintauchen. Sie hatte unzählige Fotoshootings, ging mit Papatakis oder Carlos, der zufälligerweise auch in New York war, ohne dass sie genau wusste, was er hier tat, zu Partys oder in Clubs, sie nahm Gesangsunterricht, sie lief auch gern allein durch die Stadt, setzte sich in Cafés und schaute sich die Leute an, und sie schaffte es, im Actors Studio für einen der Kurse von Lee Strasberg aufgenommen zu werden.

Strasberg war der Magier, zu dem selbst die großen Schauspielstars seit Jahrzehnten pilgerten. Und als sie ihm sagte, dass sie ihren schrecklichen Akzent loswerden wolle – einige Leute hatten schon vermutet, sie käme aus Russland oder Albanien –, lachte er sie an. »Willst du das, was du bist, hinter dir lassen – deine Kultur, deine Herkunft? Aber wer bist du dann noch? Dann bist du wie ein leeres Wasserglas.«

Er selbst, erfuhr sie, war 1901 in Europa geboren worden, in Galizien, in einem fernen Winkel ganz im Osten des österreichischen Kaiserreichs.

»Bei dem, was wir hier tun«, sprach er weiter, »geht es nicht darum, Akzente auszulöschen. Wir trainieren Sinne, Gefühle, wir trainieren die Fähigkeit, zuzuhören, die Welt zu sehen und seine eigenen wahren Emotionen zu entdecken, um sie auf die Bühne zu bringen. Bei mir lernst du, mit zehn Fingern zu spielen, nicht mit zwei. Verstehst du?«

Im Actors Studio gab es einen großen Saal mit einer Bühne wie in einem richtigen Theater. Zweimal in der Woche wurden die Schauspielschüler und auch andere Gäste zu einer Art öffentlichen Probe eingeladen. Nico war gleich in ihrer ersten Woche dabei und hatte auf einem der hinteren Sitze Platz genommen. Strasberg und seine Frau Paula saßen in der ersten Reihe.

Eine blonde Frau ging auf die Bühne. Ein Tisch, ein Bett und zwei Stühle waren dort aufgebaut, eine karge Kulisse.

»Sie ist ein echter Star«, flüsterte ihr Nachbar, ein dunkelhaariger Mann, der ein weißes T-Shirt trug, Nico zu, »doch sie kommt immer wieder zu Lee, bevor sie einen neuen Film dreht.«

Nico kannte die Frau nicht, aber sie war hübsch, nein, eine wirkliche Schönheit, die sich graziös auf der Bühne bewegte, als sie dann jedoch aus einer Karaffe Wasser in zwei Gläser schütten sollte, schritt Lee ein, nicht so erzürnt, wie Nico ihn schon ein-, zweimal erlebt hatte, sondern eher sanft und feinfühlig. »Honey«, sagte er, »was tust du? Du darfst dich nicht zu mechanisch bewegen. Bloße Mechanik ist nichts für die Bühne oder den Film. Du denkst nach, ja, du bist ganz in Gedanken versunken, und so, abwesend, gießt du auch Wasser in die Gläser, und erst wenn du das getan hast, wenn du dich umdrehst und dich an dein Gegenüber wendest, fällt dir wieder ein, dass du nicht allein bist.«

Die Frau schaute ihn an, sie mochte Anfang dreißig sein. Sie hatte einen roten Schmollmund, ihre Haare waren noch blonder als Nicos, ihre Augen blitzten kurz auf. Dann nickte sie, eifrig, wie ein wissbegieriges Kind.

Zweimal wiederholte die blonde Schönheit das Eingießen und Abwenden, doch Strasberg wurde immer ungehaltener. »Wo sind deine Emotionen? Deine Erinnerungen an solche Momente?« Er sprang auf die Bühne, nahm der überraschten Schauspielerin die Karaffe aus der Hand und vollführte die Handlung, wie er sie sehen wollte, langsam, gedankenvoll.

»Das kann nicht sein«, raunte der Mann neben Nico, der gewiss kaum älter als zwanzig war und mit angezogenen Knien auf seinem Sitz hockte, »da steht die große Marilyn und kann kein Glas so einschenken, dass es Lee gefällt und er nicht wütend wird.«

Erst später, als sie schon wieder auf dem Weg nach Hause war und sich fürchtete, auch einmal so vorgeführt zu werden, erinnerte sich Nico, dass sie die blonde Frau doch schon einmal in einem Film gesehen hatte. Der Film hieß *Some Like It Hot* und die Schauspielerin Marilyn Monroe.

Die Fotoshootings langweilten sie immer mehr, und Papatakis machte ihr Hoffnungen, bald ein Engagement für sie aufzutun. Aber es sei nicht so einfach, die passende Rolle für sie zu finden. Sie könne sich ja nicht wieder selbst spielen wie bei Fellini in *La Dolce Vita*, fügte er lächelnd hinzu, um ihre Ungeduld zu besänftigen.

Mit John, Strasbergs Sohn, probte sie unterdessen für ein Stück, doch war es nicht klar, ob es irgendwo aufgeführt werden würde. Dann hörte sie plötzlich, dass A. in der Stadt war. Er sei im St. Regis Hotel abgestiegen.

Kaum hatte sie seinen Namen auch nur gedacht, spürte sie, wie etwas mit ihr geschah; sie wurde unruhig, all ihre Gedanken wanderten zu ihm, ja, sie meinte beinahe, seine Anwesenheit wahrzunehmen, wo er doch nur ein paar Meilen, einige wenige Minuten, einen Telefonanruf entfernt war. Den Blick, wie er sie vor zwei Jahren auf der Insel angeschaut hatte, kühl, forschend, gefährlich, würde sie nie vergessen. Hier war jemand, der ihr ebenbürtig war, der, was Schönheit und Schweigen betraf, in ihrer Liga spielte.

Einen halben Tag rang sie mit sich, ob sie ihn anrufen sollte, aber wahrscheinlich würde sie ohnehin nicht zu ihm durchdringen, vermutlich hatte er einen Manager dabei, einen Bodyguard, irgendwelche Filmleute, die ihn abschirmten, oder gar Romy, seine österreichische Freundin, die neuerdings in Frankreich Filme drehte.

Ich will nur einen Gruß loswerden, sagte Nico sich, ihm mitteilen, dass ich ihn nicht vergessen habe, und wenn er ein wenig Zeit hat, können wir einmal einen Drink zusammen nehmen. Papatakis müsste nichts davon erfahren, von ihm wusste sie, dass er A. nicht ausstehen konnte.

Dann war es ganz einfach. Man stellte sie durch, und A. war sofort am Apparat und zu ihrer Überraschung hocherfreut. Er hauchte ihren Namen ins Telefon, dass ihr beinahe schwindlig wurde. Ja, er habe Zeit, erklärte er, sie könnten sich gern treffen.

Sie habe einen Sportwagen gemietet, erklärte Nico ihm, sie könne ihn abholen. Dass sie aus einer Laune heraus ausgerechnet in New York gerade erst ihren Führerschein gemacht hatte, verriet sie ihm allerdings nicht.

Als er vor ihr stand, war er noch schöner als in ihrer Erinnerung. Seine Haut schimmerte wie Samt. Er trug einen schwarzen Anzug, ein weißes offenes Hemd und eine Sonnenbrille. Seine schwarzen italienischen Schuhe waren bestimmt ein Vermögen wert.

Sie küssten sich auf die Wange, wie gute Freunde, doch die

ersten Berührungen sagten ihr gleich, dass da mehr war, nicht ein einfaches Treffen, eine zufällige Begegnung in einer fremden Stadt.

A. lächelte sie an, als er in ihren Wagen stieg. »Für gewöhnlich fahre ich«, sagte er auf Französisch, »aber hier sind wir ja in Amerika. Ich hoffe, du fährst schnell. Langsam zu fahren mag ich nicht.«

Sie nickte. Ihr Mund war trocken, sie war nervös und glücklich und aufgeregt ... Sie saß mit dem schönsten Mann auf der Welt in ihrem Auto, und niemand wusste davon.

Nico fuhr tatsächlich schnell, raste die Fifth Avenue hinauf und wurde nach wenigen Minuten von der Polizei angehalten. Sie sah, wie A. lächelte; so etwas mochte er, eine rasende Fahrt durch die Stadt.

Das Strafmandat kostete zwanzig Dollar. Sie bezahlte ungerührt und fuhr dann genauso schnell weiter. Papatakis hatte gemeint, sie sei eine schlechte, weil viel zu unkonzentrierte Fahrerin, doch das störte sie nicht.

A. saß neben ihr, er sprach von Paris, seinem letzten Film, aber eigentlich hörte sie nur seine Stimme, einzelne Worte, keine zusammenhängende Geschichte. Während sie durch Manhattan kreuzten, wünschte sie, dass die Zeit nicht verginge, dass ihr Leben daraus bestünde, mit diesem Mann im Auto zu sitzen und herumzufahren.

Als sie zum zweiten Mal von der Polizei angehalten wurde, sagte er: »Lass uns in mein Hotel fahren, Nico.«

Sie nickte. In diesem Moment brachte sie kein Wort heraus. Ein Novembertag in New York, es war längst dunkel geworden, die Lichter und Leuchtreklamen aber machten New York zur hellsten Stadt der Welt.

In seinem Hotelzimmer, das sie sich größer und imposanter vorgestellt hatte, tranken sie noch ein Glas Rotwein, bevor sie sich gegenseitig auszogen. Sein Körper war noch muskulöser und schöner geworden, eine goldene Kette hing ihm um den Hals, aber ohne ein Bild, ohne Kreuz.

Als er in sie eindrang, dachte sie, ich will ein Kind von ihm, dann bin ich der glücklichste Mensch der Welt.

»Warum lächelst du?«, fragte er sie hinterher. »Du lächelst nicht oft.«

»Ich habe mit dem schönsten und dem gefährlichsten Mann geschlafen, den es gibt«, sagte sie und erschrak beinahe über ihre Worte.

Er sah sie ernst an. »Ja«, sagte er, »das stimmt, und ich möchte, dass niemand je davon erfährt, kein Journalist, kein Freund, keine Freundin. Du musst es mir versprechen!«

Sie nickte wortlos.

Als sie sich am nächsten Morgen verabschiedeten, wiederholte er seine Worte. Sie wollte sie weglachen, ihnen ihre dunkle Bedeutung nehmen, doch sie sah in seinen Augen, wie ernst es ihm war.

»Und wiedersehen«, fügte er hinzu, »werden wir uns wohl auch nicht.«

Draußen auf der Straße vor dem Hotel war es kühl und regnerisch. Hatten sie A.s Abschiedsworte verletzt? Sie wusste es nicht, nein, sagte sie sich dann, sie hatte das bekommen, was sie wollte: eine Nacht mit ihm.

Drei Monate später, als sie von einem Shooting auf den Bahamas zurück in Paris war, wusste sie, was sie am Morgen in New York bereits geahnt hatte: Sie war schwanger von dem berühmtesten Schauspieler Frankreichs, dem neuen Star auf der Kinoleinwand, der gesagt hatte, dass er sie nie wiedersehen würde.

12. Kapitel

»Du bist verrückt geworden«, sagte Carlos zu ihr. »Ein Kind von einem Mistkerl wie A. – was glaubst du, dass er tun wird? Seine schöne Freundin verlassen, dir einen Palast kaufen und dich heiraten? Das ist lächerlich.«

»Nein«, sagte Nico. »Ich will nichts von ihm – ich will nur das Kind.«

Carlos zog an seiner Zigarette. Es war Februar, sie saßen im Café de Flore. Manchmal spähte die Sonne durch die Wolken, so dass man sogar auf der Terrasse sitzen konnte. »Und was ist mit Papatakis? Du musst es ihm sagen. Und deine Mutter auf Ibiza – weiß sie es schon?«

»Sie weiß es nicht, aber ich werde sie aufsuchen und es ihr persönlich sagen. Ich bin sicher, dass sie sich freut!« Für einen Moment war ihr unbehaglich zumute. Ihre Mutter hatte sich bei ihren letzten Besuchen sehr launisch und unberechenbar gezeigt.

»Pah!«, stieß Carlos aus und schnippte mit den Fingern, wie immer, wenn ihm etwas nicht gefiel. »A. ist nicht dein Freund, er wird sich niemals um dich und das Kind kümmern.«

»Das muss er auch nicht«, erwiderte Nico. »Ich komme allein zurecht und habe mehr als genug Geld, um ein Kind zu versorgen.«

Wieder machte Carlos nur sein höhnisches »Pah«, doch dann wechselte er zum Glück das Thema.

Am Abend rief sie Papatakis an; ihr war es lieber, ihm die Nachricht von ihrer Schwangerschaft nicht ins Gesicht sagen zu müssen; sie hatte sich in einem Apartment bei Brit einquartiert, einem schwedischen Model, das gerade auf den Kanaren Aufnahmen machte.

Er schwieg einen langen Augenblick, sie nahm wahr, wie er an einer Zigarette zog. Gleich wird er wütend werden, dachte sie dann; Papatakis war ein feinfühliger, kultivierter Mann, aber wenn er in Wut geriet, konnte er schreien und mit Gegenständen um sich werfen. Sie hatte es ein paar Mal erlebt.

»Du liebst ihn, und du willst das Kind behalten?«, fragte er mit leiser Stimme.

Sie brauchte eine Sekunde, bis sie antworten konnte, und sie versuchte, sich sein Gesicht vorzustellen, doch kein Bild formte sich vor ihren Augen. Mit dieser stillen, verletzten Reaktion hatte sie nicht gerechnet.

»Ja«, sagte sie. »Ich will das Kind behalten – unbedingt.«

»Gut«, entgegnete Papatakis, nun mit festerer Stimme. »Ich hoffe, du weißt, worauf du dich einlässt. A. hat eine Menge Affären, und er kümmert sich niemals um die Frauen, die er verlässt. Und eines solltest du dir ganz besonders merken: Setze ihn nicht unter Druck. Dann wird er gefährlich. Er ist kein freundlicher Mensch, ganz und gar nicht.«

»Ich will nur das Kind und …«

»… und unsere Beziehung ist damit beendet«, unterbrach sie Papatakis. »Das wirst du verstehen, Nico. Nun gehörst du auf die andere Seite – zu Menschen wie ihm.« Das »ihm« betonte er mit einem bitteren Unterton. Dann legte er auf.

Es schmerzte sie, zu hören, wie seine Stimme in dem Hörer, den sie noch eine Weile in der Hand hielt, verwehte. Mehr als zwei Jahre waren sie zusammen gewesen – und nun das Ende, aber ja, sie wollte dieses Kind, mehr, als sie sonst etwas auf der Welt wollte.

Ein Kind von A. war jedes Opfer wert.

Eine Woche später war sie auf Ibiza. Ihre Mutter stand am Hafen, um sie abzuholen. Es war kalt, keine zehn Grad und sehr windig. Ein ungewöhnlich trübes Wetter für Ibiza.

Ihre Mutter umarmte sie. Grete wirkte viel gesünder und zufriedener als bei ihren letzten Besuchen.

»Ich weiß schon, warum du kommst«, sagte sie mit einem Lächeln und hakte sich bei Nico ein.

Konnte man ihr die Schwangerschaft schon ansehen? Oder spürte eine Mutter es, wenn ihre erwachsene Tochter ein Kind bekam?

»Ja«, sagte Nico vorsichtig, »ich habe einen bestimmten Grund, warum ich gekommen bin.«

Ihre Mutter strich ihr über die Wange, so wie sie es früher oft getan hatte. »Ich freue mich für dich. Dieser Grieche ist ein guter Mann, ich war vielleicht ein wenig zu unhöflich zu ihm, aber … Du weißt, dass Sprachen zu lernen für mich schwierig ist. Ich kann nun gerade ein paar Sätze auf Spanisch, und Französisch ist sehr schwer …«

Nico blieb stehen und schob ihre Mutter ein Stück von sich.

Grete schaute sie argwöhnisch an. »Du willst ihn gar nicht heiraten? Du hast einen anderen Grund für deinen Besuch?« Sie taxierte ihre Tochter, ihr Blick wanderte über Nicos Bauch.

»Sag mir nicht, dass du ein Kind bekommst und dass dieser Grieche nicht der Vater ist!«

Nico versuchte zu lächeln, ihre Mutter mit diesem Lächeln einzufangen und ihr all die Sorgen zu nehmen, die ihr im Gesicht geschrieben standen.

»Der Vater ist ein berühmter Schauspieler, ein Franzose, aber das ist gleichgültig. Es ist unser Kind, meines und deines!«

Ihre Mutter zögerte einen Augenblick, dann wandte sie sich ab und stieß einen schrillen Schrei aus – wie ein Tier, das eine unsägliche Qual erleiden musste.

»Nein!«, stieß sie hervor, nachdem sie sich wieder umgedreht hatte. »Das kann nicht sein. Du hattest keinen Vater, ich musste dich ganz allein durchbringen – durch die Zeiten von Hunger und Krieg! Und nun geschieht dasselbe mit deinem Kind! Ist das ein Fluch?«

Was redest du da, Muttilein?, wollte sie sagen, wie früher als kleines Mädchen, und ihre Mutter beruhigend in den Arm nehmen, doch Grete war schon losgelaufen, wie in Panik stürmte sie auf ihr Haus zu, als müsste sie Zuflucht suchen.

In den nächsten zwei Tagen, die sie auf der Insel blieb, konnte Nico kein vernünftiges Wort mit ihrer Mutter sprechen. Immer brach Grete in Tränen aus und ergoss sich in Vorwürfen, die sie ihrer Tochter und sich selbst machte. Was für ein Unglück ein Kind sei, das keinen Vater habe … wie sie dieses Kind überhaupt aufziehen wolle, wo sie doch ständig auf Reisen sei …

Zurück in Paris, war Nico so erschöpft, dass sie für eine Woche sämtliche Shootings absagte. Von A. hörte sie nichts; zweimal hatte sie versucht, ihn anzurufen, doch er hatte sich verleugnen lassen. Wusste er bereits, dass sie schwanger war? Sie hatte keine Ahnung. In einem französischen Magazin hatte sie gelesen, dass er immer noch mit seiner österreichischen Freundin zusammen war, auch wenn es in ihrer Beziehung gekriselt hatte.

Aber es war ihr gleichgültig, sagte Nico sich. Sie hatte ein Kind von A. gewollt, nicht, dass er sie heiratete, dass er immer an ihrer Seite war, sondern ein Kind von dem schönsten Mann der Welt, und das trug sie nun in sich.

Sie machte es sich zur Gewohnheit, mit ihrem Kind zu sprechen. Bald meinte sie, es in sich zu spüren, zu empfinden, wie es wuchs; und sie war sich sicher, es war ein Junge, der A. ähnlich sehen würde. Sie erzählte ihm von ihrem Tag, abends zündete sie eine Kerze an und sang ihm vor. Es fiel ihr leicht, nicht mehr auf Partys zu gehen, und Alkohol trank sie auch fast keinen mehr. Nur von diesen Pillen, die ihren Appetit zügeln sollten, konnte sie nicht lassen; das war ihr beinahe eine Sucht geworden.

Als ihr Bauch so rund wurde, dass sie keine Aufnahmen mehr machen konnte, fuhr Nico nach Ibiza. Sie hoffte, ihre Mutter hätte sich einigermaßen beruhigt und damit abgefunden, dass ihre Tochter ein Kind bekam.

Grete machte ihr zwar keine Vorwürfe mehr, doch sie war in einer schlimmen Verfassung; manchmal zitterte sie so sehr, dass sie keine Tasse mehr in den Händen halten und Kaffee trinken konnte, dann wieder stand sie auf, ging zur Tür und verharrte dort, weil sie plötzlich nicht mehr wusste, was sie im Sinn gehabt hatte. Statt sich auszuruhen und auf die Geburt vorzubereiten, konnte Nico ihre Mutter kaum noch aus den Augen lassen. Sie musste einkaufen und kochen, sogar das Haus putzte sie gelegentlich.

An manchen Tagen, wenn es ihr einigermaßen gut ging, begann ihre Mutter von ihrer Kindheit in Bromberg zu erzählen, das damals, vor dem Ersten Weltkrieg, noch zu Deutschland gehört hatte – wie sie Schlittschuh gelaufen war; ja, sie war ein kleine Prinzessin auf dem Eis gewesen, Drehungen, kleine Sprünge, alles sei ihr perfekt gelungen. Und vielleicht würde ja auch Nicos Tochter eine kleine schöne Eisprinzessin werden. In diesen Momenten konnte Grete lächeln und sanft sein, doch wenig später war sie wieder wie verwandelt, ängstlich und hysterisch geradezu.

Nico überlegte, ob sie ihre Tante Helma anrufen und sie bitten sollte zu kommen, aber wenn sie nur ein Wort darüber erwähnte, wurde ihre Mutter noch zorniger.

Der Geburtstermin war für die ersten Augusttage 1962 ausgerechnet.

Ende Juli beschloss Nico, zurück nach Paris zu fahren. Ihr Sohn sollte in der Stadt seines Vaters auf die Welt kommen, und er sollte ein Franzose werden, kein Spanier und auf keinen Fall ein Deutscher.

Grete weigerte sich jedoch, auf Ibiza zu bleiben. Unbedingt, unter allen Umständen wollte sie Nico begleiten und bei der Geburt dabei sein, wenn ihr Kind schon keinen Vater hatte.

Keinen Vater … keinen Vater – wie oft musste sie sich diese Anklage anhören! Eine schreckliche Litanei, von der Grete nicht abließ.

»Es ist mein Kind«, schrie Nico ihr einmal ins Gesicht, »mein Kind – das genügt doch. Und es wird gesund und wunderschön sein.«

Weil Grete sich nicht abweisen ließ, nahmen sie die Fähre nach Barcelona, um von dort mit dem Zug nach Paris zu reisen, da Nico in ihrem Zustand nicht mehr fliegen durfte. Schon auf der Überfahrt verhielt ihre Mutter sich sonderbar. Immer wieder forderte sie Nico auf, sich umzusetzen, oder schaute sich nach irgendwelchen Verfolgern um, die sie meinte auszumachen.

In dem Hotel in Barcelona wurde es noch schlimmer. Grete steigerte sich in einen hysterischen Wahnanfall hinein: Männer in schwarzer Kleidung verfolgten sie. In jedem Fremden sah sie einen Angreifer. Spät am Abend, obschon sie selbst völlig übermüdet und erschöpft war, ging Nico mit ihrer Mutter zum Strand, um sie zu beruhigen.

Sie waren fast ganz allein; nur da und dort lagen noch Paare auf ihren Decken. Leise Musik schallte herüber, Mondlicht schimmerte auf dem Wasser; eigentlich eine friedliche Sommernacht. Dennoch fror Nico und hüllte sich in eine Decke, die sie aus ihrem Hotel mitgenommen hatte.

»Grete, alles wird gut«, versuchte sie, ihre Mutter zu beruhigen. »Morgen sind wir in Paris. Dort gibt es die besten Ärzte. Die Geburt wird wunderbar verlaufen. Du wirst sehen.«

Doch ihre Mutter machte sich gar nicht um die Geburt Sorgen; es war, als wäre sie in eine ganz eigene Welt abgedriftet, in der jeder Mann, jede Frau eine Gefahr darstellte. Sie konnte vor Aufregung kaum atmen, war wie von Geistern umgeben, nahm

Menschen wahr, die nicht da waren, hörte Geräusche, die sie zusammenzucken ließen.

Nico griff nach ihrer Hand. »Weißt du noch? Unsere erste Wohnung in Berlin – wie froh du warst, dass wir ein Dach über dem Kopf hatten –, und gleich in der zweiten Woche hast du Blumen besorgt, um es schöner und wohnlicher zu machen. Ich weiß bis heute nicht, wie du es geschafft hast, damals Blumen aufzutreiben.«

Ihre Mutter lächelte flüchtig, doch dann riss sie ihre Hand zurück, sprang auf und lief in Richtung Meer, als müsste sie vor jemandem fliehen. Nico plagte sich hoch und eilte ihr nach, so schnell, wie es hochschwanger möglich war.

Erst als es bereits zu dämmern begann, vermochte sie es, mit langsamen, einfühlsamen Worten ihre Mutter zurück ins Hotel zu bringen.

Die lange Zugfahrt am späten Vormittag war genauso anstrengend. Jedem Fremden begegnete ihre Mutter feindselig.

»Die starren uns alle an, als wollten sie uns ausrauben«, zischte sie Nico mehrmals zu.

Mit einem Lächeln versuchte Nico selbst, den neugierigen Blicken, die ihre Mutter auf sich zog, zu begegnen.

Dann wieder sprach ihre Mutter mit sich selbst, machte sich Vorwürfe oder tat so, als wäre ihre Schwester Helma bei ihr, mit der sie sich stritt.

In Paris angekommen, war Nico den Tränen nahe. Was war aus ihrer Mutter geworden? Eigentlich hatte sie Hilfe von Grete erwartet. Wenn das Kind auf der Welt war, würde sie bald wieder arbeiten und Geld verdienen müssen, und sie hatte gehofft, dass ihre Mutter dann ihr Enkelkind betreuen würde. Ibiza war gewiss ein wunderbarer Ort, um aufzuwachsen. Doch nun sah es so aus, als würde sie sich nicht nur um ihr Kind, sondern auch um ihre Mutter kümmern müssen.

Grete und sie kamen im Apartment der schwedischen Freundin unter. Nico war so erschöpft, dass sie sofort einschlief.

Gegen Mittag wurde sie von Kaffeeduft geweckt. Lächelnd saß ihre Mutter an dem kleinen Tisch in der offenen Küche und hielt eine Schale mit Kaffee in der Hand.

»Hast du gut geschlafen, Christa?«, fragte sie, nun wie ausgewechselt.

Nico schleppte sich zu ihr hinüber. Gemeinsam tranken sie Kaffee. Grete legte ihr die Hand auf den Bauch, in dem sich das Kind heftig bewegte.

»Bald kommt es«, sagte sie.

Nico nickte, verblüfft über die Wandlung ihrer Mutter.

»Ein Mädchen«, sagte Greta träumerisch, »eine kleine Eisprinzessin.« Schon wieder glitt sie in eine andere Welt ab.

Als am Nachmittag die ersten Wehen einsetzten, war ihre Mutter in dem einzigen Sessel in dem Apartment eingeschlafen.

Schmerzhafte Wellen durchzuckten ihren Körper. Wie sollte sie es allein ins Krankenhaus schaffen – am besten, ohne dass ihre Mutter etwas bemerkte? Sie überlegte, Carlos anzurufen, aber der hätte ihr wahrscheinlich nichts als Vorwürfe gemacht, dass sie sich bisher nicht gemeldet hatte. Da Maywald nicht in Paris war, wie sie wusste, rief sie Papatakis an. Er war überaus freundlich und fürsorglich zu ihr. Eine Stunde später stand er mit einem Taxi vor der Tür und brachte sie in die Klinik in Neuilly-sur-Seine.

Zwei Tage später, am 11. August 1962, nach vielen Stunden in den Wehen, kam per Kaiserschnitt ihr Sohn zur Welt.

13. Kapitel

Sie hatte gedacht, sie würde der glücklichste Mensch der Welt sein, sobald sie nur erst ihr Kind in den Armen hielt. Doch die Geburt war das schlimmste Erlebnis, das ihr je widerfahren war. Schmerzwellen tobten durch ihren Körper, ja, sie tauchte förmlich in ihnen unter, ertrank geradezu in Schmerzen. Hebammen kamen und gingen, ein junger Arzt sah mit besorgtem Gesicht nach ihr. Dann wurde sie in einen Operationssaal gefahren. An mehr konnte sie sich nicht erinnern.

Als sie aufwachte, war kein Kind bei ihr, sondern Papatakis saß an ihrem Bett. Er sah erschöpft aus.

»Es ist ein Junge«, sagte er und drückte ihre Hand.

Sie lächelte. Es war gut, dass Papatakis da war, und für einen flüchtigen Moment hoffte sie, dass es so bleiben würde, obschon sie wusste, dass es sein Stolz niemals zulassen würde.

»Ich wusste, dass es ein Junge sein wird«, sagte sie heiser.

Papatakis nickte mit ernster Miene. »Wie soll er heißen? Hast du schon einen Namen für ihn?«

Sie versuchte, sich aufzurichten. Schmerzen durchzuckten ihren Unterleib, die ihr den Atem nahmen.

»Er heißt Christian Aaron«, sagte sie.

Papatakis schaute sie mit seinen dunkelbraunen Augen an. Ich verstehe, bedeutete dieser düstere Blick. C wie Christa und A wie der Vorname des Vaters.

»Es ist etwas passiert, was nicht hätte geschehen dürfen«, sagte er, ohne dass sein Blick weicher und verständnisvoller wurde. »Ich konnte es nicht verhindern, und am liebsten hätte ich dem Arzt die Faust ins Gesicht geschlagen.«

Sie beugte sich ein wenig vor und spürte, wie schwach und verwundet sie war. Ich will mein Kind sehen, war alles, was sie denken konnte. Papatakis zuzuhören fiel ihr schwer.

Papatakis griff nach ihrem Arm und drückte ihn. »Verstehst du?«, sagte er. »Sie haben einen Kaiserschnitt gemacht. Du hast jetzt eine Narbe am Bauch.«

Sie nickte. Es war ihr gleichgültig. Sie wollte ohnehin nicht länger ein Fotomodell sein.

»Ich möchte mein Kind sehen«, flüsterte sie.

Papatakis erhob sich und verließ das Zimmer, doch er kam nicht mit dem Kind zurück, sondern mit einer Krankenschwester, die ein Klemmbrett unter dem Arm hielt und Nico streng ansah. Gemeinsam mussten sie ein Formular ausfüllen. Den Namen des Kindes und der Mutter, die Rubrik für den Vater blieb frei. Als Zeuge unterschrieb Papatakis das Papier.

Er küsste sie auf die Stirn. »Ich werde dir eine Wohnung besorgen«, flüsterte er ihr zu, »dir und deiner Mutter, die ganz aufgeregt ist. Ich konnte verhindern, dass sie heute kommt, aber morgen wird sie dich besuchen, ganz bestimmt.«

»Chéri«, flüsterte sie zurück, »es tut mir leid, und danke, dass du da warst.«

Sie meinte zu sehen, dass er Tränen in den Augen hatte, als er ging, und erst dann, als hätte sie sein Verschwinden abgewartet, brachte die Krankenschwester ihr das Kind.

Ein winziges Wesen mit schwarzen Haaren, einem faltigen, rosafarbenen Gesicht, das kaum die Augen öffnen konnte.

Es war ihr Kind.

Nun war es da, das Glück.

Sie legte sich das Kind auf die Brust und sah es an. Es schnaufte leise, blinzelte und schaute sie dann mit tiefblauen Augen an. Obwohl es vermutlich Unsinn war, meinte sie, A.s Züge in seinem Antlitz zu erkennen.

Könnte ein Mann wirklich sein eigenes Kind verleugnen? War das tatsächlich möglich, wenn man ein so perfektes, wunderschönes kleines Menschenwesen vor sich sah?

Nein, das war nicht möglich, dachte sie, doch dann fiel ihr ein, wie sie in Köln von den Päffgens behandelt worden war, und nun hieß ihr Sohn auch Päffgen. Ja, er war in Frankreich geboren, und dennoch war er ein Päffgen.

Sie küsste das Kind auf die Nase, auf die Augen, auf die Stirn. Sie war stolz auf sich. Nun hatte sie ein Kind …

»Ari, mein kleiner Löwe«, flüsterte sie ihm zu, aber dann, ganz plötzlich, riss der Junge den Mund auf und begann so laut zu schreien, dass sie gar nicht wusste, was sie tun sollte.

Papatakis hielt Wort; er mietete ihr ein Apartment im 3. Arrondissement, recht nah an der Seine, wo sie mit Ari spazieren gehen konnte. Alles war plötzlich neu für sie: Windel wechseln, Milch für das Kind kochen – selbst stillen wollte sie es nicht –, Wäsche waschen, all diese alltäglichen Dinge tun, mit denen sie in den letzten Jahren nie in Berührung gekommen war. Ihre Mutter war ihr dabei keine Hilfe; kaum einmal, dass sie das Kind in den Arm nahm und beruhigte, wenn es schrie.

Carlos kam manchmal vorbei, ebenso Brit, ihre schwedische Freundin, und auch Maywald. Er war besorgt um sie und lud sie in sein Studio ein, um Fotos von Ari und ihr zu machen. Eine besonders schöne Aufnahme erschien dann auf der Weihnachtsausgabe der *Elle*: Nico und Ari – wie Maria und ihr Jesuskind.

Maywald war es auch, der sie überredete, A. zu schreiben.

»Er muss wissen, dass er Vater geworden ist, ganz offiziell. Einen Brief muss er in Empfang nehmen, und ich kann mir selbst bei ihm nicht vorstellen, dass er ihn nicht liest.« Er lächelte.

Nico vertraute Maywald wie niemandem sonst; er kannte sich mit Menschen aus, Hunderte, ja wahrscheinlich Tausende hatte er vor seiner Kamera gehabt und ihnen in die Seele geschaut. Vermutlich war ein Brief an A. das Richtige.

Doch wie sollte sie beginnen? Schon die Anrede war schwierig. Mon Chéri? Nein, in Wahrheit waren sie sich nie so nah gekommen. A. hatte kaum etwas von sich erzählt, er war tatsächlich der eiskalte Engel gewesen, als den man ihn auch in den Magazinen beschrieb.

Maywald war es dann, der ihr den Brief diktierte. Eine nackte Anrede:

Lieber A., vermutlich hast Du schon von dem großen Glück gehört, das mir widerfahren ist. Ich habe ein Kind zur Welt gebracht – einen Jungen, den ich Christian Aaron genannt habe. Es ist Dein Kind.

Dann ließ Maywald sie noch ein paar Sätze anfügen – wie sie nun lebte und dass sie sich freuen würde, A. einmal seinen Sohn zeigen zu können.

»Kein Wort von Geld oder andere Forderungen«, sagte Maywald.

Nico nickte. Sie erinnerte sich an die Worte, die Papatakis ihr gesagt hatte. Man durfte A. nicht unter Druck setzen, dann wurde er zornig und gefährlich. Offenbar sah Maywald, der in Paris Gott und die Welt kannte, es ganz genauso.

Sie hatte vor, bevor sie wieder arbeiten musste, ein paar Wochen mit Ari auf Ibiza zu verbringen, in einer eigenen Wohnung, doch wartete sie noch einige Tage in Paris ab, ob A. sich bei ihr melden würde.

Ari war sehr genügsam, ein stilles Kind; sie verbrachten die Nächte gemeinsam in einem breiten Bett. Immer wenn ihr Sohn schlafen wollte, legte sie sich zu ihm. Es gefiel ihr, dem Rhythmus seines Atems zuzuhören; nur wenn er schrie oder wenn er nichts essen wollte, fühlte sie sich hilflos und überfordert, doch meistens wusste Helene, Maywalds Schwester, Rat, und manchmal nahm sie ihr auch das Kind ab und ging mit ihm spazieren.

Die Tage vergingen; A. meldete sich nicht. Nico wollte nicht abwarten, wollte sich beschäftigen, an etwas anderes denken, aber dann sah sie vor sich, wie A. sich mit unbewegter Miene über das Kind beugte, wie seine Augen sich zusammenzogen und dann ein Lächeln über sein Gesicht glitt, weil er seinen Sohn erkannt hatte.

Doch auch nach einer langen Woche kam keine Reaktion.

In einer Nacht, während Ari neben ihr schlief, war sie kurz davor, ein Taxi zu rufen und zu A. zu fahren. Wenn er nicht kam, dann musste sie ihm seinen Sohn präsentieren – selbst wenn es mitten auf der Straße vor seinem Haus war. Dann fiel ihr ein, dass er Bodyguards hatte und einen Sekretär. Vermutlich würde sie gar nicht an ihn herankommen.

Sie weinte so still, dass ihr Sohn nicht aufwachte.

Obwohl sie kein Wort darüber verlor, schien Maywald zu wissen, wie sie sich fühlte.

»Von ihm werden wir nichts hören«, sagte er, nachdem fast zwei Wochen vergangen waren, seit sie gemeinsam den Brief geschrieben hatten. »Es gibt einen anderen Weg. Ich werde seiner Mutter schreiben. Wenigstens sie soll erfahren, dass sie Großmutter geworden ist.«

Maywald hatte sich erkundigt. Nachdem A.s Vater gestorben war, hatte seine Mutter Edith wieder geheiratet – sie hieß nun Boulogne und wohnte in erstaunlich bescheidenen Verhältnissen in Bourg-la-Reine, einer kleinen Stadt südlich von Paris.

Als sie mit Maywald und dem Kind zu ihr fuhr, nahm die alte Dame sie sofort in den Arm. Nach einem Blick auf den kleinen Ari sagte sie: »Genauso hat mein Sohn auch ausgesehen, als er ein paar Wochen alt war.« Sie lächelte verlegen, Tränen liefen ihr über die Wangen. Beinahe schuldbewusst schaute sie Nico an. »Ich weiß nicht, warum«, sagte sie leise, »aber mein Sohn ist kein guter Mensch. Er ist ein Mensch ohne Gewissen.«

14. Kapitel

Nico liebte es, in Aris Kinderwelt einzutauchen. Wie sah er die Welt? Warum schrie er? Was bereitete ihm Freude? Warum lachte er so heiter, dass ihr vor Freude die Tränen in die Augen sprangen? Doch immer wieder musste sie Aris Kinderwelt verlassen und in die andere, viel härtere Welt hinaus, und dann war ihr, als würde dieses Reich des Friedens gar nicht mehr existieren. Aufnahmen in Paris, in London, Rom, München. Sie musste nun für drei Menschen das Geld verdienen und nahm jeden Auftrag an. Für was machte sie nicht alles Werbung! Für Seife, Geschirrspüler, Make-up, Bettwäsche, Schallplatten, Gesichtscreme. Sie drehte sogar einen Film mit dem reißerischen Titel *Striptease*, der sich jedoch an der Kinokasse als totaler Misserfolg erwies. Ari ließ sie meistens bei ihrer Mutter, aber bei jedem Besuch, wenn sie ihren Sohn wieder abholte, wirkte Grete hinfälliger und verwirrter, und dann kam die Diagnose: Obwohl sie noch so jung war, gerade einmal fünfzig, litt sie an Parkinson und war mit Aris Pflege völlig überfordert.

Als Nico einmal zu Aufnahmen für einen Werbefilm in London war, musste sie Edith Boulogne bitten, nach Ibiza zu fliegen und Ari abzuholen. Grete hatte am Telefon nur unzusammenhängendes Zeug geredet und einen vollkommen desorientierten Eindruck gemacht.

Aber Edith tat alles für ihren Enkelsohn. Sie hatte sogar A.s

Drohung, er werde nie wieder ein Wort mit ihr reden, wenn sie sich um diesen Bastard kümmere, ertragen – und sie hielt es aus, dass er seine Ankündigung tatsächlich wahr machte. Zusammen mit Paule-Edith, ihrer Tochter und A.s Halbschwester, reiste sie ohne Zögern nach Ibiza und schaffte es, eine Bescheinigung im französischen Konsulat zu erhalten, dass sie Ari mitnehmen dürfe, auch wenn die aufgebrachte Grete sich dagegen mit Händen und Füßen wehrte.

Anders als Grete machte Edith ihr auch keine Vorwürfe, im Gegenteil. Sie küsste Nico auf die Wange, wenn sie kam, nahm sie in den Arm und ging ganz in ihrer Rolle als Großmutter auf, und ihren eigenen Sohn, von dem fortan kein einziges Wort mehr zu hören war, erwähnte sie nie.

Ohne Maywald und Edith hätte Nico dieses Leben nicht ausgehalten – das dachte sie oft und nahm sich vor, in Notre-Dame eine Kerze für die beiden aufzustellen – und für Ari, der bei seiner Großmutter endlich die ersten Laute zu plappern begann, als hätte er sich das auf Ibiza nicht getraut.

Einmal war Nico tatsächlich auf dem Weg in die Kathedrale. Sie war nicht gläubig, für sie gab es keinen Gott, aber es war trotzdem gut und richtig, Kerzen aufzustellen und Licht in die Welt zu bringen. Auf der Straße traf sie eine Freundin, die einen eher kleinen, jungen Mann im Schlepptau hatte, einen Amerikaner, der Lieder sang und dessen Texte sie ins Französische übersetzt hatte.

Der Amerikaner war nur für ein paar Tage in Paris. Er wollte sich umhören und Werbung für seine zweite Schallplatte machen.

»Ich kenne dich«, sagte er mit einem schiefen Lächeln zu Nico. »Ich habe dich in *La Dolce Vita* gesehen. Ein grandioser Film. Hat mir gefallen.« Er nuschelte so sehr, dass sie ihn kaum verstehen konnte. »Du bist Deutsche? Wo kommst du her?«

»Ich bin aus Berlin.« Nico bemerkte, wie die Augen des Amerikaners aufleuchteten. Hatte er in den ersten Sekunden ihrer zufälligen Begegnung einen beinahe schläfrigen Eindruck gemacht, so war nun sein Interesse geweckt.

»Hast du Zeit für ein Glas Wein?«, fragte er. »Und dann erzählst du mir von Berlin? Kennst du den Dramatiker Bertolt Brecht?«

Nico musste lächeln. Da stand ein Mann vor ihr, der sich nicht für das Model interessierte, sondern für ihre Herkunft aus Deutschland, über die sie eigentlich nie sprach.

Sie trafen sich am Abend im Café de Flore. Auch von Sartre und Jean Genet hatte der Amerikaner schon gehört, doch er war nicht allzu enttäuscht, dass weder der Philosoph noch der Schriftsteller anzutreffen waren.

Er hatte tatsächlich *La Dolce Vita* in einem New Yorker Kino gesehen, wobei ihn Theater und Dichtkunst viel mehr interessierten.

»Bist du Brecht einmal begegnet, oder hast du ein Stück von ihm besucht?«, fragte er.

Nico prostete ihm zu. Endlich wieder gefiel ihr ein Mann – ein seltsamer, charmanter, neugieriger Amerikaner, dem man genau zuhören musste, um ihn zu verstehen.

»Brecht hatte in Ostberlin sein eigenes Theater, aber da kam man kaum hin«, erwiderte sie. »Ich habe mit meiner Mutter in

Westberlin gelebt. Wir sind nie in den Osten gefahren. Das war noch, bevor die Mauer gebaut wurde, aber meine Mutter hatte immer Angst vor den Russen.«

Der Amerikaner nickte. »Verstehe«, sagte er. »Brecht war natürlich bei den Kommunisten, und ihr habt sie gefürchtet.«

»Bist du auch Kommunist? Gibt es Kommunisten in Amerika?«

Er lächelte. »Ein paar«, sagte er. »Ich gehöre aber nicht dazu. Ich bin Pazifist. Amerika war an zu vielen Kriegen beteiligt, finde ich.«

Sie erfuhr, dass er Jude war und Folkmusik machte. Er hieß Bob Dylan.

Er erzählte ihr, dass er schon in großen Konzerthallen aufgetreten war und nun seine zweite Schallplatte herausgebracht hatte. Die dritte würde in ein paar Wochen auf den Markt kommen.

»Was spielst du für Musik? Schreibst du deine Lieder selbst?« Sie trank das nächste Glas Wein und spürte, wie sie sich zusehends entspannte. Ari war wie so oft in den letzten Wochen bei Edith, sie hatte alle Zeit der Welt für diesen merkwürdigen Amerikaner.

»Du kennst mich wirklich nicht?«, fragte er, nun doch verblüfft von ihrer Ahnungslosigkeit. »Hast noch nichts von mir gehört?« Als Nico den Kopf schüttelte, sprach er weiter. »Woody Guthrie war mein großes Vorbild. Ich habe ihn sogar einmal getroffen. Da war er leider schon so krank, dass er nicht mehr reden konnte. Ich habe ihm ein paar Lieder vorgespielt, aber auf meinem ersten Album habe ich mich noch nicht getraut, eigene

Songs zu singen. Doch jetzt tue ich es.« Er stimmte eine Zeile an, die sie irgendwo schon einmal gehört hatte. »How many roads must a man walk down – before you call him a man?«

Seine Stimme war nicht schön, allerdings sehr ausdrucksvoll.

Später in seinem Hotelzimmer holte er seine Gitarre hervor, und sie sangen das Lied gemeinsam, nachdem sie sich geliebt hatten.

»Ich möchte auch singen«, sagte sie. Ihr Kopf lehnte an seiner nackten Schulter. Er hielt die Gitarre in der Hand.

»Ich kann dir einen Song schreiben«, sagte er, ohne aufzublicken. »Im Moment fallen mir viele Texte ein. Ohne Poesie könnte ich nicht leben«, fügte er ernst hinzu und schaute sie an.

Zum ersten Mal kam ihr der Gedanke, dass er irgendwo eine Frau oder eine Freundin haben musste, aber es spielte keine Rolle. Sie waren allein in diesem Hotelzimmer in Paris.

»Frankreich ist ein Land voller Poesie«, sprach er weiter. »Rimbaud, Baudelaire – schade, dass ich kein Französisch spreche. Die meisten Amerikaner sind ungebildet – wir haben nur unsere eigene Sprache.«

»Aber Englisch spricht man überall«, sagte sie. »Ich möchte englische Songs singen.«

Er lächelte sie an, ein wenig spöttisch, wie es seine Art war.

»Ich schreibe dir ein Lied, versprochen«, flüsterte er, bevor er seine Gitarre aus der Hand legte und sie auf die Brust küsste.

Nico blieb über Nacht und dann noch eine Nacht. Manchmal gingen sie spazieren, mit Sonnenbrille und Hand in Hand.

Nach der zweiten Nacht lud er sie nach Griechenland ein. Er müsse dort ein paar Leute treffen, doch er würde Zeit genug für sie haben, und dann würde er wie versprochen einen Song für sie schreiben.

Vier Tage verbrachten sie in der Nähe von Athen in einem kleinen Haus. Von der Terrasse konnte man das Meer nicht sehen, es jedoch in der Nähe erahnen.

»Was ist das Wichtigste, wenn du Musik machst?«, wollte sie von ihm wissen.

Er lächelte. »Du willst tatsächlich eine Sängerin werden? Bist du deshalb mit mir mitgekommen?«

»Ich will deine Lieder hören«, sagte sie. »Am Tag und in der Nacht.«

»Ich höre Frauen nicht gern zu, wenn sie singen«, sagte er. »Aber das Wichtigste für die Karriere ist der Anfang. Du brauchst einen kleinen Club, in dem du auftreten kannst. Es gibt so einen Laden in New York. Er heißt The Blue Angel – wie der Film mit dieser deutschen Schauspielerin … Marlene Dietrich. Da kann man an ein paar Abenden auftreten, wenn man Glück hat.«

»Und was braucht man noch?«, fragte sie. Zu ihrer Stimme hatte er nichts gesagt, als sie zusammen gesungen hatten. Nico wusste, dass sie anders klang als alle anderen Frauen, die sie je gehört hatte – tiefer, ein wenig schleppender, und dann war da ihr Akzent, den sie niemals mehr loswerden würde.

Er schob die Sonnenbrille in sein lockiges Haar zurück und blickte in Richtung Meer. Er sah gut aus, sie wusste nun auch, dass irgendwo seine Freundin auf ihn wartete, obwohl er nie darüber gesprochen hatte. Auf dem Cover seines zweiten Albums hatte er sich mit ihr fotografieren lassen; sie sah gut aus, eine junge lächelnde Frau mit langen dunkelbraunen Haaren, die sich an ihn schmiegte, während er die Schultern hochzog, als wäre ihm kalt. Das Foto war vermutlich in einer Seitenstraße in New York aufgenommen worden, im Hintergrund war ein VW-Bus zu sehen.

»Man muss Songs schreiben können«, sagte er. Er legte seine Sonnenbrille auf den Tisch und steckte sich einen Joint an. Sie hatten viel Marihuana geraucht in den letzten Tagen. »Aber das Allerwichtigste ist ein Manager. Ich habe den besten der Welt – Albert Grossman. Er ist ein absoluter Mistkerl, nimmt mir fünfundzwanzig Prozent ab, zehn Prozent mehr als alle anderen, aber er ist es wert. ›Die zehn Prozent, Bob‹, hat er zu mir gesagt, ›sind dafür, dass du immer zehn Prozent klüger wirst, wenn du mit mir sprichst.‹ Und, verdammt, er hat recht.«

»Kann ich diesen Manager irgendwo treffen?« Nico nahm ihm den Joint aus der Hand, zog daran und reichte ihn zurück.

Bob schloss die Augen, inhalierte ebenfalls und rührte sich nicht mehr. Fast glaubte sie, er wäre im Sitzen eingeschlafen. »Nein«, sagte er leise. »Man kann Albert nicht treffen; er trifft einen, wenn er will, aber vielleicht erzähle ich ihm von dir. Kann sein, dass er ein Mädchen sucht, um es groß rauszubringen, und du bist ja die Schönheit aus *La Dolce Vita*.«

Später verschwand er im Haus und kehrte nicht mehr zurück.

Nico saß da und hielt ihr Gesicht in die Sonne, die allmählich unterging. Sie brauchte einen Manager, begriff sie. Ja, wenn sie zurück in Paris war, würde sie sich jemanden suchen, der ihr half, einen Song aufzunehmen. Die Modewelt interessierte sie immer weniger. Schade, dass Maywald sich nicht auch mit Musikern und Managern auskannte.

Sie rauchte still, und dann hörte sie auf einmal seine Stimme, ein wenig unsicher und tastend, dazu ein paar Akkorde auf der Gitarre. Bob hob an, sang einige Worte, unterbrach sich wieder.

Für einen Moment dachte sie: So sieht das Glück aus. Da saß ein junger erfolgreicher Mann ein paar Meter von ihr entfernt in einem Haus in Griechenland und schrieb ein Lied für sie.

Erst als es schon dunkel geworden war, kehrte sie ins Haus zurück. Bob saß auf dem Bett, neben sich eine fast leere Flasche Wein, und notierte etwas mit einem Bleistift in ein Büchlein. Er blickte nicht auf, als sie sich im Dämmerlicht zu ihm setzte.

»Der Song heißt ›I'll Keep It With Mine‹«, sagte er leise. Dann summte er eine Melodie und sang die ersten Verse: »You will search, babe. At any cost. But how long, babe. Can you search for what is not lost.«

15. Kapitel

Sie bemerkte es nicht sofort. Maywald musste sie darauf aufmerksam machen. Die Aufträge in Paris wurden weniger, und sie wurden schlechter bezahlt. Er versuchte, es einfühlsam zu umschreiben. »Nico, die Geschäfte laufen nicht mehr so gut, und manchmal … da möchte man auch andere Mädchen sehen … Nun, du verstehst … Auch Schönheitsideale verändern sich.«

Im Herbst, als sie zu einem Shooting in New York war, hatte sie den Club aufgesucht, den Dylan erwähnt hatte: The Blue Angel. An drei Abenden hatte sie dort auftreten dürfen. Man hatte sie als das »Girl aus *La Dolce Vita*« angekündigt. Sie hatte drei Musiker gefunden und ein paar Standards gesungen. »My Funny Valentine«, »Blueberry Hill«, »Dream A Little Dream Of Me«, doch es war schrecklich gewesen. Im Publikum hatten beinahe ausnahmslos Männer gesessen; sie hatten getrunken, geredet und ihr Obszönitäten zugerufen; zugehört hatte ihr fast niemand. Selbst ihre drei Musiker waren genervt gewesen, und am dritten Abend war Nico gar nicht mehr erschienen.

»Paris ist zurzeit nicht mehr so angesagt«, erklärte Maywald ihr weiter. »Nun blickt alles auf London – da passieren die aufregenden Dinge.«

Im März 1965 verschaffte ihre Agentur ihr einen Auftrag in London. Einen regnerischen Tag lang stand sie am Trafalgar

Square vor der Kamera, um für Regenmäntel Werbung zu machen, doch ihr war sofort klar, wie recht Maywald hatte. London war *the place to be*. Hier wurden Songs geschrieben und aufgenommen, hier gab es die Leute, die Einfluss in der Musik- oder Filmbranche hatten, und zum Glück kannte sie sogar den wichtigsten Fotografen: David Bailey. Er war genauso alt wie sie, das neue Wunderkind der Fotografie, und er wusste, wo die besonderen Partys stattfanden.

Im März hatten die Rolling Stones ihre Australientournee und ihre Tour durch Skandinavien erfolgreich absolviert und brachten ihr zweites Album heraus. David Bailey hatte für das Album und die Promotion sämtliche Fotos gemacht und lud Nico zu der Party mit der Band ein.

In den letzten Jahren war sie so oft auf Partys gewesen, und doch war sie jedes Mal wieder unsicher. Meistens stand sie rauchend in einer Ecke, irgendwo im Halbdunkel, und beobachtete die Szenerie vor sich; wie die Männer die Frauen taxierten oder sie kumpelhaft und ein wenig großmäulig umarmten und wie die Frauen sich in Pose setzten. Ihr gefiel dieses Spiel oft nicht, und doch musste man es mitspielen.

Die Rolling Stones waren fünf wilde Jungs, die vollkommen aufgedreht durch die Menge wirbelten, aber der Mann, der sie ansprach, wirkte noch jünger. Er sah aus, als wäre er noch keine zwanzig und hätte gerade die Schule abgeschlossen. Er hatte dunkelblonde, gescheitelte Haare und trug eine Weste über seinem weißen Hemd und eine merkwürdige Brille.

»Du bist Nico«, sagte er zu ihr, »und ich bin der Manager dieser Mistkerle.« Er wandte sich um und deutete auf den blonden

Gitarristen der Band, der ein Cocktailglas in der Hand hielt und sie beobachtete.

»Das trifft sich gut«, entgegnete Nico. »Ich suche nämlich gerade einen Manager.«

Er lächelte sie an. »Es gibt nicht viele gute Manager und, ehrlich gesagt, keinen wie mich.«

Der Junge hieß Andrew Loog Oldham. Seine Mutter war Australierin, sein Vater Amerikaner niederländischer Herkunft, der im Zweiten Weltkrieg über dem Ärmelkanal abgeschossen worden war. »Deshalb habe ich diesen schrägen zweiten Namen Loog.«

Das alles erfuhr Nico in den ersten fünf Minuten ihres Gesprächs. Es schien Oldham jedoch nichts auszumachen, dass sie Deutsche war.

»Warum bist du in London, Nico?«, fragte er, nachdem er ihr einen Cocktail organisiert hatte. »Drehst du hier einen Film? Oder wolltest du nur die Stones sehen?«

»Ich war ein paar Tage mit Bob Dylan unterwegs. Er hat mir einen Song geschrieben und gemeint, ich solle nach London gehen, um ihn aufzunehmen.« Es stimmte zwar nicht so ganz, doch wenn sie ihn gefragt hätte, wäre Bob gewiss der Meinung, London sei ein guter Ort, um einen Song einzuspielen.

Oldham stieß einen leisen Pfiff aus. »Vielleicht kann ich was für dich arrangieren. Die Stones haben noch ein paar Konzerte, aber danach …« Er lächelte wieder. »Ich muss sie im Blick haben, damit sie die bad guys bleiben. Die Beatles sind die Guten, und wir sind die Bösen. He …« Er senkte seine Stimme, als würde er einen älteren Mann imitieren. »Würden Sie es zulassen, dass Ihre Tochter einen Typen von den Rolling Stones heiratet?« Er stieß ein Lachen aus und berührte sie am Arm. »Ist von mir der Spruch. Image … Es kommt auf das Image an.«

Nico lachte höflich mit. Der Typ war durchgeknallt, aber voller Energie. »Ich wollte auch mit Albert Grossman sprechen, Bobs Manager«, sagte sie.

Oldham verzog das Gesicht. »Grossman ist Amerikaner«, erklärte er ein wenig gönnerhaft, »aber hier in London werden die richtig fetten Geschäfte gemacht. Was sind schon Peter, Paul and Mary gegen die Beatles und die Stones?«

»Bob meint, Grossman sei der Beste.«

»Pah!« Oldham winkte ab. »Er ist nicht der Beste, auf keinen Fall. Wir sollten bald mal weiterreden. In den nächsten Tagen …« Er wandte sich um und winkte den blonden Gitarristen der Band heran, der Nico die ganze Zeit angestarrt hatte.

»He, Brian, komm her! Ich will dir Nico vorstellen. Sie ist ein Model und …«

»Wann können wir reden?«, unterbrach Nico ihn. »Morgen?«

Oldham drehte sich wieder zu ihr um, während Brian, der Gitarrist, langsam heranschlenderte, er schien betrunken zu sein und nicht mehr ganz sicher auf den Beinen.

»In ein paar Tagen fahren wir für drei Konzerte nach Paris«, sagte Oldham.

»Gut. Ich bin auch wieder in Paris«, erwiderte Nico, obwohl sie eigentlich vorgehabt hatte, länger zu bleiben. »Dann können wir uns in Paris sehen.«

Oldham nickte, schien aber nicht mehr ganz so überzeugt. Brian schob ihn ein Stück zur Seite. Er hielt Nico ein Glas hin, aus dem er eben selbst noch getrunken hatte. »Du bist Nico«, sagte er, und es klang wie eine Frage. »Du bist wirklich die schönste Frau auf dieser fucking Party.«

Maywald besorgte ihr ein kleines Apartment in Paris, und dann konnte sie ihren Sohn Ari wiedersehen. Edith sorgte bestens für ihn; sie war die liebevollste Großmutter, die man sich vorstellen konnte, und der Kleine hatte angefangen, die ersten Worte zu reden. Erst als Nico ihn im Arm hielt, fiel ihr ein, dass sie vielleicht ein Geschenk aus London hätte mitbringen müssen. Das Geld, das sie Edith anbot, lehnte die alte Dame jedes Mal vehement ab, obwohl sie selbst kaum genug hatte.

Das erste Konzert der Stones fand am 16. April 1965 im L'Olympia am Boulevard des Capucines statt. Oldham hatte sich nicht mehr gemeldet, doch eine Freundin, die auch gemodelt hatte und zu Nicos Erstaunen einige Zeit mit Brian Jones, dem Gitarristen, zusammen gewesen war, schaffte es, dass sie beide nach dem Konzert hinter die Bühne kommen durften.

Brian erkannte sie sofort, er umarmte sie, als wären sie alte Freunde. Er war völlig verschwitzt und stank nach Bier.

»Hast du uns gesehen?«, fragte er. »War das ein großartiger Gig!«

Der Sänger der Band kam heran, er verzog seine wulstigen Lippen und grinste über das ganze Gesicht.

»Pass auf dich auf«, rief er Nico zu. »Brian denkt immer ans Ficken, und er hat schon jede Menge Kinder.«

Brian drehte sich um und hob eine Faust. »Mick ist ein richtiger Scheißkerl. Mehr Scheißkerl als Sänger jedenfalls.«

Irgendwo in dem Durcheinander hinter der Bühne meinte sie auch, Oldham zu sehen, doch er kam nicht zu ihr herüber, und außerdem nahm Brian sie in Beschlag.

»Ich mag blonde Girls«, sagte er immer wieder. »Blonde sind klüger als andere. Stimmt doch, oder?«

»Kann sein«, erwiderte Nico vage. Irgendjemand hatte ihr auch ein Bier in die Hand gedrückt. Sie versuchte, ein wenig von Brian abzurücken, aber er hielt sie fest im Arm.

»Und was ist mit Drogen?«, fragte er. »Nimmst du was?«

»Manchmal einen Joint«, antwortete sie.

»Oh!«, stieß er aus. »Bist du noch Jungfrau, was Drogen angeht? Von einem Joint wird man doch gar nicht richtig high. Da gibt es doch viel besseren Stoff. LSD – schon mal gehört?«

Klar hatte sie schon von LSD gehört, doch das sagte sie ihm nicht.

Die Party hinter der Bühne verlagerte sich in eine Bar in der Stadt. Oldham hatte ihr einmal kurz zugewinkt, während sie in eine Reihe Taxis stiegen, als Zeichen, dass er sie erkannt hatte, doch hatte sie kein Wort mit ihm sprechen können.

In der Bar küsste Brian sie. Hart und gierig presste er seine Lippen auf ihren Mund. Irgendwann schob er ihr eine kleine Pille, die er sich auf die Zunge gelegt hatte, zwischen die Zähne.

»Damit wir zusammen wegfliegen können«, flüsterte er.

»Okay.« War das LSD gewesen? Eigentlich nahm man es nicht in Form einer Pille ein, das wusste sie immerhin. Sie spürte die Wirkung schon nach wenigen Minuten. Die Geräusche um sie veränderten sich; es war, als würden sie in die Länge gezogen und als würden sie Farben annehmen. Ja, der Raum war plötzlich voller wirbelnder Farben. Jeder Mensch war eine Farbe. Brian war ein helles grelles Blau, und seine Küsse begannen anders zu schmecken, nach Rauch, nach Wind, nach Sonnenstrahlen. Ach, es war, als würden Farben und Klänge über sie hinwegfluten.

Sie versuchte vergeblich, die Orientierung zu behalten. Wo war Bailey, der Fotograf? Wo ihre Freundin, das Model? Wo war Oldham, der Manager? Aber alles ging in dem Farbenstrudel unter.

Brians Blau hüllte sie mehr und mehr ein; er schien sie auch hochzuheben, so kam es ihr vor, während sich seine Hände um sie legten und unter ihrer Bluse über ihre Haut wanderten.

Einen kurzen Moment fürchtete sie, er könne sie hier vor aller Augen ausziehen, aber dann war es ihr gleichgültig.

Wie sie in sein Hotelzimmer geraten war, wusste sie nicht mehr. Sämtliche Erinnerungen waren in diesem klingenden Farbenrausch versunken.

Als sie aufwachte, lag Brian mit offenem Mund leise schnarchend neben ihr. Sie beobachtete ihn eine Weile. Ein hübscher großer Junge, der im Schlaf so arglos aussah, als liefe er noch staunend durch die Welt.

Als er plötzlich die Augen aufschlug, lächelte er kurz und küsste sie dann, ohne auch nur ein Wort gesprochen zu haben. Der Sex, der folgte, war kurz und hart. Brian legte keinen Wert auf Zärtlichkeit und Koseworte.

»Wir sehen uns«, sagte er, als er unter der Dusche verschwand. Offenbar das Stichwort, dass sie gehen sollte, was sie jedoch nicht tat.

In der Lobby, wo sie sich einen Kaffee nahm, traf sie Mick, den Sänger der Band, und Andy Warhol, einen Künstler aus Amerika, der ebenfalls bei dem Konzert gewesen war, und einen Freund von Warhol, dessen Namen sie aber nicht verstand, als er sich kurz vorstellte. Mick war so verkatert, dass er nur undeutliche Laute herausbrachte, aber immerhin erinnerte er sich noch, wer sie war, und wusste, dass sie einmal in einem Film mitgespielt hatte. Oldham tauchte nicht auf. Andy, der die meiste Zeit nur in seinen Kaffee geschaut hatte, begann schließlich doch zu sprechen und erzählte, dass er für eine Ausstellung in der Stadt sei; er habe seine Blumenbilder präsentiert. Obwohl er offenbar ein berühmter Maler war, wirkte er schüchtern und unsicher. Als Nico ihn einmal anlächelte, senkte er den Blick.

Mick interessierte sich augenscheinlich nicht sonderlich für Blumenbilder, und Brian, der nun auch erschien, wirklich in einem hellblauen Anzug, so wie sie ihn in ihrem Drogenrausch gesehen hatte, begann den Tag mit einem Bier, nachdem er Nico, als wollte er zeigen, dass sie zu ihm gehörte, auf den Mund geküsst hatte.

Zwei weitere Konzerte gaben die Stones noch in Paris, dann würden sie nach Kanada und in die USA fliegen.

Zu ihrer Überraschung tat Brian alles, um sie zu überreden mitzukommen. Sie würden in den besten Hotels wohnen und die Konzerte würden die besten sein, die sie jemals gesehen hätte. Und vielleicht, dachte sie insgeheim, wäre das ja auch die Chance, Grossman oder einen anderen wichtigen Manager zu treffen.

16. Kapitel

War sie Brians Freundin? War er ihr Freund? Sie konnte es nicht sagen. Warum war sie zu ihm in die USA geflogen? Weil sie genug von der Modewelt hatte, weil sie Musik machen wollte? Sie wusste es nicht genau. Manchmal war sie wie ein Blatt im Wind.

Brian war ein großartiger Gitarrist, aber er interessierte sich nicht dafür, mit ihr über Musik oder Poesie zu reden, ganz anders als Bob Dylan in ihren Tagen in Griechenland. Brian wollte Sex und Drogen, am besten beides zusammen, aber wenn er zu viel Drogen nahm und es mit dem Sex dann nicht mehr so funktionierte, konnte er so wütend werden, dass er mit vollen Bierflaschen um sich warf. Einmal musste sie ihm zwei heftige Ohrfeigen geben, damit er zur Vernunft kam, was sie mehr erschreckte als ihn, aber meistens nahm sie genauso Drogen wie er.

Die Tour der Stones war ein voller Erfolg. Ende Mai spielten sie dreimal in New York in der Academy of Music. Sie war die ganze Woche über Tag und Nacht dabei gewesen, doch Oldham war ihr immer aus dem Weg gegangen. Klar, er hatte viel zu tun, Interviews, Hallenbesichtigung, Einweisung der Roadies, Soundchecks.

Erst nach dem letzten Konzert kam er zu ihr.

»Wir müssen reden, Nico«, sagte er gewichtig. Er sah aus, als hätte er soeben eine Line Koks gezogen, wie er es wohl häufiger tat, und schob sie in eine Ecke, in den Gang, der zu den Toiletten führte. »Wir sollten einen Deal machen«, sprach er weiter. Seine Augen hinter den Brillengläsern schienen im Halbdunkel zu glühen. »Ich bringe dich als Sängerin groß raus – auf meinem eigenen Label. Ja …« Er nickte, als hätte sie einen Einwand vorgebracht. »Ich mache meine eigene Plattenfirma auf. Bei den Stones kümmere ich mich noch um die Publicity, ansonsten hat jetzt mein eigenes Business Priorität.«

»Schön«, sagte Nico einsilbig. Sie vertraute Oldham nicht. Warum hatte er so lange gewartet? Und nun tat er so, als müsste er sie zu einem Vertrag drängen.

»Brian hat gesagt, dass du eine verdammt gute Stimme hast, und dann bist du auch noch die schönste Frau der Welt.« Er schnalzte mit der Zunge, was ihn noch jungenhafter aussehen ließ. »Wir brauchen nur den richtigen Song für dich. Dann stürmen wir die Charts. Die Zeit der Sängerinnen ist angebrochen, glaube mir, aber wer sind schon Dusty Springfield oder Cilla Black gegen dich?«

»Ich habe einen Song«, erwiderte Nico. Anscheinend hatte Oldham vergessen, dass sie ihm schon von Bobs Stück erzählt hatte. »Ich war mit Bob Dylan eine Weile in Griechenland. Da hat er ›I'll Keep It With Mine‹ für mich geschrieben.«

»Ein Song von Dylan?« Oldham zog die Augenbrauen in die Höhe. Nun konnte sie auch seinen Atem riechen; er roch eindeutig nach zu viel Bier. »Großartig! Dann machen wir unseren Deal – hier und jetzt.« Er zog ein verknittertes Papier aus der hinteren Hosentasche und hielt ihr einen Kugelschreiber hin. »Wir müssen einen Vertrag machen – ist so üblich«, fügte er hinzu, als er ihr Zögern bemerkte.

Sie lächelte ihn an. »He, Kleiner«, sagte sie spöttisch. »Ich bin Model, ich habe in meinem Leben schon ein paar Hundert Verträge unterschrieben.«

Er lächelte. »Aber keinen wie diesen«, erwiderte er ungerührt. »Wenn wir zurück in London sind, gehen wir ins Studio. Brian hat bestimmt Lust, dich auf der Gitarre zu begleiten. Das wird eine richtig große Nummer – wenn der Song stimmt.«

Sie nahm ihm den Stift aus der Hand. Trotz der Dunkelheit gelang es ihr, die Zeilen des kurzen Vertrags zu überfliegen. Es ging um eine Single, also zwei Songs, A-Seite und B-Seite.

»Um den zweiten Song kümmere ich mich«, redete Oldham weiter. »Ich habe ein paar gute Songschreiber an der Hand.«

Sie blickte kurz auf, bevor sie unterschrieb. Dann reichte sie ihm den zerknitterten Vertrag zurück. »Kriegst in London eine Kopie von mir«, erklärte er mit geschäftsmäßiger Stimme. »Und nun können wir feiern. Du bist ab heute eine Sängerin.«

Erst auf dem Flug zurück nach London realisierte sie, dass sie irgendetwas von Bob Dylan brauchte, eine Erlaubnis, dass sie seinen Song singen durfte. Vielleicht müsste sie deswegen auch mit Grossman reden, aber nein, Bob hatte ihr diesen Song zugedacht. Allerdings war sein »Blowin' In The Wind« in der Version von Peter, Paul and Mary auf Platz zwei der amerikanischen Charts gewesen, da könnte Grossman etwas dagegen haben, dass er einfach einen Song verschenkte.

Doch wenn sie ihn persönlich fragte, wäre er sicher einverstanden, dass sein »I'll Keep It With Mine« ihre erste Single werden würde.

Sein Konzert in der Royal Albert Hall verpasste sie zwar, allerdings schaffte sie es hinterher, auf seine Party zu gehen.

Bob Dylan sah völlig erschöpft und abgemagert aus; bleich und leicht schwankend stand er da. Vermutlich hatte er auch zu viele Drogen genommen. Er beachtete sie nicht oder gab sich Mühe, arrogant, wie er sein konnte, durch sie hindurchzublicken. Als sie ihn direkt anschaute, schob er sich die Sonnenbrille aus dem Haar zurück auf die Nase. Ich habe Sendepause, sollte das wohl heißen, doch darauf konnte sie keine Rücksicht nehmen.

»Ich war mit den Stones in New York«, erzählte sie ihm, nachdem sie ihn kurz nach seiner letzten Tour gefragt und er einsilbig und missgelaunt geantwortet hatte.

Erst die Erwähnung der Stones schien ihn aufzuwecken.

»Was tragen die Jungs auf der Bühne? Normale Klamotten? Welche Hemden? Was für Schuhe? Rennen sie auch in Lederstiefeln herum?«

Er selbst trug eine unauffällige Lederjacke und ein blaues Hemd; wenn die Sonnenbrille nicht gewesen wäre, hätte er eher wie ein Klempner denn wie ein gefeierter Musiker ausgesehen.

Sie beschrieb, was Mick und Brian auf der Bühne veranstalteten, dass sie ihr Publikum regelrecht herausforderten; Mick vor allem mit Gesten und wildem Umherspringen und Brian, wenn er mit seiner Gitarre zu langen Soli an die Rampe trat.

»Irgendwann«, sagte Bob Dylan, »gehe ich auch einmal mit einer elektrischen Gitarre raus auf die Bühne.«

Du bist ein Folksänger, hätte Nico beinahe erwidert. Folksänger spielen Folksongs und halten nichts als eine akustische Gitarre in der Hand.

Obschon sein Interesse an ihr sichtbar zu erlöschen begann, versuchte sie, ihm von ihrem Plattendeal zu erzählen. Von Andrew Loog Oldham hatte er allerdings noch nie gehört.

»Ich mag es nicht, wenn Frauen singen«, sagte er dann noch missgelaunt. »Wenn ich Joan länger singen höre, kriege ich Kopfschmerzen. Das ist fast wie Folter.«

Irgendjemand hatte Nico gegenüber erwähnt, dass Dylan sich geweigert hatte, zusammen mit Joan Baez aufzutreten, obwohl sie in den Staaten mindestens so berühmt war wie er.

»Es geht um deinen Song«, redete sie weiter. »Ich möchte ihn auf meine erste Single nehmen.«

Stumm schaute er sie an oder knapp an ihr vorbei. So genau konnte sie es nicht ausmachen, weil seine Augen hinter der Sonnenbrille nicht zu sehen waren.

»›I'll Keep It With Mine‹«, fügte sie hinzu, weil er offenbar nicht begriff, was sie meinte. »Den Song hast du in Griechenland für mich geschrieben.«

»O ja.« Sein Mund verzog sich, die Andeutung eines Lächelns. »Ja, Griechenland – ein schönes Land, im Sommer noch heißer als Kalifornien.«

»Meine erste Single«, wiederholte sie. »Dein Song.«

Dylan winkte jemandem zu. Gleich würde er sich an ihr vorbeidrücken, ohne dass sie seine Genehmigung bekommen hätte. Oder er würde sie an seinen Manager verweisen, und Grossman würde bestimmt irgendeine abenteuerliche Summe nennen, die Oldham nicht würde bezahlen wollen.

»Es ist ein schöner Song«, redete sie rasch weiter. »Ich würde ihn wirklich gern singen.« Sie ballte ihre rechte Hand zur Faust. He, Dylan, hätte sie ihn am liebsten angeschrien, bist du wirklich so ein Dreckskerl? Am liebsten hätte sie ihn auf der Stelle stehen lassen oder ihm gesagt, dass sie nie wieder etwas mit ihm zu tun haben wollte. Willst du mich so abtreten lassen? Doch sie wusste, dass ihr nichts so sehr helfen würde wie eine Single mit einem Dylan-Song, also riss sie sich zusammen und lächelte ihn einfach an.

Er wandte sich ihr wieder zu, nun irgendwie hektisch und nervös. »Ich muss ein paar Tage runter in den Süden, aber dann komme ich zurück und gehe noch einmal ins Studio. Dann können wir den Song aufnehmen.« Er nickte ihr zu, verzog wieder den Mund und ging an ihr vorbei.

Immerhin, das war so etwas Ähnliches wie eine Genehmigung, und Oldham würde es vermutlich gefallen, wenn sie das Lied mit Dylan aufnahm und ihm gleich ein Band überließ.

Später erfuhr sie, dass Dylan eine neue Freundin hatte und dass »runter in den Süden« nicht etwa Cornwall, sondern Portugal bedeutete.

Erst zwei Wochen später kehrte er nach London zurück. Zum Glück wusste sie, in welchem Studio er neue Aufnahmen plante. Dylan war, wie sie beinahe erwartet hatte, alles andere als erfreut, sie zu sehen, und als sie ihn an sein Versprechen erinnerte, den Song gemeinsam aufzunehmen, warf er ihr mit grimmiger Miene eine Dose Bier zu und verschwand mit drei anderen Musikern im Studio. Sie musste ein paar Stunden warten, bis er wieder herauskam – ziemlich erschöpft und eindeutig betrunken.

»Du bist immer noch hier?«, nuschelte er. Offenbar hatte er nicht mit ihrer Hartnäckigkeit gerechnet.

Nico setzte ihr liebenswürdigstes Lächeln auf, obwohl ihre Laune im Keller war, aber auf keinen Fall würde sie klein beigeben. Sie würde diesen Song aufnehmen – und wenn sie drei Tage im Studio auf ihn warten müsste. Sie hob das Blatt Papier mit dem Songtext in die Höhe. »›I ll Keep It With Mine‹«, sagte sie.

Er nickte, langsam und bedächtig, und machte eine Geste in Richtung seiner Musiker. »Geht schon vor. Ich muss noch etwas erledigen«, schnarrte er.

Im Studio nahm er seine Gitarre. »Ein Versuch – nicht mehr«, sagte er.

Nico fühlte sich beklommen. Sie trat an das Mikrophon. Hinter der Scheibe saß ein junger Bursche und starrte sie an, der Toningenieur, den sie die ganze Zeit mit Kaffee versorgt hatte, während sie wie ein blödes Groupie auf Dylan warten musste.

Dylan nickte ihm kurz zu und begann dann zu spielen. Sie hoffte, dass sie an der richtigen Stelle eingesetzt hatte. In den letzten Tagen hatte sie das Lied Brian Jones mehrmals vorgesungen, aber auch er hatte sich nicht sonderlich interessiert gezeigt.

»You will search, babe …«

Dylan spielte langsamer, als sie erwartet hatte, ohne auch nur mit einem Blick oder Augenaufschlag anzudeuten, dass er auf sie achtete; aber nach der zweiten Zeile schienen die Worte mit der richtigen Modulation über ihre Lippen zu fließen.

Als der Song zu Ende war, streckte der Toningenieur ihr den Daumen entgegen. Auch ihm war klar, dass Dylan keinen zweiten Versuch starten würde. Aber gegen ihre Erwartung erhob Dylan sich nicht sofort. Er spielte noch ein Lied, das er nun selbst sang. »Once upon your time you dressed so fine …«

Der Text war, so wie er ihn sang, schwer zu verstehen. Sie hörte jedoch, dass irgendwann die Worte »rolling stone« vorkamen. Sang er dieses Lied, weil er wusste, dass sie mit Brian Jones zusammen war? Wollte er sie provozieren? Jedenfalls war dieses Stück nicht halb so gut wie ihr Song.

Als Dylan fertig war, lächelte er und stand schwerfällig auf. Ja, er war wirklich ziemlich betrunken. »Meine neue Single«, knurrte er. »›Like A Rolling Stone‹. Könnte ein Erfolg werden.«

17. Kapitel

Warum tat sie all das? Lief Leuten hinterher, die sie eigentlich nicht mochte. Lächelte Männer an, von denen sie allenfalls ein paar schöne Zeilen für einen Song oder eine Telefonnummer für einen wichtigen Kontakt erwarten konnte. Reiste ständig durch die Welt, ohne auch nur ein Zimmer zu haben, in dem sie wirklich zu Hause war. Manchmal im Traum, in irgendeinem Raum in New York, London, Paris oder sonst wo, hörte sie wieder die Züge hinter dem Haus in Lübbenau durch die Nacht fahren, und in einem Drogenrausch, als Brian Jones ihr einen LSD-Drink, versetzt mit Amphetaminen, gegeben hatte, nahm sie keine Farbstrudel oder andere angenehme Dinge wahr, sondern sie stand auf den Gleisen und sah einen schwarzen Zug auf sich zurasen. Ihr Vater war in diesem Zug – da war sie sich ganz sicher. Sie musste den Zug aufhalten, damit ihr Vater endlich aussteigen und sie in die Arme schließen konnte.

Später war sie dann überzeugt gewesen, dass ihr Vater eigentlich nie gelebt hatte. Sie hatte nie einen Vater gehabt, und ihre Mutter vegetierte nun auf Ibiza vor sich hin, wozu Nico sie überredet hatte, weil sie selbst dieses graue, ungastliche Berlin nicht mehr ertragen hatte. Nun hatte sie Angst davor, ihre Mutter zu besuchen und ihren weiteren Verfall zu beobachten.

Mitunter wachte sie auch vor Sehnsucht nach Ari auf. Nichts hätte sie lieber getan, als sich neben ihren kleinen Sohn zu legen und seine Wärme zu spüren – was sie viel zu selten tat, wenn sie ihn bei Edith besuchte. Ari hatte ihr erste kleine Bilder gemalt – blaue Himmel voller Sonnen, die auf eine blonde Frau herabschienen, die sie darstellen sollte. Immerhin erkannte er sie jedes Mal wieder und sagte »Maman« zu ihr.

Und dennoch … Auf welchem Weg befand sie sich? Andere Models, die auf die dreißig zugingen, hatten sich einen reichen Mann gesucht, einen Schauspieler, einen Regisseur oder Filmproduzenten, und ihn geheiratet. Auf diese Idee wäre sie jedoch nie gekommen. Sie würde sich allein durchsetzen, würde ihren eigenen Weg finden.

Wenn sie ehrlich war, langweilten sie die meisten Männer nach kurzer Zeit. Auch Brian nervte sie mittlerweile mit seinen Drogenexzessen, und außerdem wurde der Sex mit ihm immer härter und brutaler, wenn er nicht ohnehin so voll zugedröhnt war, dass nichts mehr lief.

Und A.? Von ihm hatte sie nie mehr gehört – und würde es auch nicht mehr tun. Da war sie sich sicher. Irgendwann jedoch würde sie Ari alles über seinen Vater erzählen müssen, jedenfalls das, was sie von ihm wusste.

Stolz brachte sie Oldham das Demoband von »I'll Keep It With Mine«.

»Bob selbst hat Gitarre gespielt«, sagte sie, ohne allerdings zu erwähnen, dass sie den Song ohne jede Probe aufgenommen hatten.

Oldham erwiderte nichts. Stumm hörte er sich die Aufnahme an, und schnell begriff sie, dass sie ihm nicht gefiel.

»Ein guter Song«, sagte er dann, »aber nicht als erste Single für dich, dafür ist er zu langsam und nicht eingängig genug. Wir können ihn danach herausbringen, wenn du mit einem Lied in den Charts warst.«

Sollte sie enttäuscht sein? Sie hatte Stunden auf Dylan gewartet, um diese Aufnahme zu machen.

»Was schlägst du vor?«, fragte sie.

Oldham lächelte, er wirkte wieder wie ein Schuljunge, der sich selbst zu wichtig nahm. »Ich habe einen erstklassigen Songschreiber für dich. Er hat schon für alle Großen geschrieben – für Elvis, die Streisand, Johnny Cash. Er ist Kanadier und heißt Gordon Lightfoot. Der wird den richtigen Song für dich schreiben.«

Sie hatte noch nie von diesem Mann gehört, aber Brian Jones bestärkte sie darin, Oldham zu vertrauen. »Andrew weiß, was er tut. Er kennt sich aus, glaub mir.«

Das Lied, das Gordon Lightfoot dann für sie schrieb, hieß »I'm Not Sayin'«, und es war keine drei Minuten lang, eine simple Melodie mit einem anspruchslosen Text. Sie nahmen es in einem Studio in der Denmark Street auf. Oldham selbst war der Produzent. Er hatte für ein Geigenarrangement im Hintergrund sogar eigens ein kleines Orchester engagiert, und Brian hatte den Gitarrenpart übernommen, aber das, was er da spielen sollte, hätte er auch im Halbschlaf abgeliefert.

Oldham war zufrieden und schlug vor, noch Videomaterial für die Promotion des Songs aufzunehmen. Mit einem kleinen Team gingen sie an die Themse hinunter und brauchten für die Aufnahmen nicht einmal einen halben Tag. Eine Treppe hinunterzulaufen und in eine Kamera zu blicken hatte Nico schließlich schon unzählige Male getan.

Sie selbst war es, die unzufrieden war. War »I'm Not Sayin'« das, was sie als Sängerin zu sagen hatte, war das ihr Sound? Nein, ganz und gar nicht. Oldham wollte, dass sie wie eine blonde, gefällige Marianne Faithfull klang. Aber sie wollte anders klingen – ein wenig wie Zarah Leander, die ihre Mutter immer gehört hatte und wohl immer noch hörte, eine junge Zarah Leander allerdings, die in der Beatmusik angekommen war.

Den Song für die B-Seite der Single schrieb Oldham selbst – zusammen mit einem blutjungen Gitarristen mit Namen Jimmy Page, der sie mit Brian Jones auch bei den Aufnahmen begleitete. »The Last Mile« war noch kürzer, keine zweieinhalb Minuten, und von Oldham wohl als eine Art sanfter Protestsong gedacht. »Show a little laughter, show a little smile – 'cause we've started on the last mile«, lautete eine Zeile.

Sie sang das Lied mit wenig Überzeugung, und als sie es zum ersten Mal hörte, kam es ihr völlig fremd vor. Wessen Stimme war das? Wer trällerte dieses belanglose Lied? Sollte das wirklich sie sein?

Auf einer Pressekonferenz stellte Oldham sein neues Plattenlabel vor, das er gegründet hatte – »Immediate« –, und Nico durfte neben ihm auf dem Podium sitzen und in die Kameras lächeln. »Als schöne Blüte bist du dabei«, wie Oldham meinte und dann schnell hinzufügte: »Und als meine erste Künstlerin.«

Er war wirklich ein Schwätzer, den man nicht ernst nehmen konnte.

Oldham verschaffte ihr noch einen Auftritt in einer britischen TV-Show an der Seite von prominenten Leuten wie Sonny and Cher, The Animals und The Walker Brothers, doch dann geschah – nichts, gar nichts.

Oldham war abgetaucht, er kümmerte sich ausschließlich um The McCoys, eine schrecklich einfallslose Band, die aber mit »Hang On Sloopy« einen Treffer in den Charts hatte. Für sie und ihre Single tat er nichts mehr. Keine Plakate, keine Auftritte, keine Interviews.

Schließlich wurde Nico so wütend, dass sie in sein schäbiges winziges Büro stürmte, in dem er ganz wie ein richtiger Plattenboss mit den Füßen auf dem Schreibtisch in seinem Stuhl flegelte und mit wichtiger Miene telefonierte. Sie riss ihm den Hörer aus der Hand und knallte ihn auf die Gabel.

»Du bist ein Idiot!«, schrie sie ihn an. »Erst singe ich dieses bescheuerte Lied, und dann lässt du mich hängen! In keinem Laden gibt es meine Platte zu kaufen. Und außerdem will ich ein Album produzieren. Zehn Songs mindestens.«

Oldham starrte sie wütend an. »Du kannst den Leuten nicht vorschreiben, was sie hören wollen. Im Moment hören sie lieber ›Hang On Sloopy‹. Dafür kann ich nichts, und für ein ganzes Album hast du überhaupt keine Songs. Oder hast du etwa welche?«

Sie war kurz davor, das Telefon aus der Wand zu reißen und ihm an den Kopf zu werfen. »Ich kriege genug Songs für ein Album zusammen, aber ich müsste verrückt sein, wenn ich eine Platte mit einem Idioten wie dir machen würde.«

Doch leider stimmte, was Oldham gesagt hatte. Sie hatte keine

Songs. Dylan würde ihr vermutlich kein Lied mehr schreiben, und von Brian Jones hatte sie die Nase mittlerweile gestrichen voll – außerdem war sie schwanger.

Eine Ahnung überkam sie am Morgen nach ihrem Auftritt bei Oldham. Übelkeit, die nichts mit Alkohol oder Drogen zu tun haben konnte, zudem ein schmerzhaftes Ziehen im Unterleib.

Ein befreundetes Model kannte einen Arzt in Kensington, der ihre Vermutung sofort bestätigte.

Sie musste nicht lange nachdenken. Brian hatte schon vier andere Kinder, vier, von denen er wusste, und wahrscheinlich würden in geraumer Zeit noch einige dazukommen. Und sie … sie hatte Ari, ihren Sohn, den sie über alles in der Welt liebte, selbst wenn sie sich viel zu wenig um ihn kümmerte. Und trotz allem wusste sie genau, dass auch er sie liebte. Jedes Mal, wenn sie zu ihm kam, sah sie diese Liebe in seinen Augen. Aber ein Kind von Brian? Sie versuchte, es sich vorzustellen, doch bei aller Phantasie gelang es ihr nicht, es sich auszumalen, kein Kind, keinen Brian Jones, der sich auch nur einen Deut um ein Kind mit ihr scherte. Brian war ein großer ungezogener Junge, der seine Musik und seine Drogen liebte und sonst nichts auf der Welt.

Der Arzt, ein älterer grauhaariger Mann, der ein gestochenes Englisch sprach, wie sie es noch nie gehört hatte, war feinfühlig genug, Andeutungen zu machen. Es gebe gewisse Lösungen.

Ja, sie nickte. Ich bin Model, erklärte sie, ich habe schon ein Kind, das bei seiner Großmutter aufwächst.

Der Termin war drei Tage später in einer anderen Praxis, ganz in der Nähe der Royal Albert Hall.

Hier, dachte sie, als sie mit dem Taxi vorbeifuhr, möchte ich auch einmal auftreten – mit meiner eigenen Band.

Sie musste selbst darüber lachen.

Die Schmerzen, die nach dem Eingriff kamen, hatte sie nicht erwartet, und sie hatte nichts, womit sie die peinvollen Krämpfe betäuben konnte, doch sie wollte nichts trinken oder etwas anderes rauchen als Zigaretten. Brian hatte sie gesagt, dass sie für ein paar Tage nach Paris müsse. Also lag sie allein in dem Apartment einer Freundin. Draußen toste der Londoner Verkehr, das Wetter war trist und ihre Stimmung auch.

Für ein paar Momente hatte sie sogar Sehnsucht nach Papatakis, obschon es gar nicht ihre Art war zurückzublicken.

Obwohl er wusste, dass Ari nicht sein Sohn war, hatte er sich im Krankenhaus rührend um sie gekümmert und ihr sogar einmal Blumen geschickt. Doch dann hatte sie nichts mehr von ihm gehört – irgendwie war er aus ihrem Blickfeld verschwunden, wie es ihr mit vielen Männern passierte.

Einen halben Tag lang versuchte sie, ein Buch zu lesen – einen Roman von Dostojewski, sehr lang und ziemlich kompliziert, und dann nahm sie ein weißes Blatt Papier und machte sich daran, eigene Worte zu finden.

Wie war Dylan in Griechenland auf diesen Song gekommen? Hatte er ihn schon länger im Kopf gehabt, oder hatte sie ihn zu etwas inspiriert? Wenn sie ehrlich war, hatte sie den Text nie wirklich verstanden. »Ich liebe dich nicht für das, was du bist, sondern für das, was du nicht bist.« Und Züge kamen in diesem Lied vor. Ja, in ihrer zweiten gemeinsamen Nacht hatte sie ihm von den Zügen erzählt, die sie in ihrer Kindheit geängstigt hatten.

Das erste Wort, das sie aufschrieb, war »Ari«. Ausgerechnet – sie hatte gerade ein Kind verloren, nein, kein Kind, ein winziges Wesen, das in ihr gewesen war, und sie dachte an ihren kleinen schwarzhaarigen Sohn, der nun durch die viel zu kleine Wohnung seiner Großmutter jagte und den sie jeden Tag vermisste.

»Ari, don't cry«, schrieb sie weiter, aber das stimmte nicht. Ari war ein kleiner Löwe, niemand, der weinte. Tränen hatte eher sie.

»Ari, my lion, fly away …«

Wieder ein falsches Bild. Ein Löwe, der flog …

Wenn Ari ein Adler wäre, dann könnte er sich auf den Wind legen und davonfliegen, aber er war kein Adler, er war ein Löwe, und er würde ein Mann werden, so schön und stark wie sein Vater, der ihn verleugnete, noch immer verleugnete, weil er ihn bisher nie zu Gesicht bekommen hatte.

Sie zerriss das Papier, versuchte, von Neuem anzusetzen, doch dann zitterte ihre Hand über dem leeren weißen Papier, und sie beschloss, zum Telefon zu gehen und Edith im fernen Frankreich anzurufen, um Aris wundervoll lebendige Stimme zu hören.

Dritter Teil

New York 1965

18. Kapitel

Albert Grossman, Dylans Manager, hatte gesagt: »Komm nach New York – dann sehen wir, was ich für dich tun kann.«

Nico überlegte nicht lange und machte sich Anfang November auf. Sie hatte ein paar kleinere Aufträge, und Brian Jones war auch in der Stadt. Grossman plauderte mit ihr – ganz unverfänglich, wie gut sie aussehe, dass sie ihr Herz auf dem rechten Fleck habe.

Sie saßen in der Lobby eines kleinen gediegenen Hotels in Manhattan.

»Du hast doch ein gutes Gefühl für Style, oder nicht?«, fragte er dann.

Nico fühlte sich eingeschüchtert. Doch sie nickte. »Klar, habe ich Gefühl für den richtigen Style.«

Grossman lächelte. Mit seiner grauen Mähne war er ein imposanter eindrucksvoller Mann von gut vierzig Jahren. »Style ist das Wichtigste. All die Großen im Business haben ihren eigenen Style. Auch Bob, oder nicht?«

»Klar«, sagte sie wieder. Nervös kaute sie auf ihrer Unterlippe.

Grossman lächelte erneut, fast erinnerte er sie an einen Buddha, wie er da vor ihr thronte, dann redete er davon, dass auch die Frauen bald ihren Platz im Musikgeschäft haben würden, doch viel mehr kam von ihm nicht. Kein Angebot, keine Aussicht, eine Platte aufzunehmen. Offenbar wusste er gar nicht, dass sie mit Bob Dylan eine Aufnahme gemacht hatte.

Ganz in Eile brach er auf. »Du bleibst noch länger in der Stadt, nicht wahr?«, fragte er zum Abschied.

Sie nickte wieder. Erst als Grossman schon durch die Tür war, fiel ihr ein, dass sie vergessen hatte, ihm ihre Single »I'm Not Sayin'« in die Hand zu drücken. Doch was für eine Rolle spielte das? Wenn Grossman nicht wollte, würde sie einen anderen Weg finden, ein Album aufzunehmen – in New York, London, Paris, irgendwo.

Abends traf sie Brian, der sofort seinen Arm um sie legte, was ihr unangenehm war. Sie hatte längst begriffen, dass sie diese Beziehung bald beenden musste. Bei Brian lief es immer auf dasselbe hinaus: Drogen, Alkohol und Sex, der immer härter und unangenehmer geworden war.

»Können wir irgendwohin gehen?«, fragte sie, weil sie auf keinen Fall mit ihm auf sein Hotelzimmer gehen wollte. »Gibt es irgendwo eine Party?«

Brian verzog den Mund, als müsste er nachdenken. Obschon er von ihrem Treffen mit Grossman wusste, hatte er nicht nachgefragt, wie es gelaufen war.

»Wir können in die Factory gehen«, erwiderte Brian, mit wenig Enthusiasmus.

»In welche Factory?«

Brian schaute sie an, als wäre sie ein kleines dummes Schulmädchen.

»Warhols Atelier oder wie man das nennt …« Als er ihr

ansah, dass sie immer noch nicht verstand, fuhr er fort: »Der kleine blonde Kerl aus New York, den wir in Paris im Hotel getroffen haben … Andy Warhol, ein Maler. Du hast ihn und seinen Freund gesehen. In der Factory treffen sich immer irgendwelche Leute.«

Sie erinnerte sich an Warhol, der wegen seiner Blumenbilder in Paris gewesen war, und ja, da war noch ein Mann gewesen, der ihr eine Visitenkarte zugesteckt hatte, dessen Namen sie aber vergessen hatte.

Die Factory lag in Manhattan in der 47th Street zwischen der Second und Third Avenue, eigentlich war es nur die vierte Etage in einem Lagerhaus. Brian kannte den Weg und fuhr mit ihr einen vergitterten Fahrstuhl hinauf.

Musik erklang, kaum dass sie ausgestiegen waren. Irgendein Gitarrensound, der von den Wänden widerhallte, die fast alle mit Silberfolie überzogen waren.

Brian winkte jemandem zu, zehn, zwanzig Leute mochten sich in dem lang gestreckten Raum verteilen, einige standen zusammen, andere hockten in einer Ecke auf Stühlen, und dann schlenderte der Mann lässig auf sie zu, der ihr in Paris seine Visitenkarte gegeben hatte. Nun kam er ihr noch jünger vor mit seinen langen braunen Locken.

»He, Nico, schön, dass ihr da seid.« Er küsste sie leicht auf die Wange und lächelte. »Wir haben hier ein bestimmtes Ritual. Jeder, der zum ersten Mal kommt, muss einen kleinen Test machen. Er muss sich auf einen Stuhl setzen, und ich filme ihn ein paar Minuten lang, okay?«

Nico nickte. Brian war längst im Raum verschwunden.

Der junge Typ führte sie in eine Ecke, wo auf einem Stativ eine Kamera und zwei Scheinwerfer standen.

»Ich bin Gerard«, sagte er, während er an der Kamera hantierte, »falls du meinen Namen nicht mehr weißt. Gerard Malanga, Andys Assistent.«

»Okay«, sagte Nico. »Wo ist Andy?«

Doch Gerard antwortete nicht darauf. Kaum hatte sie sich gesetzt, lief die Kamera auch schon. Kurz schloss sie die Augen. Wie laut es war, registrierte sie erst jetzt – die schräge, dissonante Musik, die Stimmen, das Surren der Kamera, Klirren von Glas, dann plötzlich aufflammendes Gelächter.

Als sie die Augen wieder öffnete, sah sie Gerards konzentriertes Gesicht hinter der Kamera. Ihr gefiel es, stumm dazusitzen. Eine großartige Idee – so konnte man sich mit dem Raum vertraut machen, mit dem Licht, das von den silberfarbenen Wänden in alle Richtungen reflektiert wurde. Die Bewegungen der Menschen waren wie Schatten, Metallleitern standen im Weg, oder vielleicht waren sie auch eine Art Wegweiser, an einigen Wänden hingen Fotos und Bilder, in einer Ecke war ein Tonband auf dem Boden zu sehen; ja, von dort kam die Musik, die nun auf einen Schlag leiser geworden war.

Jemand streifte an ihr vorbei, starrte sie an und lächelte dann maskenhaft.

Dann sah sie Andy – er trug einen blau-weiß gestreiften Pullover und eine Sonnenbrille und hob kurz die Hand.

»Grandios«, sagte Gerard dann. »Die meisten mögen es nicht, einfach so dazusitzen und sich filmen zu lassen. So gelassen wie du hat das noch niemand gemacht.«

Nico wäre gern noch sitzen geblieben, um weiter zu beobachten, doch Gerard deutete ihr mit einem Wink an, ihr zu folgen.

»Vielleicht können wir demnächst einmal einen längeren Film machen – Andy und ich lieben es, Filme zu drehen.«

»Okay«, sagte Nico wieder. Sie bewegten sich weiter in den Raum hinein. Jemand winkte ihr zu, eine junge Frau, die sie mit Sicherheit noch nie gesehen hatte, dann ein junger Mann, der in einem Frauenkleid steckte.

Andy stand stumm und abwartend in einer Ecke.

»Nico ist hier«, sagte Gerard zu ihm, als hätten die beiden sie erwartet.

»Wie schön«, sagte Andy, dann schaute er sie an und sagte gar nichts mehr. Trotz seines Schweigens meinte Nico, seine Gegenwart auf eine intensive Weise zu spüren; seinen Geruch, er verströmte einen besonderen Geruch, nach einer bestimmten Creme, oder vielleicht hatte er auch mit Farben hantiert.

»Warum lässt du die Wände so silbern aussehen?«, fragte sie ihn.

Andy zog die Augenbrauen in die Höhe, er antwortete nicht sofort, sondern blickte sich um, als wollte er feststellen, ob die Wände tatsächlich silbern waren.

Er hatte sein eigenes Timing, begriff sie, eine Langsamkeit, die ihr gefiel.

»Billy Name, ein Fotograf, hat das für mich gemacht, als wir eingezogen sind«, sagte er bedächtig und mit leiser Stimme. »Silber ist die Zukunft, Raketen sind silbern und Raumanzüge. Mir gefällt so etwas. Und Silber bringt Dinge auch zum Verschwinden«, fügte er hinzu.

Nico musste unwillkürlich lachen. Eine gute Antwort, und dann dachte sie, wie froh sie war, dass hier keine Blumenbilder an den Wänden hingen.

»Warum bist du in der Stadt?«, fragte Andy dann, genauso ruhig und bedächtig wie zuvor, obschon immer mehr Leute in die Factory kamen und ihn lautstark aus einiger Entfernung begrüßten.

»Ich mache ein paar Shootings«, sagte sie, »und dann will ich ein Album aufnehmen«, sprach sie weiter. »In London habe ich eine Single veröffentlicht. Hast du sie gehört?«

»Nein, leider nicht«, erwiderte Andy so leise, dass sie ihn kaum verstehen konnte. »Aber gib sie mir bitte.«

Dann war er plötzlich verschwunden, und ein Mann tauchte an ihrer Seite auf. Er hatte halblange lockige Haare und mochte Anfang zwanzig sein.

»Ich bin Paul Morrissey«, sagte er. »Ich mache mit Andy Filme, und ich habe dich eben mit Gerard gesehen – das hatte viel Style, wie du das gemacht hast, und es war sehr cool.«

»Ich bin Nico«, sagte sie. »Ich bin schon eine Million Mal fotografiert worden.«

Paul verzog den Mund, er wirkte ein wenig verlegen. »He, ich weiß, wer du bist. Vor Kurzem hing ein riesiges Bild von dir am Times Square – Werbung … für was … keine Ahnung, aber dein Gesicht werde ich niemals mehr vergessen. Andy und ich würden gern einen Film mit dir machen – hier in der Factory. Ich hoffe, du bleibst länger in New York.«

»Andy will einen Film mit mir machen? Ich habe eben mit ihm gesprochen, da hat er nichts davon erwähnt.«

Paul beugte sich vor. »Andy weiß noch nicht, dass er es will, aber er will es – so ist Andy.« Er zögerte und taxierte Nico, als erwartete er eine Reaktion von ihr. »Andy ist sehr speziell, und er hat ein Gefühl für Leute. Er mag dich, das habe ich sofort gesehen, und er wusste sofort, dass du hierhergehörst.«

Ich gehöre nirgendwohin, war sie versucht zu antworten, doch wer weiß, vielleicht stimmte es ja. Sie hatte sich vom ersten Moment an wohlgefühlt, auch neben Andy, der keine Lust auf Small Talk gehabt hatte.

»Andy macht keine konventionelle Kunst mehr«, redete Paul weiter. »Wir machen experimentelle Dinge – Film, Musik, Dinge, die uns morgens einfallen und zu denen wir Lust haben. Und nun hat Andy Lust, einen Film mit dir zu drehen.« Wieder ein jungenhaftes Lächeln. Sie wusste, dass Andy schwul war – ihre besten Freunde wie Tobias und Maywald waren homosexuell –, doch dieser Junge war es ganz bestimmt nicht. »Vielleicht organisieren wir auch demnächst Konzerte. Andy und ich planen so etwas.«

Nico schaute ihn an. Wusste Paul Morrissey davon, dass sie eine Platte produziert hatte? »Ich habe auch schon gesungen und eine Single aufgenommen«, sagte sie und ärgerte sich für einen Moment darüber, wie verlegen sie es vorbrachte. »Sie heißt ›I'm Not Sayin'‹«.

»Hast du die Platte dabei?«, fragte Paul. »Dann legen wir sie auf.«

Ja, sie hatte vorgehabt, Andy oder sonst wem, den sie auf dieser Party treffen würde, die Single in die Hand zu drücken.

Es kamen immer mehr Leute in die Factory, manche seriös

in Anzügen, andere sahen aus, als würden sie Kostüme tragen oder als hätten sie sich verkleiden wollen.

Die Musik wurde immer lauter, in einer Ecke begannen erst ein paar Frauen zu tanzen, dann sah sie auch Brian, der ungelenk hin und her wippte.

Paul lief mit ihrer Single zu dem Tonband, hinter dem offensichtlich auch ein Plattenspieler stand. Dann plötzlich hallte eine Stimme durch die Factory, die angeblich ihre sein sollte. Ihre erste Single. Ein hübsches Liedchen. »I'm not sayin' I'll be true – but I'll try.« Den Namen des Songschreibers würde hier niemand kennen.

»Das war Nicos Song«, schrie Paul in den Raum, als das Lied fast zu Ende war. Ein junger Mann klatschte, nicht sehr enthusiastisch, und es fiel kaum jemand in den Applaus mit ein, dann übernahmen wieder jaulende Gitarren die Lautsprecher.

Nachdem sie auch ein wenig getanzt und sich mit einem Mädchen unterhalten hatte, das Edie hieß und das Andy schon eine Weile zu kennen schien, kamen Paul und Gerard noch einmal zu ihr.

»Uns hat dein Song gefallen«, sagte Paul. »Und wir müssen mit dir reden … Das heißt, Andy will mit dir reden. Kannst du morgen Nachmittag in die Factory kommen?«

»Weiß Andy schon, dass er mit mir reden will?«, fragte Nico ein wenig spöttisch zurück. Pauls Lob für ihren Song war nicht sonderlich intensiv ausgefallen.

»Bis morgen Nachmittag wird er es wissen«, gab Paul vollkommen ernst zurück.

19. Kapitel

Sie wusste immer, wenn etwas Besonderes in ihrem Leben geschah, das war schon in ihrer Kindheit so gewesen, als sie in Lübbenau diesen düsteren Zug gesehen hatte, oder später, bei ihrer ersten Begegnung mit Tobias, und in Paris, als sie Maywald zum ersten Mal in dessen Haus aufgesucht und vor Schüchternheit fast kein Wort über die Lippen gebracht hatte. Auch mit A. war es ihr so ergangen. Sie hatte ihn gesehen und gewusst, dass etwas zwischen ihm und ihr passieren würde. Und nun war es wieder geschehen – auf ganz andere Art, doch sie wusste, dass Andy ihr Freund war, ein neuer, besonderer Freund, ein Mensch der Kunst, der gute Geschäfte zu machen verstand und den gleichzeitig eine Atmosphäre umgab, in die sie eintauchen wollte wie in wohltuend warmes Meerwasser.

Noch einmal ging sie mit Brian in sein Hotelzimmer, aber sie war beinahe sicher, dass es die letzte Nacht mit ihm sein würde – zum Glück war er so voller Drogen, dass er sofort einschlief –, und am nächsten Tag würde sie ohne ihn in die Factory gehen.

Ein Besuch am Nachmittag bedeutete auch, dass nicht so viele Leute da wären, es gäbe keine Party, kein Alkohol, keine Drogen, sondern … Was genau passieren würde, wusste sie nicht.

Sie hatte ihren Song gespielt, und er hatte ihnen gefallen, zumindest ein wenig.

Albert Grossman, dachte sie, während sie ihren ersten Kaffee trank, ich brauche dich gar nicht! Du bist nur ein Wichtigtuer und Schönredner. Ich gehöre nun zur Factory.

Paul und Gerard waren da, und Andy, der nun keine Sonnenbrille trug, sondern eine größere schwarz gerahmte Brille, die ihn fast eulenhaft wirken ließ, und als Vierter saß ein kleiner schwarzhaariger Mann an einem Tisch mitten im Raum, dessen Sonnenbrille aus der Brusttasche seines Hemdes herauslugte.

»Hi, Nico«, sagte Andy nur. Er küsste sie nicht auf die Wange, wie es Paul und Gerard taten. Der Schwarzhaarige beachtete sie gar nicht, sondern rührte in seinem Kaffee. Im Hintergrund waren noch das Mädchen mit Namen Edie zu sehen und zwei andere Männer, die ihnen nur kurz zuwinkten, bevor sie sich über Fotos oder Zeitungsausschnitte beugten, die sie sehr zu amüsieren schienen. Andy war in der Factory offenbar nie allein, aber vielleicht mochte er einfach die Einsamkeit nicht.

»Nico ist eine Sängerin«, sagte Paul zu dem Schwarzhaarigen.

Der Schwarzhaarige blickte nicht auf, sondern führte seine Kaffeetasse zum Mund. Er war aus irgendeinem Grund genervt, und dass er es so offensichtlich zur Schau stellte, begann Nico zu ärgern.

»Habe ich deinen Namen irgendwie nicht mitbekommen?«, fragte Nico ihn.

Er schaute auf und griff nach seiner Sonnenbrille, als wollte er sie aufsetzen. »Ich bin Lou«, sagte er. »Es ist meine Band.«

Sie verstand nicht sofort. Was für eine Band?, wollte sie fragen.

»Nico ist mehr als eine Sängerin«, sagte Andy da, wie immer recht bedächtig, aber für seine Verhältnisse – so viel hatte sie schon mitbekommen – war es ein langer Satz.

Lou sah Andy an, er öffnete den Mund, verzog ihn dann ein wenig verächtlich und sagte: »Ich habe ihren Song schon gehört.«

Für einen Moment trat so tiefes Schweigen ein, dass sie das Mädchen Edie irgendwo in einer fernen Ecke lachen hören konnten.

»Dann weißt du ja Bescheid«, sagte Gerard dann. »Nico ist etwas Besonderes, und Andy meint, dass wir für die Band noch etwas Besonderes brauchen.«

Andy starrte still vor sich hin. Nico gefiel, dass er nicht sofort etwas sagte, doch sein Blick hatte eine Bedeutung. Gerard hat recht, sagte dieser Blick, Nico ist etwas sehr Besonderes.

Lou wandte sich um und ließ seinen Blick durch die Factory schweifen, als würde er etwas suchen; er schien immer genervter zu werden. »Ich bin der Leadsänger«, sagte er an niemand Bestimmten gewandt.

»Du bist der wichtigste Mann«, mischte sich nun Paul ein. »Es sind deine Songs, du bist der Gitarrist. Zusammen mit John bist du das wichtigste Mitglied der Band, aber stell dir die Bühne vor. Du stehst da mit deiner Gitarre, und dann kommt Nico dazu, wie aus dem Nichts. Ich sehe es vor mir – bombastisch! Eine Göttin, die sich zu deiner Band gesellt.« Pauls

Begeisterung wirkte echt, auch wenn dieses Göttinnengerede ziemlich übertrieben war.

»Es ist meine Band«, wiederholte Lou darauf; er versuchte nun offenkundig, gelangweilt zu klingen.

»Sorry«, sagte Gerard, »ihr seid Andys Band. Ohne Andy gäbe es euch gar nicht. Velvet Underground ist ein Projekt der Factory.«

»Mag sein.« Lous düstere Miene verriet, dass er am liebsten aufstehen und gehen würde. Stattdessen steckte er sich eine Zigarette an.

Nico schaute ihn an. Er war zwar nicht hässlich, aber ziemlich klein, vielleicht wollte er deshalb nichts mit ihr zu tun haben.

»Ich beiße übrigens nicht«, sagte sie und lächelte sanft.

Nun sah Lou sie das erste Mal richtig an, seine Augen verengten sich. »Ich mag Models, die modeln können«, sagte er. »Und Sängerinnen, die singen können.«

»Gut«, sagte Paul, nachdem er einen kurzen Blick zu Andy geworfen hatte. »Dann ist ja alles geklärt. Nico gehört zur Band.«

Lou warf seine Zigarette in seine Kaffeetasse. »Dann sollte die Band Velvet Underground and Nico heißen.«

Nico lächelte ihn an. Nun war er eindeutig auf dem Rückzug.

»Also gut«, sagte Paul. »Velvet Underground and Nico – und du schreibst ihr ein paar Songs, okay?«

Lou erhob sich. »Falls mich die Muse küsst«, sagte er. »Und jetzt muss ich gehen. Habe noch eine Verabredung, okay?«

»Es wäre gut, wenn morgen die ganze Band hier sein könnte.« Paul hatte einen geschäftsmäßigen Ton angeschlagen. »Andy und wir werden John, Sterling und Maureen alles erklären.«

Maureen? War noch eine weitere Frau in der Band? Für einen Moment war Nico erstaunt, aber bei dem, was Andy machte, musste man immer mit einer Überraschung rechnen.

Lou nickte kurz, dann verschwand er.

»Sorry, Nico.« Paul lächelte sie an. »Lou ist nicht ganz einfach, aber es wird mit euch klappen, da bin ich mir sicher.«

»Ihr wollt mich wirklich als Sängerin in dieser Band?«

»Ganz sicher«, erwiderte Paul, und auch Andy nickte. »Neben Lou sind noch Sterling, John und Maureen dabei. Sterling ist ein super Gitarrist, Maureen ist eine großartige Schlagzeugerin, und John kann man nur als Genie bezeichnen. Es gibt wohl kein Instrument, das er nicht spielt.«

»Was für Musik werden wir machen?« Nico wagte nun schon, von »Wir« zu sprechen.

Erstaunlicherweise war es Andy, der zuerst antwortete, allerdings ganz anders als erwartet. »Mir gefällt der Bandname – Underground – cool und ungewöhnlich.«

»So soll auch die Musik sein«, ergänzte Gerard. »Wir haben eine eigene Halle, in der die Band spielen soll – in Queens in einem Club. Jedenfalls werden die Konzerte ganz anders werden als alles, was man kennt – mit Bildern, Filmausschnitten. Die Leute werden Andys Band lieben.«

Nico gehörte nun zur Factory, zu Andys Leuten. Sie hatte eine Bleibe im Chelsea Hotel in der 23rd Street gefunden, in dem, wie man an den Fotos in der Lobby sehen konnte, schon eine Menge berühmter Leute abgestiegen waren – Leute wie Édith Piaf, Arthur Miller, Allen Ginsberg.

Fast jeden Tag ging sie in die Factory, und abends lud Andy sie oft ein, ihn zu Vernissagen oder Partys zu begleiten. Sie mochte seine Schweigsamkeit, seinen Humor, seine zurückhaltende Art. Sie konnten eine Stunde nebeneinandersitzen und kaum ein Wort miteinander sprechen. Allenfalls so etwas wie »Hast du diesen Typen gesehen?«, oder: »Da, der Blonde mit der schrecklichen Frisur«. Es gefiel ihr, Andy bei der Arbeit zuzusehen, wenn er mit seinen Lithographien beschäftigt war oder Fotografien aufhängte oder sich mit Paul, Gerard oder Billy Name besprach.

Die Proben von Velvet Underground fanden in der Factory statt. Wobei Proben nicht ganz das passende Wort war. Meistens klang es, als würden Instrumente gestimmt oder Verstärker bis zu ihrer Belastungsgrenze getestet.

Nico lernte John kennen, der aus Wales stammte und ein merkwürdiges Englisch sprach. Sterling, der zweite Gitarrist, beachtete sie kaum, und Maureen, die Schlagzeugerin, verzog sich nach einem genuschelten »Hi« hinter ihre Drums und kam kaum mehr zum Vorschein. Sie war so klein und schmächtig, dass man sie leicht für einen vierzehnjährigen Jungen halten konnte.

Lou machte vom ersten Moment klar, dass er sich als Boss der Band betrachtete.

»Was kannst du?«, fragte er sie bei ihrer ersten Probe. Weil Andy im Hintergrund dabei war und sie beobachtete, gab er sich noch einen freundlichen Anstrich. »Ich meine, außer auf einem Laufsteg herumzulaufen und mit den Wimpern zu klimpern? Spielst du ein Instrument?«

»Ich bin Sängerin«, erwiderte sie. »Also singe ich.«

»Du singst – alles klar.« Lou hob die Hände, eine theatralische Geste der Ratlosigkeit, und ließ sie wieder sinken. Er sah John an und lächelte. »Und was genau willst du singen?«

»Einen Song, den du für mich schreibst«, erklärte sie. »So wie Andy es gesagt hat.«

Lou atmete tief ein und stieß dann die Luft aus; sein Blick flirrte kurz umher; er suchte Andy irgendwo im Hintergrund, doch nachdem er ihn gefunden hatte, wanderten seine Augen gleich weiter. »Ich habe keinen Song für dich. Ich weiß auch nicht, was du singen könntest. Die Songs, die ich geschrieben habe, singe ich selbst.«

»Dann musst du dir etwas ausdenken.« Allmählich wurde sie wütend. Johns Blick streifte sie. Er nickte ihr zu, ob das jedoch eine Aufforderung war, Lou weiter zu widersprechen, oder eine Art Besänftigung, wusste sie nicht.

»Wir könnten Nicos Song ›I'm Not Sayin'‹ erst einmal in unser Repertoire aufnehmen«, sagte John dann in ruhigem Tonfall.

»Nein.« Lou griff nach seiner Gitarre. »Das können wir ganz bestimmt nicht.«

Dann begannen sie zu spielen; ein wildes lautes Gitarrenkonzert, untermalt von Johns kreischender Viola. Gegen Velvet Underground waren die Rolling Stones eine nette, harmlose Kapelle.

Nico hockte sich vor Lou und beobachtete ihn. Was genau er sang, war nicht zu verstehen, seine Stimme ging im Instrumentenlärm unter, aber ihr gefiel seine Kraft, die Energie, die er in jede Note, in jeden Ton legte.

Als sie die ersten vier Stücke geprobt hatten und eine Pause machten, klatschte sie, genauso wie Edie und Paul. Nur Andy verhielt sich weiterhin reglos.

»Jetzt fehlen nur noch meine Songs, dann wird es richtig gut«, sagte sie zu Lou, der jedoch achtlos an ihr vorbeiging und sich aus einem Kühlschrank ein Bier holte, ohne auch ihr eines anzubieten.

Später kamen immer mehr Leute in die Factory. Lou hatte irgendwann keine Lust mehr zu proben, andere Musik lief. Edie und ein paar andere begannen zu tanzen. Nico zog sich auf einen Beobachtungsposten in eine Ecke zurück.

Mit Lou würde es verdammt schwer werden, ihren Platz in der Band zu finden, aber trotzdem würde sie nicht aufgeben, nahm sie sich vor. Paul und Gerard forderten sie auf, mit ihnen zu tanzen, doch sie lehnte ab. Dann begann Paul, irgendwelche Fotos an die Wand zu projizieren, Fotos von Edie in ausgefallenen Kostümen, das Stimmengewirr wurde immer lauter. Drogen wurden herumgereicht, Koks, Marihuana.

Nico beschloss, sich herauszuhalten und besser nichts zu nehmen. Sie trank weiter Bier.

Als sie gegen ein Uhr nachts auf die Straße trat, war Lou plötzlich neben ihr. Den ganzen Abend hatte sie ihn nicht mehr gesehen.

»Haben wir denselben Weg?«, fragte er.

»Weiß nicht«, erwiderte Nico. Sie wusste, dass Lou aus New York stammte, aber sie hatte keine Ahnung, wo genau er wohnte und mit wem.

Es hatte zu regnen begonnen, ein eintöniges Nieseln. Licht

spiegelte sich auf dem Asphalt. Sie überlegte, sich ein Taxi zu nehmen, und hoffte, dass Lou am nächsten Block abbiegen würde, aber das tat er nicht. Er steckte sich eine Zigarette an und schlug den Kragen seiner Lederjacke hoch, als bereitete er sich auf einen längeren Weg vor.

»Was ist mit diesem Großmaul Brian Jones?«, fragte er. »Seid ihr noch zusammen?«

Nico blieb kurz stehen und musterte ihn. »Was soll das?«, fragte sie. »Ist das für die Band wichtig?«

Er verzog das Gesicht. Ein Krankenwagen rauschte mit ohrenbetäubender Sirene vorbei. Der Klang brach sich in den Häuserschluchten.

»Für die Band ist alles wichtig«, sagte er dann. »Und für meinen Song für dich.«

Sie gingen weiter. Lou inhalierte tief, warf dann nach drei Zügen seine Zigarette in den Rinnstein. Er sagte nichts mehr, sondern lief neben ihr her, als wäre er ihr Bodyguard.

Als sie an einer Ampel stehen bleiben mussten, strich er ihr plötzlich eine feuchte Haarsträhne aus dem Gesicht. Dann küsste er sie. War sie überrascht? Vielleicht, doch nur für einen kurzen Moment. Zaghaft erwiderte sie den Kuss.

»Ich habe mich gefragt, wie du schmeckst«, sagte er.

»Ist das auch für deinen Song wichtig?«

»Ja«, erwiderte er voller Ernst.

Sie gingen gemeinsam ins Chelsea Hotel. Lou schien genau zu wissen, dass sie dort wohnte.

Schweigend und nur in dem Licht, das von der Straße hereinfiel, zogen sie sich aus, er streifte seine Kleidung ab, als hätte er sie allein zu dem Zweck angezogen, sie rasch wieder loszuwerden. Nico ließ sich mehr Zeit. Sie hätte gern noch geduscht, doch dann war Lou neben ihr und zog sie sanft ins Bett.

Er war ein guter Liebhaber, ein viel besserer jedenfalls als Brian.

Später stellte er das Radio an, das im Zimmer stand, einen Sender, der Rockmusik brachte, auch einen Song von den Rolling Stones – »The Last Time« – und einen von Marianne Faithfull – »Come And Stay With Me«.

Wenn sie so ein Lied singen könnte, dachte Nico in der Dunkelheit, dann würde sie auch die Charts stürmen, und niemand würde in ihr nur das Model sehen.

»Ich bin Jude«, sagte Lou in der Dunkelheit. »Ich hätte niemals gedacht, dass ich ein Mädchen aus Deutschland lieben könnte.«

»Ich bin nicht aus Deutschland«, sagte Nico. »Ich komme aus dem Nirgendwo. Außerdem war mein Vater ein Türke, ein türkischer Spion, wenn du es genau wissen willst. Deshalb wurde er auch von den Deutschen hingerichtet.«

Sie spürte mehr, als dass sie es sehen konnte, dass er neben ihr lächelte.

»Du bist eine ganz passable Lügnerin. Wenn du so gut singen würdest, wie du lügst, wäre alles in Ordnung.«

»Was ist mit meinen Songs?«, fragte sie. »Ist dieser Abend Vorbereitung genug?«

»Ich weiß nicht«, sagte Lou. Er küsste sie auf den Mund und steckte sich noch eine Zigarette an. »Aber du bist schön. Da hat Andy recht, und nackt bist du noch schöner.«

»Ich brauche mehr als einen Song«, sprach sie weiter. »Und ich bin die Sängerin der Band.«

Er gab ein schnaubendes Geräusch von sich.

Morgens, als sie aufwachte, lag Lou noch neben ihr, doch als sie aus dem winzigen Bad kam, in dem sie mit lauwarmem Wasser geduscht hatte, war er verschwunden. Nur ein paar Zigarettenstummel auf einer Untertasse waren zurückgeblieben.

20. Kapitel

Die nächsten Proben verliefen ebenfalls alles andere als erfreulich, auch wenn Lou und sie gelegentlich miteinander schliefen. Meistens meinte Lou, er würde sie nicht brauchen, sie habe noch keinen Part in der Band. Sie könnte etwas anderes machen – stricken zum Beispiel oder sich die Haare kämmen.

Auch dass die Band bereits gelegentlich in ein Studio ging, um Aufnahmen zu machen, bekam sie mehr aus Zufall mit. Als sie sich schließlich bei Andy darüber beschweren wollte, sagte Lou, dass er einen Song habe, den sie singen könnte.

»Geht es darin auch um Heroin und den Dreck in New York?«, fragte sie. Mittlerweile wusste sie, dass Lou Heroin nahm. Einige Leute in der Factory taten das. Vor allem Billy Name wusste immer, wo man den besten Stoff herbekam.

»Es geht um eine Frau«, erwiderte Lou. »Um eine Frau, die anderen unbedingt gefallen will. Ein einfaches Lied. Vielleicht kriegst du es hin – selbst mit deinem schrecklichen Akzent.«

Das Lied, das er geschrieben hatte, hieß »Femme Fatale«.

»Du musst dir nicht einbilden, dass du in diesem Lied gemeint bist«, sagte er, als er ihr den Text auf einem Blatt Papier reichte, das voller Kaffeeflecke war. »Ich habe es eigentlich für Edie geschrieben. Edie war Andys Muse, aber nun bist du da, und er hat nur noch Augen für dich.«

»Andy und ich verstehen uns eben«, sagte sie. »Wir haben denselben Humor.«

Lou lächelte spöttisch. »Ich wusste gar nicht, dass Andy Humor hat, und du lachst ja auch nur, wenn du nicht mehr weißt, was du sagen sollst.«

Das Lied war recht simpel aufgebaut und für Lous Verhältnisse sogar ziemlich melodiös gehalten. »She's going to break your heart in two«, lautete eine Zeile.

Wieso hätte Edie jemandem das Herz brechen sollen? Sie hatte in einigen von Andys Filmen mitgespielt, die er mit Paul in der Factory aufgenommen hatte, aber eigentlich war sie nichts anderes als ein hübsches, ein wenig zu knochiges Mädchen, das gern lachte und für das Partys das Wichtigste auf der Welt zu sein schienen.

Der Song gefiel Nico jedoch, und nachdem sie ihn zweimal geprobt hatte, kam John zu ihr und flüsterte: »Gut gesungen – in deinem ganz eigenen Stil.«

Als sie begriff, dass sie länger in New York bleiben würde, zog sie aus dem Chelsea Hotel zu einem Model, das sie bei einem Shooting kennengelernt hatte, ins West Village. Von dort war es nicht weit bis in die Factory. Nun war sie fast jeden Tag da, wenn sie keine anderen Aufträge hatte.

Anfang Januar hatte die Band eine Handvoll Songs zusammen, die fast alle von Lou stammten. Sie machten einen Vertrag mit Andys Firma und spielten ihr erstes Konzert: natürlich in der Factory. Paul und Gerard hatten Projektoren aufgebaut, und ein kurzer Film lief, in dem Andy auf seine unbeholfene, schüchterne Art eine Rede hielt. »Wir haben eine Band gesponsert –

Velvet Underground, weil … weil wir nicht mehr an … Malerei glauben … aber das hier … ist die neue Art, Musik und Kunst und Film zu verbinden … und das hier wird ungewöhnlich und wegweisend sein und glamourös obendrein …«

Die Factory platzte aus allen Nähten. So viele Leute waren noch nie da gewesen. Lou legte sich gleich mächtig ins Zeug. Er begann mit einem Song, den Nico am liebsten selbst gesungen hätte: »I'm Waiting For The Man«, doch das hatte er nicht zugelassen. »Nur über meine Leiche«, hatte er gesagt, als Paul ihm diesen Vorschlag gemacht hatte.

Die Gitarren von Lou und Sterling dröhnten, dass einem das Trommelfell wehtat, Maureen bearbeitete wie eine Irrsinnige ihr Schlagzeug, während John auf seiner Viola herumsäbelte. In dem Lied ging es um einen Dealer, aber so wie Lou es sang, konnte man überhaupt nichts verstehen. Zumindest war der Song nicht ganz so chaotisch wie »Heroin«, eine andere Komposition Lous, die Nico hasste, weil sie jedes Mal Kopfschmerzen bekam, wenn die Band sie spielte.

Nico hielt sich im Hintergrund. John hatte ihr ein Tamburin in die Hand gedrückt, damit sollte sie auf der Bühne stehen und irgendeinen beliebigen Takt schlagen, weil sie doch nicht zu hören sein würde, aber sie hatte keine Lust, nur das blonde Beiwerk zu sein. Als die Band »Femme Fatale« anstimmte, ließ sie sich von Lou extra auf die kleine provisorische Bühne rufen.

Paul, Gerard und etliche andere, die sich vor die beiden Verstärker rechts und links drängten, schrien begeistert auf, und sie hätte beinahe ihren Einsatz verpasst, wenn John ihr nicht rechtzeitig ein Zeichen gegeben hätte.

Es ist mein Lied, dachte sie, während sie es sang, reglos stand sie vor dem Mikrophon, konzentriert und angespannt. Es ist nicht Edies Lied, die auch irgendwo zwischen den Leuten herumtanzt, es gehört mir. Für ein paar Minuten werde ich diese Femme fatale sein, und die Leute werden mir zuhören.

Als das Konzert vorbei war, kam Andy und flüsterte ihr ins Ohr: »Eine gute Show, und nächste Woche habt ihr euren ersten richtigen Auftritt. Es wird eine große Überraschung werden.«

Jeder in der Band war sicher, dass Andy einen Club für sie angemietet hatte, doch dann rückte er damit heraus, dass er vor der New Yorker Vereinigung von Psychiatern einen Vortrag halten sollte und nun beschlossen hatte, stattdessen die Band hinzuschicken.

Es wurde ein chaotischer Auftritt, mehr eine Performance denn ein Konzert. Lou und Sterling drangsalierten ihre Instrumente, John wirbelte mit seiner Viola umher, und Edie tanzte zur Musik, nur Nico stand stocksteif da und sang ihre drei Lieder, die sie im Repertoire hatte, und verschwand dann wieder von der Bühne.

Danach spielten sie noch einige Konzerte, die nicht ganz so wild abliefen, und gingen sogar auf eine kleine Tour, die sie nach New Jersey und Michigan führte. Weil kaum einer von ihnen einen Führerschein hatte, musste Nico gelegentlich den Tourbus fahren, was sie ganz gut hinbekam, auch wenn sie hin und wieder unsicher war, auf welcher Straßenseite sie fahren musste, weil sie sich so sehr an den Verkehr in London gewöhnt hatte.

Wieder in New York, sollten sie eigentlich in einer Halle in Queens auftreten, doch kurz davor erfuhren sie, dass man eine andere Band engagiert habe. Paul fand allerdings schnell Ersatz. In der 8th Street hatten polnische Einwanderer einen Club, The Dom genannt, für den sie eine Band suchten. Dort spielten Velvet Underground an einem Freitagabend vor fast tausend Leuten. Andy, der eigentlich nicht sonderlich spendabel war, hatte sogar das Geld ausgegeben, in *The Village Voice* eine ganzseitige Anzeige zu platzieren.

Selbst Lou war zufrieden, zumindest bis er einen Artikel in der *New York Times* über das Konzert las. Er wurde als Boss der Band lediglich am Rande erwähnt, eigentlich ging es einzig und allein um Nico – wie sie sang, wie sie sich auf der Bühne bewegte, wie das Publikum auf sie reagiert hatte.

Eine Woche später, während einer Probe in der Factory, fürchtete Nico, aus der Band geworfen zu werden. Lou war noch schlechter gelaunt als üblich. »Du hältst uns auf«, raunzte er sie an. »Du frisierst dich, zupfst an deinen Haaren herum. Neuerdings stellst du sogar Kerzen auf der Bühne auf, und du bist nie pünktlich.«

»Ich habe nur drei Lieder, die ich singe«, hielt sie ihm entgegen. »Da muss ich nicht pünktlich sein.«

Lou hatte eine Flasche Bier in der Hand und machte eine Geste, als würde er sie nach ihr werfen wollen, dann überlegte er es sich anders und nahm stattdessen einen tiefen Schluck.

Sie schliefen schon geraume Zeit nicht mehr miteinander und gingen sich aus dem Weg.

Paul stürmte von hinten auf sie zu, er lächelte, als würden ihn diese Streitigkeiten amüsieren. Dann sagte er: »He, Leute, super Neuigkeiten! Wir haben einen Plattenvertrag für euch.

Eine Company mit Namen Verve will euch unter Vertrag nehmen.«

»Verve ist ein Jazzlabel«, knurrte Lou. »Was sollen wir bei solchen Leuten?«

»Andy hat schon eine Idee für das Cover. Es wird absolut gigantisch werden.« Paul ließ sich in seinem Enthusiasmus von Lou nicht beeindrucken. »Sie wollen euch richtig groß herausbringen. Nico and Velvet Underground.«

»Nein«, sagte Lou. »Die Band heißt Velvet Underground and Nico.«

»Schon klar.« Paul lächelte Nico an. Sie hatte den Verdacht, dass er heimlich in sie verliebt war, doch bisher hatte er nie gewagt, sich ihr wirklich zu nähern. »Es gibt nur ein Problem, Lulu.« So wurde Lou manchmal genannt, ein Kosename, den er nicht mochte. »Die Leute von Verve wollen noch ein paar Songs für Nico. Was hast du noch für sie?«

»Nichts«, sagte Lou. Er wandte sich ab und steckte sich eine Zigarette an. »Nichts habe ich für sie.«

21. Kapitel

New York war nun ihre Heimat – so fühlte es sich zumindest an. Die Factory war ihr Zuhause. Zum ersten Mal seit Jahren hatte sie eine Heimat, die Dinge liefen nicht schlecht. Und für die Plattenaufnahmen schrieb Lou doch noch einen Song für sie – ein sehr simples Stück, das ihr erst überhaupt nicht gefiel: »Sunday Morning«. Ein banaler Text, eine öde Melodie, ein Lied für ein dummes blondes Mädchen, das sie nicht war und nie gewesen war. Lou provozierte sie und meinte, wenn sie nicht wolle, würde er es selbst singen, bis sie den Gesangspart schließlich übernahm. Sie bemühte sich, nicht zu süßlich zu klingen, sondern dem Song ein paar Ecken und Kanten zu geben.

Das Motiv für das Plattencover entwarf Andy – eine gelbe Banane. Die Aufschrift »Langsam schälen und sehen« forderte dazu auf, eine Lasche am Stiel der Banane zu ziehen; dann war als weitere Illustration das Innere der Frucht zu sehen. Ein echtes Kunstwerk!

Entgegen Lous und Johns Erwartung stieg die Platte jedoch nicht in die Charts ein. Lou war wütend darüber, während Andy sich keinen Deut darum scherte. Es war Nico überhaupt am liebsten, mit ihm zusammen zu sein. Er war der Freund, der nichts von ihr wollte; der nicht viel redete, und wenn er eine Idee hatte, dann gab es Gerard und Paul und andere in seinem Team, die sich um die Details kümmerten.

Mit Andy zusammen zu sein war immer relaxed; er war auch der Einzige in der Factory, der keine Drogen nahm. »Hin und wieder gönne ich mir eine Schlaftablette«, meinte er zu ihr, als sie sich einmal traute, ihn danach zu fragen.

Sorgen bereiteten ihr indes ihre Mutter auf Ibiza und Ari. Mit Grete telefonierte sie gelegentlich, auch wenn die üblichen Klagen und Vorwürfe sie schnell ermüdeten und sie das Telefonat meist rasch beendete. Ari aber vermisste sie jeden Tag. Sie wusste, dass Edith und ihre Tochter sich rührend um den Kleinen kümmerten, doch nachts, bevor sie einschlief – zumindest wenn sie allein war –, nahm sie ein Foto von ihm hervor und redete mit ihrem Sohn. Sie erzählte ihm von ihrem Leben in New York, von den Liedern, die sie sang. Irgendwann singe ich ein Lied über dich, Ari, mein Löwe, nahm sie sich vor, und wenn sie einen schlechten Tag gehabt hatte, Ärger mit Lou oder ein langweiliges Shooting, zu dem sie sich manchmal noch überreden ließ, um Geld zu verdienen, dann hatte sie Angst, dass Ari sie gar nicht mehr erkennen würde, wenn sie zu ihm kam.

Aber nein, das könnte nicht sein – er war ihr Sohn und würde es immer bleiben, auch wenn sie eine Mutter war, die nicht immer bei ihm sein konnte.

Kurz vor seinem vierten Geburtstag im August 1966 beschloss Nico, nach Paris zu fliegen und ihn wieder zu sich zu holen.

Das Wiedersehen in Ediths kleinem Haus rührte sie zu Tränen. Die alte Dame fiel ihr um den Hals, auch wenn Nico wieder versäumt hatte, ein Geschenk mitzubringen. Ari war ein richtiger Junge geworden, mit dunkelblonden lockigen Haaren, die sein hübsches Gesicht verdeckten. Er fremdelte nur kurz, dann begriff er, dass seine Maman gekommen war, von der seine Großmutter so oft sprach.

Edith brauchte ein wenig, um zu verstehen, dass Nico nicht für einen Besuch gekommen war, sondern um den Jungen mitzunehmen.

»Ich habe nun eine Karriere in Amerika«, erklärte sie Edith, »ich bin eine Sängerin, ich habe eine Wohnung, ich verdiene Geld, und ich kann mich um den Jungen kümmern.«

Zweifel loderten in Ediths Augen, aber sie wagte kaum zu widersprechen. »Der Junge hat hier ein Zuhause«, sagte sie, »und er lernt gerade sprechen – Französisch.«

»Wir werden immer wieder hierhergekommen«, versprach Nico. »Du bist seine liebe Großmutter, aber ich bin nun einmal in New York, und Ari ist mein Sohn.«

Tränen schimmerten in Ediths Augen. Verliere ich nun nach meinem Sohn auch noch mein Enkelkind?, bedeutete ihr fragender Blick, doch Nico nahm sie in den Arm und küsste sie auf die Wange, um sie zu trösten.

»Wenn du möchtest, kommst du uns besuchen. Ich schicke dir ein Flugticket. Ich verdiene genügend Geld.«

Von A., der noch immer keine Anstalten machte, seinen Sohn oder seine Mutter zu besuchen, war mit keinem Wort die Rede. Nico hatte ihn einmal in New York auf einem Filmplakat entdeckt und sich geschworen, sich den Streifen niemals anzusehen.

In der Factory wurde Ari sofort der Liebling aller. Paul, Gerard und sogar Edie und Andy kümmerten sich um den Jungen, wenn die Band probte. Auch John, mit dem Nico eine Affäre begann, mochte Ari. Nur Lou ignorierte ihn zumeist hartnäckig und nannte ihn immer nur »das Kind«.

Kaum war sie zurück, hatte Andy gleich eine Idee: einen neuen Film, in dem Nico eine Hauptrolle übernehmen sollte und in dem Ari auch mitspielen durfte. *The Chelsea Girls* spielte im gleichnamigen Hotel – ein Film über Menschen im Hotel, über Alltag und Drogen und untergründige Gewalt. Ach, so genau wusste Nico selbst nicht, was Andy und Paul mit diesem Film aussagen wollten – es war wie fast alles, was Andy tat, ein Experiment. Auf der Leinwand waren jeweils zwei Sequenzen zu sehen. Es gab auch kein richtiges Drehbuch. Nico musste lediglich sich selbst spielen. In der ersten Szene stand sie mit Ari und Eric Emerson, der gewissermaßen ihr Partner in dem Film war, in der Küche und schnitt an ihren blonden Haaren herum. Später gab es eine Szene, wo sie allein in einem Hotelzimmer saß und weinte. Andy gefiel das – weinende Frauen waren für ihn melancholische Göttinnen, so etwas in der Art.

Auch Ari mochte es, in der Factory zu sein und in dem Film mitzumachen. Hier war alles Spiel und jeder, der ihm begegnete, ein Spielfreund.

Am Ende war *The Chelsea Girls* über drei Stunden lang. Andy und Paul wussten, dass der Film kein Kassenerfolg werden würde, doch die Premiere in New York wurde ein glamouröses Ereignis. Alle wichtigen Journalisten waren gekommen. Nico genoss es, mit Ari an Andys Seite zu sein. Auch die Band war dabei – stellenweise war der Film mit Musik von Velvet Underground unterlegt.

»Soll ich dich jetzt Chelsea Girl nennen?«, fragte Lou sie spöttisch, als sie sich nach der Premiere des Films in der Factory sahen. Er war ostentativ nicht zur Premiere gekommen, obwohl Paul ihn mehrmals eingeladen hatte.

»Nur wenn ich den Song ›Chelsea Girl‹ auf dem nächsten Album singen darf«, antwortete sie mit einem hintergründigen Lächeln.

Er hatte diesen Song für den Film schreiben sollen, war aber nicht fertig geworden.

Lou schaute sie an, dann verzog er das Gesicht. »Was für ein Album? Du glaubst doch nicht wirklich, dass ich mit dir noch einmal ins Studio gehe.«

Nein, dachte sie, das glaube ich nicht – und es wird auch nicht nötig sein, ich werde einen anderen Weg finden, ein Album zu machen.

22. Kapitel

Sie liebte es, ihren Sohn um sich zu haben, jeden Morgen sein freundliches Gesicht zu sehen. Doch in einem Punkt hatte sie Edith nicht ganz die Wahrheit gesagt: Sie hatte kein geregeltes Einkommen. Das Album mit Velvet Underground hatte ihr so gut wie nichts eingebracht, viele Auftritte hatte die Band auch nicht, und für *The Chelsea Girls* hatte Andy ihr gerade einmal zweitausend Dollar Gage gezahlt. Blieben die Engagements als Model, die sie inzwischen regelrecht hasste und die sowieso immer seltener wurden. Und nun rückte Lou damit heraus, dass er kein zweites Album mit ihr aufnehmen wollte. Er schien zunehmend dem Heroin zu verfallen und ließ sich kaum mehr in der Factory sehen, und wenn, dann verhielt er sich unerträglich. John versuchte noch, ihn zu überreden, ein paar Songs für sie zu schreiben, doch selbst ihn ließ Lou abblitzen.

»Dann schreibe ich dir eben deine Songs«, sagte John. Er mühte sich, sie aufzuheitern und freundlich zu ihr zu sein, wenn sie zusammen im Bett lagen, während Ari auf dem Sofa schlief, doch sie wusste, dass Johns Musik etwas ganz Eigenes war: Seine Kompositionen waren eher klassisch experimentell, für Orchester oder spezielle Bands, Avantgarde eben, aber nichts, was zu ihrer Art des Gesangs passte oder wozu ihr etwas einfiele, das sie singen konnte.

»Ich könnte dir zumindest bei den Arrangements helfen«, lenkte er ein, »wenn wir ein paar Songs für dich hätten. Dann könntest du ein Soloalbum aufnehmen.«

Ein Soloalbum – ja, davon träumte sie. Doch weder Andy noch Verve, ihre Plattenfirma, machten ihr einen Vorschlag in diese Richtung, und sie hatte nichts, kein Repertoire, niemanden, der etwas für sie schreiben würde.

Ich muss meine eigenen Songs finden, dachte sie manchmal, doch immer wenn sie es versuchte, kamen nur einzelne Worte, die keinen Zusammenhang ergaben, und die Melodien, die sie im Kopf hatte, wollten auch nicht hinaus. Sie beherrschte kein Instrument, konnte keine Noten schreiben.

Im Geiste ging sie ihr Repertoire durch – einen Song von Gordon Lightfoot, einen von Bob Dylan, die B-Seite ihrer Single, die Jimmy Page und Oldham komponiert hatten, sowie vier Lieder von Lou Reed. Mehr hatte sie nicht. Konnte sie damit einen Abend bestreiten, wie sie es schon im Blue Angel versucht hatte?

Man muss ihnen nicht alles geben, was man hat, war ein Wahlspruch von Andy. Und weniger ist mehr. Wenn sie sich Mühe gab und auch ein wenig mit dem Publikum redete, kurze Einführungen sprach, dann reichte ihr Material für etwa dreißig Minuten.

Paul Morrissey begriff als Einziger in der Factory, in welchen Schwierigkeiten sie steckte, er fragte daher bei den Leuten in The Dom nach, die für ihre Bar Künstler suchten, die nicht allzu teuer waren. In ihrem Laden hingen ihnen zu viele Dealer herum, deshalb wollten sie Musiker auftreten lassen, die garantiert keine Musik für Gangster machten. Und da kam ihnen eine weiße Sängerin, die aus Europa stammte, gerade recht.

Nico sagte sofort zu, als Paul ihr vorschlug, in der Bar zu singen, doch sie brauchte wenigstens einen Gitarristen, der sie begleitete. Lou weigerte sich, überhaupt über so eine Idee nachzudenken. Seit Nico bei einem Gig in Kanada ihren Pass vergessen und dadurch den Aufritt der Band in Gefahr gebracht hatte, standen sie noch mehr als ohnehin schon auf Kriegsfuß. Er brachte auch Sterling dazu, sich zu weigern, sie zu begleiten, obschon er so gut wie nichts zu tun hatte. Immerhin war Lou bereit, etwas auf Band aufzunehmen. Also setzte sie sich neben ein riesiges Tonbandgerät auf eine kleine Bühne neben der Bar und sang.

Während Ari bei Paul in dessen Apartment war und vor dem Fernseher hockte oder irgendwas malte, machte Nico sich für ihren ersten Auftritt bereit. Sie versuchte zu verdrängen, wie alptraumhaft die Abende im Blue Angel gewesen waren. In der Nacht zuvor hatte sie geträumt, dass sie zum Meer lief – zu einem herrlichen blauen Meer, obgleich sie überhaupt keine Läuferin war und jede Art von Sport hasste, doch so sehr sie auch rannte, das Meer kam nicht näher, und dann wurde es plötzlich schwarz um sie, und sie fiel zu Boden und wachte mit klopfendem Herzen und Schmerzen in der Brust auf.

Ich bin gar keine richtige Sängerin, dachte sie nach diesem Alptraum, während sie Aris ruhige Atemzüge hörte, so sehr ich mich bemühe, ich komme niemals vom Fleck.

Bevor sie auf die Bühne ging, überprüfte sie alles möglichst genau, das Band, das Mikrophon, ihre Position zum Publikum. Kerzen aufzustellen, wie sie es liebte, hatte man hier in der Bar verboten.

Sie hatte sich eigens ein Kleid angezogen, was sie sonst niemals tat, sie trug zu jeder Gelegenheit Hosen, und sie hatte gehofft, dass Andy oder jemand aus der Factory kommen würde, um ihr zuzuschauen und sie zu unterstützen, doch niemand war da – sie war allein mit einem unförmigen Tonbandgerät und jeder Menge Kerle an der Theke, die sich offenkundig für ihr Aussehen interessierten, aber keinen Deut für sie als Sängerin. Sie begann mit »All Tomorrow's Parties«, einem ihrer Lieblingslieder, dann sang sie den Dylan-Song. Doch niemand beachtete sie. Die Männer redeten, bestellten ihr Bier, schauten gelegentlich zu ihr herüber, aber so, wie man eine Schaufensterpuppe ansah, oder sie forderten sie auf herunterzukommen und luden sie lautstark und betrunken zu einem Drink ein. Dennoch sang sie unbeirrt weiter, bediente ihr Tonbandgerät punktgenau, wenn ein Song zu Ende war, und versuchte, etwas zu den Songs zu erzählen und die Leute darauf einzustimmen, doch außer dass ein paar Gäste müde klatschten, erntete sie keine Beachtung.

Den zweiten Teil ihres Repertoires sang sie mit geschlossenen Augen, nur für sich und Ari, redete sie sich ein, den sie dann nach dem Konzert abholen würde, um mit ihm mit einem Taxi durch die Nacht zu ihrem Apartment zu fahren. Nun lief es besser. Ein paar Leute applaudierten lauter, ein, zwei aufmunternde Pfiffe ertönten sogar, nachdem sie ihr letztes Lied gesungen und sich verbeugt hatte.

Nach einer Woche jedoch gab sie auf. Sie wusste weder, worüber sie in ihren Songs singen wollte, noch, was für eine Sängerin sie sein würde, aber eines war klar: Sie musste live spielen – mit richtigen Musikern, auch wenn sie keine Ahnung hatte, wer das sein sollte.

23. Kapitel

War sie eine gute Tochter – eine gute Mutter? Kümmerte sie sich genügend um Grete auf Ibiza und um Ari? Manchmal überfielen diese Fragen sie, wenn sie ganz andere Dinge tat, sich auf einen Auftritt vorbereitete oder in der Factory mit Andy, Gerard oder Paul über neue Projekte sprach – über Filme, die sie zusammen drehen wollten, oder Konzerte, die nicht nur Musik, sondern eine Art Gesamtkunstwerk sein sollten. Niemand in der Factory hatte ein Kind – zumindest wusste sie von niemandem.

Briefe zu schreiben war nicht ihre Stärke, manchmal aber schickte sie Grete eine Postkarte, oder sie rief ihre Tante Helma in Berlin an und fragte, wie es ihrer Mutter gehe. Helma hielt den Kontakt zu ihrer Schwester, gelegentlich reiste sie auch nach Ibiza, doch die Nachrichten, die Nico erhielt, waren fast nie erfreulich. Ihre Mutter gehe selten aus dem Haus, nur zum Einkaufen, ihr Zustand bessere sich nicht.

Und dann geschah etwas, das ihr noch mehr Sorgen bereitete als die Krankheit ihrer Mutter. Ari wurde krank, seine Haut verfärbte sich, er wurde immer gelber und begann zu fiebern. Seine Leber schien nicht mehr richtig zu arbeiten. Nico musste sich eingestehen, dass sie nicht immer darauf achtete, dass er das Richtige aß; er war ein wildes Kind, oft rannte er durch die Factory und stopfte in sich hinein, was er fand: Hershey's, Chips, Kaugummi. Gelegentlich trank er auch aus Gläsern, die noch herumstanden und in denen sich Reste von Cola, Bier oder andere, härtere Sachen befinden konnten. Nicht die angemessene Ernährung für einen Vierjährigen.

Nico wachte eine lange Nacht bei ihm, fühlte ihm den Puls und machte ihm Wadenwickel, wie sie es von ihrer Mutter kannte, um das Fieber zu senken.

Edie und Paul meinten, Ari müsse ins Krankenhaus, unbedingt, aber das wollte sie nicht. In einem Hospital würde man Fragen stellen, sich erkundigen, wer sich alles um Ari kümmerte. Andy sagte nichts, und Gerard und Billy Name erklärten ihr, sie würden einen Arzt kennen, der auch zu ihr nach Hause kommen würde, ein Doktor, der einem alles verschrieb, was man wollte.

Aber was sollte sie mit so einem Arzt anfangen, wenn es darum ging, das Richtige für ihr Kind zu entscheiden?

Sie wusste sich nicht anders zu helfen und rief Willy Maywald in Paris an, doch er war nicht da; er sei auf dem Land, hieß es, für Aufnahmen, und dürfe nicht gestört werden.

Betreten legte Nico wieder auf. Ihr Verhalten war lächerlich, dachte sie, wie hätte Maywald ihr auch helfen sollen – er war Fotograf, kein Mediziner, der ihr einen Rat geben konnte.

Ari hatte die Augen halb geschlossen; erschöpft sah er sie an.

»Du bist mein kleiner lieber Löwe«, flüsterte sie und strich ihm über die Stirn.

Es war vier Uhr in der Früh. Die stillste Stunde in New York. Nicht einmal mehr Taxis fuhren durch die Straßen. Von Zeit zu Zeit flößte sie Ari etwas Wasser ein. Gegessen hatte er schon einen Tag lang nichts mehr, sondern nur apathisch dagelegen.

Lediglich hin und wieder hatte er ihren Namen gesagt: »Nico … Maman.«

Wie ist es, wenn das eigene Kind stirbt? Dieser Gedanke erschreckte sie. Es war, als würde etwas in ihr in Brand gesteckt. Panik überflutete sie, und sie stürzte zum Telefon und wählte die andere Nummer in Paris, die sie vielleicht retten konnte.

In Paris war es bereits später Vormittag – was für ein Glück!

Edith war sofort am Apparat. Nico kamen vor Erleichterung die Tränen, als sie die Stimme der alten Dame hörte. Edith begriff nach wenigen Momenten des Schreckens, worum es ging und wie ernst es war.

»Mein kleiner Liebling ist krank«, flüsterte sie. »Braucht er mich? Soll ich ihn holen?« Sie sagte es, als säße Nico ein paar Straßen entfernt in ihrer Wohnung.

»Ja«, sagte Nico, »ja, er braucht seine grand-mère.«

»Ich komme«, erwiderte Edith. »Ich nehme das nächste Flugzeug.«

»Ich bezahle dir den Flug«, sagte Nico. Ein Stein fiel ihr vom Herzen. »Und das Taxi vom Airport in die Stadt und alles andere …«

»Es ist gut«, unterbrach Edith sie, und ein Zittern war in ihrer Stimme zu hören. »Ich tue es für Ari – ich vermisse ihn sehr und will, dass es ihm gut geht. Und eins musst du mir versprechen, Nico, dass er von nun an bei mir bleiben kann – hier in Frankreich. Der Kleine braucht ein Zuhause und muss zur Schule gehen und ein normales Leben führen.«

»Ja«, sagte Nico. »Er bleibt bei dir. Ich besuche ihn aber, so oft es geht.«

»Du musst dich an dein Versprechen halten.« Edith klang ungewohnt streng und entschieden. »Wenn du das nächste Mal kommst und ihn nach New York, London oder weiß der Himmel wohin mitnehmen willst, werde ich Nein sagen.«

»Er bleibt bei dir, Edith«, wiederholte Nico. »Versprochen!«

Am übernächsten Abend traf Edith ein; eine alte, resolute Dame, die kein Wort Englisch sprach, es aber trotzdem geschafft hatte, diese Reise zu absolvieren.

Sie hatte, ganz erfahrene Mutter und Großmutter, verschiedene Teesorten und Medikamente dabei, die sie Ari einflößte, und zwei Tage später, als es dem Jungen ein wenig besser ging, flog sie mit ihm zurück nach Paris.

»Ich bin wegen Ari da«, erklärte Edith, nachdem Nico ihr vorgeschlagen hatte, sich die Factory oder andere Dinge in der Stadt anzusehen, »und nicht, um mir irgendwelche amerikanischen Sehenswürdigkeiten anzuschauen.«

New York ohne Ari war anders, leerer, zugleich wurde das Leben einfacher, weil sie nun nicht mehr jeden Abend zu Hause sein und sich um ihr Kind kümmern musste. Trotzdem hatte sie Schuldgefühle. Mein kleiner Löwe hat es besser in Paris, redete sie sich ein, ich besuche ihn, bei der nächsten Gelegenheit fliege ich zu ihm. Doch zuvor musste sie sich um ihre Musik kümmern.

»Ich brauche einen Gitarristen«, sagte sie zu Paul, der sich immer mehr in der Rolle ihres Managers sah. »Sonst kann ich nicht mehr auftreten. Wenn ich singe, muss die Musik live gespielt werden, alles andere funktioniert nicht.«

»Ich habe mich umgehört«, erwiderte Paul. »Ein Typ von einer Plattenfirma hat mir einen Gitarristen empfohlen, der gerade ein Album herausgegeben hat, das sich aber nicht besonders gut verkauft. Er heißt Tim Buckley, er braucht dringend Geld und könnte dich begleiten und dann den zweiten Teil des Abends mit seinen Songs übernehmen.«

Tim Buckley war ein schüchterner, hübscher Zwanzigjähriger, der es kaum wagte, sie anzuschauen, als sie sich zum ersten Mal im The Dom trafen. Doch er war ein passabler Gitarrist, der sich Lous Tonband nur ein paar Mal anhören musste, bis er ihre Songs spielen konnte.

Mit Tim an ihrer Seite lief es viel besser, sie konnte sich auf ihren Gesang konzentrieren und musste nicht an das Tonbandgerät denken; obendrein kamen etliche Leute, um ihn zu hören. Auch wenn seine erste Platte ein Flop war, hatte er einige Fans in New York.

Beim zweiten Gig fiel Nico ein Junge auf, der schon am Vorabend da gewesen war. Er sah aus, als wäre er höchstens sechzehn und als hätte ihn die pure Abenteuerlust an die Ostküste getrieben; allenfalls mochte er achtzehn sein, älter jedoch gewiss nicht, ein gut aussehender Typ mit sanften Gesichtszügen und halblangen schwarzen Haaren. Er trank offenbar keinen Alkohol, hatte lediglich ein Glas Wasser oder Limonade vor sich stehen und hörte erst ihr, dann Tim Buckley andächtig zu.

»Wer ist dieser Junge?«, fragte sie Paul am dritten Abend, als der Typ wieder da war. »Ist er ein Freund von Tim? Aber die beiden reden nie miteinander. Sobald das Konzert zu Ende ist, verschwindet er.«

»Keine Ahnung«, sagte Paul. Er schaute den Jungen an, der in einem weißen Leinenhemd und Jeans, die betonten, wie dünn er war, auf seinem Stammplatz saß. »Wenn du willst, frage ich später, wer er ist.«

»Nein«, erwiderte Nico. »So wichtig ist es auch nicht.« Doch während sie sang, wanderte ihr Blick immer wieder zu dem Jungen hinüber. Er teilte seine Aufmerksamkeit zwischen ihr und Tim, bedachte einmal sie, dann ihren Gitarristen mit seinen wachen Blicken. Sein Applaus fiel eher sparsam aus, aber offensichtlich nicht, weil ihm die Musik nicht gefiel, eher weil er über sie nachzudenken und sie irgendwo in seinem Kopf zu speichern schien.

Als Nico nach ihrem Auftritt an der Bar stand, kam Paul zu ihr. Er lächelte vielsagend.

»Der Typ ist nicht von hier, er kommt aus Kalifornien, um Tim zu sehen. Tim ist sein Vorbild. Er spielt auch Gitarre.«

Nico wandte sich um und suchte den Jungen, doch anscheinend hatte er die Bar bereits verlassen.

»Wie heißt er?«, fragte sie. »Und will er uns nicht etwas vorspielen?«

»Das habe ich ihn auch gefragt.« Paul bestellte sich ein Bier, das er sich sofort an die Lippen setzte. »Aber er hat abgelehnt. Er würde sich nicht trauen, hier vor so vielen Leuten zu spielen. Er heißt Jackson Browne. Gefällt er dir?«

»Nein«, sagte sie, »er gefällt mir nicht.« Doch das war eine Lüge. Dieser Jackson hatte eine besondere Ausstrahlung; allein wie er dasaß und die Musik in sich aufnahm, faszinierte sie.

Am nächsten Abend meinte Tim Buckley, dass er ein Engagement in San Francisco habe, es sei leider sein letzter Auftritt mit ihr, aber das Angebot könne er nicht ablehnen.

»Nun musst du diesen Jungen doch fragen«, sagte sie zu Paul. »Er muss uns vorspielen – vielleicht kann er mich begleiten. Meine Songs kennt er ja.«

Sie beobachtete nach dem Konzert, wie Paul auf Jackson Browne zuging und auf ihn einredete, wie der zunächst den Kopf schüttelte, dann jedoch langsam weniger entschieden wirkte. Jackson blickte zu ihr herüber, lächelte verlegen und drückte Paul dann die Hand, bevor er wieder aus der Bar schlich wie schon an den Abenden zuvor.

Paul eilte mit einem gelösten Lächeln auf sie zu.

»Jackson kommt morgen Nachmittag in die Bar, dann könnt ihr zusammen proben. Und er hat auch schon ein paar eigene Songs geschrieben, Songs, die noch niemand gehört hat. Aber er ist wirklich sehr schüchtern, der gute Junge.«

Jackson hatte sich für die Probe mit ihr eine elektrische Gitarre geliehen, er wollte nicht wie ein Folkmusiker klingen, obschon ihm diese Musik gefiel. Er vermochte ihre Songs so gut zu spielen, als hätte er sie heimlich geübt, und irgendwie gelang es ihm, etwas ganz Eigenes in die Musik hineinzutragen, ein wenig Sanftheit und Gelassenheit. Wenn ihre Songs vorher kleine, hübsche Räume gewesen waren, wirkten sie nun mit seiner Begleitung größer und offener; ihre Stimme klang härter und reifer. Auch sein Lachen gefiel ihr, hell und befreiend, als wäre ihm noch nie etwas Übles im Leben widerfahren.

»Ich komme aus Deutschland, wie du«, erklärte er ihr nach ihrem ersten Auftritt an der Bar. Den Applaus für sie und ihn hatte er scheu entgegengenommen und sich ungelenk verbeugt.

»Du nimmst mich auf den Arm«, rief sie aus. »Du willst mir erzählen, dass du Deutscher bist?«

»Nein, ich bin nur in Westdeutschland geboren, 1948 in Heidelberg. Mein Vater war dort stationiert.« Es stimmte also, er war achtzehn Jahre alt. »Aber eigentlich komme ich aus Kalifornien. Das ist meine Heimat.«

»Ich komme gar nicht aus Deutschland«, sagte Nico. »Ich komme eigentlich nirgendwoher.«

»Aber dein Akzent ...«, begann Jackson, dann entschuldigte er sich gleich. »Sorry, ich meine, deine Songs werden sehr besonders durch deine Stimme und deinen Akzent ... erinnert ein wenig an Marlene Dietrich.«

»Dietrich?«, stieß sie aus und lächelte spöttisch. »Ich hasse Marlene Dietrich.«

»Sorry«, sagte er wieder. »Ich bin wohl nicht besonders gut darin, Komplimente zu machen.«

»Darin bist du tatsächlich nicht gut, aber umso besser spielst du Gitarre. Das ist mir wichtiger.«

Lou und die anderen Velvets hatten mitbekommen, dass Nico nun einen außergewöhnlichen Gitarristen an ihrer Seite hatte. Am nächsten Abend tauchten sie im The Dom auf und besetzten die halbe Bar.

»Der Junge ist talentiert«, sagte Lou hinterher zu ihr. Über ihren Auftritt verlor er kein Wort. »Gehst du mit ihm ins Bett? Hast du ihn schon vernascht?«

»Vernascht?«, wiederholte sie und nippte an ihrem Bier. »Habe ich dich etwa vernascht?«

»Mich kann man nicht vernaschen«, erwiderte Lou. »Wir haben uns ausprobiert. Hat dann nicht funktioniert.«

»Schreib mir einen Song darüber.« Nico funkelte ihn herausfordernd an.

Lou schnaubte unwillig. Er ließ sich nicht herausfordern. »Keine Chance, aber vielleicht hat dein junger Lover ein paar gute Songs auf Lager. Demnächst nehmen wir übrigens eine neue Platte auf. Du wirst allerdings nicht dabei sein.«

»Wie schön für euch«, gab Nico mit einem sanften Lächeln zurück. »Ich plane auch ein Album – genug Songs habe ich zusammen.«

Dann ließ sie Lou an der Bar stehen und ging zu Jackson und Paul zurück. Es war eine Lüge, sie hatte bei Weitem nicht genug Material für ein Album, genauso wenig wie sie jemanden hatte, der es mit ihr produzieren wollte, aber sie würde alles dafür tun, dass es keine Lüge bliebe.

In der ersten Nacht, die sie zusammen verbrachten, spielte Jackson ihr auf einer akustischen Gitarre zwei seiner eigenen Songs vor. Er hatte eine alterslose, samtweiche Stimme – die beiden Lieder waren voller Melancholie. Eine heimliche Sehnsucht und eine unaufdringliche Weisheit klangen in ihnen an, die sie sofort in ihren Bann zogen. »These Days« gefiel ihr am besten, ein melancholischer, sehr melodischer Song.

»Du musst mir dieses Lied schenken«, flüsterte sie ihm zu, nachdem sie sich zum zweiten Mal in der Nacht geliebt hatten. »Ich will es singen.«

»Ich kann dir dieses Lied nicht schenken, weil es mir selbst gar nicht mehr gehört, jetzt, wo ich es geschrieben habe, aber wenn du willst, kannst du es singen.«

Jackson behielt zwar sein Zimmer in irgendeiner billigen Absteige im Village, aber im Grunde zog er bei ihr ein. Bei ihren Konzerten probierten sie nun andere Dinge aus. Paul projizierte Filme hinter ihnen an die Wand, sie erweiterten ihr Repertoire, wobei die Auftritte nicht nur länger, sondern auch ambitionierter wurden, und immer mehr Leute kamen aus der Factory herüber.

Nach einem Konzert deutete Jackson auf einen Mann, der allein an einem Tisch saß, ein Notizbuch vor sich, in das er mit nachdenklicher Miene etwas hineinschrieb.

»Er ist ein Dichter«, sagte Jackson. »Ein richtiger Dichter, und ich wette, er schreibt über dich.«

Nico betrachtete den Mann genauer: Er war älter als die gewöhnlichen Besucher ihrer Konzerte, gewiss über dreißig, er hatte dichtes dunkles Haar, trug ein weißes Hemd, eine dunkle Hose und Schuhe, schwarze Halbschuhe, die teuer aussahen.

»Weißt du, wer er ist?«, fragte sie.

Jackson trank eine Cola. »Nein«, sagte er, »aber er schreibt mit einem teuren Füller. Kennst du Menschen, die etwas mit einem Füller in ein Notizbuch schreiben?«

Am nächsten Abend war der Mann wieder da. Diesmal lächelte er sie an, kein gewöhnliches, sondern ein wissendes Lächeln, als wären sie sich schon bei wichtigen Anlässen begegnet.

Nach ihrem Auftritt begann er nicht wieder in seinem Notizbuch zu schreiben, sondern kam zu ihr an die Bühne, während Jackson seine Gitarre einpackte.

»Darf ich dich einladen, Nico?«, fragte er höflich.

»Wozu?«, fragte sie und lachte ihn an.

»Nun …« Er war nicht verlegen, wie sie es erwartet hatte. »Zu einem Drink an der Bar, einem Wein in einem Restaurant oder zu einem vegetarischen Essen in meinem Lieblingslokal.«

»Gehen wir an die Bar.« Nico gefielen seine dunklen Augen. Er war klug und kultiviert, das sah man sofort, und er hatte zarte schöne Hände.

Er bestellte zwei Gläser Wein. »Wahrscheinlich müsste man in so einem Laden etwas anderes trinken«, sagte er, bevor er sich an den Barkeeper wandte.

»Schon möglich«, sagte Nico. Sie hätte eigentlich lieber ein Bier getrunken. Jackson winkte ihr zu, er hatte seine Gitarre gepackt und ging schon in ihr Apartment. Zum Glück hatte er bisher keine Anzeichen von Eifersucht gezeigt.

Sie prosteten sich zu. Der Fremde schaute sie ernst an, und sie sah, dass er tiefe Falten um den Mund hatte.

»Du faszinierst mich«, sagte er, »deine Schönheit, deine Musik.«

»Bist du ein Dichter?«, fragte sie. »Oder warum machst du mit einem Füller Notizen?«

Ja«, sagte er. »Ich bin ein Dichter, ich habe auch schon einen Roman geschrieben, aber als Nächstes möchte ich gute Songs schreiben und singen.«

»Wo kommst du her? Du bist nicht aus New York.« Sie konnte seinen Akzent nicht richtig einschätzen, aber seine höfliche, zurückhaltende Art verriet ihr, dass er unmöglich aus dieser lauten, aufdringlichen Stadt stammen konnte.

»Ich bin Kanadier – aus Montréal, aber nun bin ich hier. Im letzten Jahr war ich viel in Europa. Ich reise gern.« Er nippte an seinem Wein.

Die Geräuschkulisse um sie herum hatte zugenommen, es wurde laut geredet, gelacht, und doch herrschte zwischen ihnen eine seltsame Stille.

»Ich wohne im Chelsea Hotel«, sagte der Mann. »Da bist du doch oft gewesen, nicht wahr? Wir könnten ein Taxi nehmen, und ich spiele dir ein paar Sachen vor, die ich geschrieben habe.«

»Und dann willst du mit mir schlafen?« Sie sprach die Worte ganz langsam und unverfänglich aus.

Er lächelte matt und hob seinen Blick von dem halb leeren Glas zu ihr. »Ja, das würde ich gern. Nicht heute, aber irgendwann. Mir gefällt dein Gesicht – und die Traurigkeit, die darin verborgen ist.«

»Nun …« Sie trank ihr Glas aus. »Heute wird es nichts werden.« Dann strich sie sich ihr Haar aus dem Gesicht und ging.

Als sie in der Nacht mit Jackson schlief, musste sie an den Fremden denken. Sie hatte ihn gar nicht nach seinem Namen gefragt. Wie konnte jemand heißen, der aus Montréal kam? Vermutlich ein französischer Name. Den Tag verbrachte sie in der Factory, doch am Abend saß der Fremde wieder an seinem Platz. Er hatte sein Notizbuch vor sich auf dem Tisch liegen und schrieb darin. Erst nachdem sie mit Jackson auf die Bühne gekommen war, blickte er auf. Er wirkte noch ernster als am Abend zuvor.

»Dein Verehrer«, raunte Jackson ihr zu, und der spöttische Unterton in seiner Stimme ärgerte sie.

»Ein interessanter Mann«, flüsterte sie zurück, aber Jackson war bereits damit beschäftigt, seine Gitarre anzuschließen, während sie auf einem Tischchen, das sie neuerdings mit auf die kleine Bühne nahm, drei Kerzen anzündete. Sie fühlte sich immer sicherer, wenn in ihrer Nähe Kerzen brannten. Sie mochte das warme, weiche Licht.

Nach dem Konzert wartete sie an der Bar auf den Fremden, und er kam auch, schlenderte heran, als hätte er sie durchschaut. Ein wenig theatralisch blickte er sich um.

»Ist dein Gitarrist nach Hause gegangen?«, fragte er.

Jackson hatte die Bar schon verlassen, weil er einen Freund aus Kalifornien im Village treffen wollte.

»Kann sein«, sagte sie.

»Noch etwas gefällt mir an dir«, begann der Mann sofort. »Deine Unsicherheit – du weißt, wie schön du bist und wie du wirkst, und gleichzeitig macht es dich unsicher.«

»Vielleicht«, sagte sie. »Heute kannst du mir einen Song vorspielen, wenn du willst. Wie heißt der Song?«

»›Suzanne‹«, sagte er. »Der Name einer Frau, in die ich einmal verliebt war. Und auch über dich werde ich wohl ein Lied schreiben müssen.«

Nico steckte sich eine Zigarette an und inhalierte. »Worum genau wird es darin gehen?«

»Es geht um Sehnsucht, um Schönheit, das Heilige der Liebe, und eine Kerze wird es auch in diesem Lied geben, eine schmale grüne Kerze.«

Er hieß Leonard Cohen und war wirklich Schriftsteller – zumindest hatte er einen sehr erfolgreichen Roman geschrieben, erfuhr sie, er wohnte tatsächlich im Chelsea Hotel und hatte auch ihren Film *The Chelsea Girls* schon zwei Mal gesehen.

Er holte seine Gitarre aus dem Hotel, und sie gingen essen, vegetarisch, aber es schmeckte vorzüglich, und dann, mitten in dem Restaurant, sang er ihr etwas vor; seine Stimme war tief und ein wenig monoton, aber voller Ausdruck, und der Text war sehr poetisch, ein wunderschönes Liebeslied. »And you want to travel with her, and you want to travel blind.«

»Eine Kerze kam in diesem Lied aber nicht vor«, sagte sie, als er geendet hatte.

»Nein.« Er legte die Gitarre beiseite. »Die Kerze brennt nur in dem Song, den ich für dich schreiben werde.«

Vor dem Hotel verabschiedeten sie sich. Nico küsste ihn auf die Wange, obschon sie spürte, dass er sich mehr erhofft hatte, doch sie wusste, dass in ihrem Apartment Jackson auf sie wartete. Und sie war mit Jackson zusammen; Cohen war ein interessanter Mann, aber vor allem seine Worte waren interessant, das, was er sagte; sein Körper übte keine Faszination auf sie aus.

»Ich würde dich gern nackt sehen«, flüsterte Leonard ihr zu. »Von hinten, deinen nackten schönen Rücken.«

24. Kapitel

An drei Abenden kam Leonard noch zu ihren Konzerten in die Bar, zweimal sprachen sie miteinander; er erneuerte seine Einladung, doch sie lächelte ihm lediglich freundlich zu und sagte: »Heute nicht, sorry, my dear«, weil sie den Abend mit Andy in der Factory verbringen wollte.

Dann war Cohen spurlos verschwunden und tauchte nicht mehr auf.

Mit Jackson begannen die Dinge schlechter zu laufen. Lag es an ihr? Warum gingen ihr die meisten Männer nach kurzer Zeit auf die Nerven? Jackson war jung, freundlich, vielleicht naiv, aber als sie in ihrem Apartment seltsame Anrufe bekam, als wollte sie jemand ausspähen, hatte sie das Gefühl, dass er dahintersteckte.

Sie wurde zunehmend gereizter, auch wenn die Konzerte immer erfolgreicher wurden und sie sich schon viel sicherer auf der Bühne fühlte, was auch Paul mitbekam.

»Ich habe einen Producer gefunden«, sagte Paul nach einem Konzert zu ihr. »Du kennst ihn – Tom Wilson. Er hat schon an dem Velvet-Album mitgearbeitet. Er will ein Album nur mit dir machen.«

»Ist er nicht ein enger Freund von Lou?«, fragte sie misstrauisch. Jemandem, der mit Lou befreundet war, würde sie nicht trauen können.

»Vergiss Lou«, sagte Paul. »Selbst Andy hat mittlerweile die Nase voll von seinen Allüren. Lou hält sich für einen größeren Musiker, als er es ist. Wenn du es nicht willst, wird Lou keinen Schritt ins Studio setzen.«

Aber als Lou hörte, dass sie ein Album aufnehmen wollte, stand er plötzlich in der Factory vor ihr. »John meint, dass wir zwei, drei Songs für dich haben müssten, und wenn du einen Gitarristen brauchst, bin ich dabei.«

So war Lou – in dem einen Moment sagte er ihr, wie dumm und untalentiert sie sei, dann wieder suchte er ihre Nähe und konnte es offenbar nicht ertragen, dass sie nichts mehr miteinander zu tun hatten. Aber ihr war es recht; ein paar Songs fehlten ihr noch.

Mit den Songs von John und Lou hatte sie zehn Lieder, die sie aufnehmen konnte; drei steuerte Jackson bei und zwei Tim Hardin, ein junger Songwriter, den sie über Tim Buckley kennengelernt hatte und der zweimal im The Dom mit ihr aufgetreten war.

Zehn Songs – das war das Album, das sie immer hatte aufnehmen wollen.

Tom Wilson war ungefähr so alt wie Andy, also gut über dreißig, ein charmanter, immer elegant gekleideter Schwarzer, der schon mit Simon and Garfunkel und Bob Dylan gearbeitet hatte. »Like A Rolling Stone«, der Song, der ihr nicht gefallen hatte, war von Wilson produziert worden.

Lediglich drei Tage hatten sie im Studio für die Aufnahmen Zeit, aber während Jackson das viel zu kurz fand, war es ihr recht. Sie hatten die meisten Songs schon auf der Bühne gespielt, und Nico mochte es nicht, zu warten, zu proben und wieder zu warten. Sie liebte das Improvisierte, Unfertige. Jackson spielte missmutig seinen Part ein, dann gestand er ihr, dass er am nächsten Tag nach Kalifornien zurückkehren würde. Er würde ihre Verdächtigungen nicht mehr aushalten, dass er sie ausspionieren und sogar vor anonymen Anrufen nicht zurückschrecken würde.

Sie bemerkte, wie erleichtert sie war, dass er ohne größere Streitigkeiten beschlossen hatte, aus ihrem Leben zu verschwinden. Sie hatte drei Songs von ihm, das war es, was ihr immer von ihm bleiben würde.

Sogar Lou erschien pünktlich im Studio, wie üblich in Lederjacke, mit Sonnenbrille und schlecht gelaunt, aber auch er spielte seinen Gitarrenpart sauber herunter und machte ihr keine Vorhaltungen, wie sie seine Songs singen sollte. Vielleicht fühlte er sich insgeheim geschmeichelt, dass das Album »Chelsea Girl« heißen sollte, nach dem Song, den er eigentlich für Andys Film hatte schreiben sollen und der nun endlich fertig war.

Besonders mochte sie das Stück, das Tim Hardin beigesteuert hatte, »Eulogy To Lenny Bruce«. Bruce war ein Stand-up-Comedian gewesen, der kein Blatt vor den Mund genommen hatte und wegen angeblicher Beleidigungen und anstößiger Äußerungen oft – manchmal direkt auf der Bühne eines Clubs – verhaftet worden war. Im Sommer 1966 war er an einer Überdosis Morphium gestorben. Sie hatte zwei seiner Auftritte gesehen – ein beeindruckender, unerschrockener Mann, ein Nihilist, der nichts und niemanden ernst nahm und amüsante und zugleich kluge Geschichten zu erzählen wusste. Der Song gefiel ihr, weil er so schlicht war, nur die Gitarre und ihre Stimme. »I've have lost a friend. And I don't know why.«

Tom Wilson hing jedoch im Studio mehr am Telefon, als dass er sich um die Aufnahmen kümmerte.

Er wedelte mit den Händen, rief »Ihr macht das schon!« und telefonierte weiter.

»Hat er eine neue Freundin?«, fragte John, der auch irritiert war, wie wenig Wilson sich für die Songs interessierte.

»So viel, wie Tom telefoniert, muss er einen ganzen Harem haben«, meinte Lou lächelnd.

Zwischendurch verschwand Tom ganz von der Bildfläche und ließ sie mit einem uninteressiert wirkenden Toningenieur allein im Studio.

Als sie den letzten Song aufnahmen, streckte er ihnen – wieder am Telefon – mit einem breiten Lachen den Daumen entgegen und meinte: »Well done. Nun müssen wir das Ganze nur noch abmischen. Ein Kinderspiel. Dann hast du dein erstes Album, Honey.«

Nico ging mit einem Hochgefühl in ihr Apartment. Jackson war mit seinem Gitarrenkoffer und seinen Sachen abgereist, sie konnte aufatmen, und nun war sie Nico, die Sängerin, ohne Lou oder John oder sonst einen Mann, der ihr Vorschriften machen würde. Niemand würde ihr mehr auf der Bühne ein Tamburin in die Hand drücken können und sie neben einen Verstärker abschieben, wo sie als schönes Beiwerk herumstand und nur angestarrt wurde.

Doch als sie in der Factory das Masterband abhörte, das Paul ihr brachte, hätte sie Tom Wilson erwürgen können. Vor

Wut hatte sie Tränen in den Augen. Sie hatte sich einen satten, harten Gitarrensound gewünscht, doch Tom Wilson hatte fast jeden Song mit süßlichen Streicherklängen überzogen. Ausgerechnet im Titelsong »Chelsea Girl« hatte er zu allem Überfluss noch eine penetrant aufdringliche Flöte eingefügt, so dass ihre Stimme in den Hintergrund geriet und alles wie ein ungenießbarer süßer Brei klang. Das war nicht das Album, das sie hatte machen wollen, diese Musik hatte nichts mit ihr zu tun. Das Einzige, was ihr an der Platte gefiel, waren die beiden Fotos auf dem Cover, die Paul von ihr gemacht hatte.

Als das Album im Oktober 1967 herauskam, fand es nur ein mäßiges Interesse und erhielt recht freundliche, aber eher lauwarme Kritiken, und manche Kritiker waren einfallslos genug, sie immer und immer wieder mit Marlene Dietrich zu vergleichen, was sie nach wie vor ärgerte. Ein anderes Album hingegen, das wenig später erschien, wurde überschwänglich gefeiert. Es hieß »Songs Of Leonard Cohen« und verkaufte sich über eine Million Mal. In einem der Songs wurde eine kleine grüne Kerze erwähnt – »One of Us Cannot Be Wrong« war ein melancholisches Liebeslied, von dem sie sofort wusste, als sie die ersten Takte hörte, dass Cohen es für sie geschrieben hatte.

Vierter Teil

Los Angeles 1967

25. Kapitel

Manchmal nachts fielen sie ungebetene Gedanken an, die sie nicht vertreiben konnte: War sie schon einmal wirklich verliebt gewesen? Warum fiel es ihr schwer, es länger an der Seite eines Mannes auszuhalten? Waren eigentlich alle Männer Feiglinge – und warum war sie kein Mann geworden? Wäre sie ein Mann, hätte sie längst eine eigene Band, dann müsste sie nicht hinter Wichtigtuern wie Grossman oder Lou Reed herlaufen, dann würde ihr die Plattenfirma nicht einen Loser wie Tom Wilson als Produzenten schicken, der ihren Titelsong mit penetranten Flötenklängen ruinierte.

Aber sie war kein Mann. Sie war ein Mädchen, das Model, das Sängerin geworden war und das kurz vor ihrem dreißigsten Jahr stand.

Gelegentlich noch musste sie an die Begegnung mit A. in New York denken. War dieses Treffen das bisher Aufregendste in ihrem Leben gewesen? Wenn sie an den kleinen Ari im fernen Paris dachte, gewiss, aber dann wieder kam ihr das Rendezvous mit A. fast wie ein Traum vor – alles in ihrem Leben war real, die Züge hinter dem Haus ihres Großvaters in Lübbenau, die Ruinen in Berlin, das erste Shooting mit Tobias; sogar die Filmszenen in *La Dolce Vita* oder *The Chelsea Girls* waren real, bloß die Berührungen von A. nicht, wie sie zusammen in ihrem Sportwagen durch Manhattan gerast waren, wie sie Wein getrunken und sich dann gegenseitig ausgezogen hatten. War A. zärtlich zu ihr gewesen – hatte sie ein Hauch von Liebe eingehüllt, während sie sich berührt hatten, erst sanft, dann immer heftiger?

Sie konnte sich nicht daran erinnern. Ihre Erinnerungen waren verblasst, oder vielleicht wollte sie sich auch nicht erinnern. Vielleicht war es besser, wenn nur die Gegenwart zählte. In Deutschland hatten der Krieg und die Vergangenheit geherrscht, doch Amerika war ein Land, in dem nur das Hier und Jetzt zählte.

Und doch: Warum hatte A. ihr nie ein Lebenszeichen gegeben, nie einen Hinweis, dass er wusste, dass sie einen Sohn hatte, ein Kind, das auch das seine war? Und warum hatte er tatsächlich mit seiner Mutter, der bedauernswerten Edith, nie wieder ein Wort gesprochen, als wäre sie an allem schuld? Aber Edith schien es nicht zu bereuen, dass sie Ari aufgenommen hatte. Wann auch immer Nico sie anrief, sie berichtete stets voller Freude, was der Kleine wieder angestellt hatte. Und nie fragte sie, wann Nico zu Besuch kommen würde, als fürchte sie, dass sie ihren Enkel wieder verlieren könnte.

Aber das hatte Nico nicht vor. Sie lebte in Amerika, in der Gegenwart.

Sie hatte es geschafft, ein Soloalbum aufzunehmen, auch wenn es nicht die Platte geworden war, die sie sich gewünscht hatte. Noch immer hatte sie Aufträge als Model, und Andy und Paul planten, weiter Filme mit ihr zu drehen. *The Chelsea Girls* war schließlich ihr erfolgreichstes Projekt gewesen.

Doch war New York noch das Richtige? War dieses Leben, in dem der Schein so viel zählte, noch das, was sie wollte? Sie mochte Andy, seine Stille, seine Schüchternheit, und sie mochte die Factory. Ohne Paul und Andy hätte sie niemals dieses Album machen können.

Sie verbrachte ein paar Wochen in London bei Paul McCartney, den sie über die Rolling Stones kennengelernt hatte, mit dem sie aber wenig anfangen konnte, besuchte für einen Nachmittag Ari in Paris und flog anschließend nach Boston, wo Andy sich gerade aufhielt und die Velvets auftraten, aber Lou weigerte sich, auch nur einen Song mit ihr auf der Bühne zu singen. »Du bist draußen«, sagte er zu ihr. »Du gehörst nicht mehr zur Band. Kapierst du das nicht?«

Und niemand widersprach ihm, nicht John, nicht Andy, den die Velvets ohnehin nicht mehr groß interessierten.

Als Danny Fields, der eine Zeit lang in der Factory Andys Assistent gewesen war, bevor er zu einer Plattenfirma ging, sie nach Los Angeles einlud, nahm sie die Einladung kurz entschlossen an.

Los Angeles war ganz anders als New York – wärmer, sonniger, die Stadt der Engel. Die Hippies hatten ganz Kalifornien in Beschlag genommen – Scott McKenzie besang San Francisco und all jene, die Blumen in den Haaren trugen –, doch Nico war alles andere als ein Blumenmädchen, für das immer die Sonne schien. Für sie waren diese Hippies Schönwetterkinder, die niemals erfahren hatten, wie es war, eine Grenze zu überschreiten, die keine Ahnung hatten, was echter Schmerz und schrankenlose Lust bedeuteten.

Im Hotel The Castle sollte sie Jim Morrison, den Sänger der Doors, treffen. Deshalb hatte sie Danny hergeholt. »Ihr wärt doch ein Traumpaar. Der schönste Rocksänger der Welt mit der schönsten Frau der Welt.« Warum hatte er »Frau« und nicht Sängerin gesagt?

Das Hotel sah wie eine Ritterburg aus, mit einer Zugbrücke und quadratischen, mächtigen Türmen; es lag malerisch in den Bergen Hollywoods. Bei allem Prunk fand sie es irgendwie unecht, als hätte sich ein alt gewordenes Kind einen albernen Traum erfüllt. Sogar Zinnen gab es an den Türmen. Vielleicht versteckten sich Krieger dahinter, in der Erwartung, dass jemand die Burg erobern wollte, dachte sie, als sie mit einem Taxi vorfuhr.

Nico hatte Jim Morrison bereits gesehen, er war im Jahr zuvor bei einem Konzert von Velvet Underground in Los Angeles gewesen, aber damals hatten sie nicht miteinander gesprochen. Sie hatte das Gefühl gehabt, dass er nicht besonders beeindruckt von ihrer Musik gewesen war und dass ihm Lous aufgeblasene Art nicht gefiel. Dann war er einmal, als er in New York war, in die Factory zu Andy gekommen; sie hatten einen halben Abend miteinander verbracht, bis er plötzlich verschwunden war.

Und sie hatte ihn vor Kurzem zufällig im Fernsehen gesehen, was sie eigentlich nie schaute, aber da war sie allein in ihrem Apartment gewesen und hatte eine kurze Szene aus einem Konzert der Doors gesehen; die Art, wie Jim ans Mikrophon getreten war, es mit der rechten Hand umfasst und einen lässigen, leicht gelangweilten Blick ins Publikum geworfen hatte, war faszinierend gewesen. Er hatte eine passable Stimme, nicht exzellent, aber gut, doch seine wahre Qualität lag in seiner Ausstrahlung. Es hieß, dass er noch mehr Frauen gehabt habe als

Brian Jones. Über solch ein Gerücht konnte sie nur lachen. Ja, Brian hatte viele Groupies, die sich ihm an den Hals warfen, in Wahrheit jedoch war er ein kleiner ängstlicher Junge geblieben, der im Bett versuchte, den starken, unerschrockenen Mann zu mimen, wenn er denn nicht zu viel getrunken oder zu viele Drogen genommen hatte, so dass an richtigen Sex gar nicht mehr zu denken war.

Als Nico im The Castle eincheckte, wie üblich mit leichtem Gepäck, fragte sie sich, was sie sich eigentlich von diesem Aufenthalt versprach. Vermutlich wollte sie einfach der Factory für eine Zeit entgehen und dieser verdammten Flöte auf ihrem Album, die sie bis in ihre Träume verfolgte.

Jim Morrison stand an der Bar, er starrte zu ihr herüber. Das Innere des Castle war dunkel, holzvertäfelt, ein nobler, ein wenig plüschiger Schuppen, in dem die Nacht vermutlich das Doppelte kostete wie in anderen Luxushotels der Stadt, die viel zentraler gelegen waren.

Jim sagte erst kein Wort, und sie fragte sich, ob er gewusst hatte, dass sie kommen würde, dass Danny etwas arrangiert hatte – als würde er erwarten, dass sie beide ein Duett sangen, ein schmalziges Liebeslied.

»Nico«, sagte er dann. »Schön, dass du da bist. Ich verdurste. In Hollywood muss man ständig etwas trinken. Was trinkst du?« Seine Stimme war ein wenig schleppend, nicht unsicher, eher verhalten, abwartend.

Bier, wollte sie sagen, ich trinke Bier, wenn es nicht aus Köln stammt und Kölsch heißt, aber das wäre lächerlich gewesen.

»Lass dir etwas einfallen«, sagte sie. »Überrasche mich.«

»Ich soll dich überraschen?« Seine Augenbrauen glitten in die Höhe, seine Augen funkelten. Welche Farbe sie hatten, war in diesem Dämmerlicht nicht zu erahnen.

Es stimmte, er sah unglaublich gut aus, halblange gelockte Haare, ein leicht spöttisch geschwungener Mund, glatte, rasierte Wangen, ein makelloses Gesicht. Was man auch von ihrem sagte. Jede Frau, die ihn bei seinen Konzerten sähe, würde mit ihm ins Bett gehen wollen – hundertprozentig. Aber sie würde es ihm nicht leichtmachen. Er sollte ihr genau zeigen, was er von ihr hielt.

Er bestellte zwei Cocktails, von denen sie nicht genau wusste, was sie enthielten, dann gingen sie auf eine kleine Terrasse, die unterhalb eines der Türme lag; das Hotel hatte offenbar viele Ecken und Winkel, lauschige Plätze, wo man allein sein konnte, allen Blicken entzogen.

»Du trägst ein Kleid«, sagte er. »Ich dachte, du trägst nie Kleider. Als wir mit der Band in New York waren, habe ich dich riesig groß am Times Square gesehen – in einem gestreiften Hosenanzug. Phänomenal. John hat sich gar nicht sattsehen können.«

John war wohl der Drummer – John Densmore, ein schweigsamer, etwas verklemmter Typ.

»Werbung«, erwiderte sie nur. »Das war bloß Werbung für irgendwas.« Wofür genau hatte sie längst vergessen. Es war im letzten März gewesen. Ein gut bezahlter Job.

Jim lächelte, dann sagte er nichts mehr, sondern bestellte den nächsten Drink.

»Bist du gern betrunken?«, fragte er.

»Nein«, sagte sie.

»Oder high?«

»High ist okay, meistens jedenfalls.«

»Du hast uns noch nie spielen sehen, oder?«, fragte er.

»Nein, habe ich nicht.« Sie lehnte sich zurück und schloss die Augen. Auch so, mit geschlossenen Augen, auch wenn er stumm blieb, konnte sie seine Anwesenheit spüren, die Wärme, die von ihm ausging, als wäre er ein edles Tier, das keine Angst vor ihr hatte und sie aufmerksam beobachtete.

»Ich habe ein Album gemacht – ein Album mit Streichern und Querflöten«, sagte sie plötzlich. Als sie die Augen wieder öffnete, hatte er sich vorgebeugt und grinste sie an.

»Ich bin schüchtern«, sagte er. »Ein schüchterner Junge aus Florida, und ich weiß nie, wann ich jemanden küssen darf.«

»Jetzt noch nicht«, sagte Nico.

Sie tranken noch mehr, und irgendwann tauchte Danny Fields auf und dann noch jemand, dessen Namen sie nicht mitbekam, entweder ein Typ von der Plattenfirma oder ein entfernter Freund von Jim.

Als es Mitternacht wurde, war klar, dass sie zusammen auf sein Zimmer gehen würden. Plötzlich wirkte er nicht mehr betrunken oder schläfrig; er riss sie förmlich mit, zerrte sie an ihrem Kleid neben sich her. Sie hatte auf einmal das Gefühl, mitten in einer Filmszene zu sein. Dazu schrie er etwas, das sie nicht verstand, als würde er auf der Bühne stehen und sein Publikum anfeuern.

Sie wehrte sich, stemmte sich gegen ihn, da riss er sie an den Haaren, und sie packte sich seinen braunen Schopf. Er wollte einen Kampf – den konnte er haben.

Gegenseitig schoben und zerrten sie sich durch den Flur.

»Ich habe keine Angst!«, schrie er plötzlich. »Vor niemandem. Nicht einmal vor Krokodilen.«

Nico keuchte, sie fluchte und schrie seinen Namen. Man nannte ihn Lizard, fiel ihr ein, aber was war das für ein Tier? Kein stolzes, mächtiges Raubtier, sondern wohl eher eine Echse, wenn sie sich nicht irrte.

Als sie endlich in seinem Zimmer waren, sanken sie auf das Bett und fielen sofort übereinander her. Er hatte einen wunderschönen athletischen Körper. In Venice Beach gab es diesen Strand, wo die Schönsten der Schönen ihre Körper an Geräten stählten, bestimmt ging er auch dorthin.

Seine Berührungen hielten, was sein Körper versprach, und sie stöhnte auf. Er küsste ihre linke Brust, während seine Hand ihren Körper hinabwanderte und sie an den richtigen Stellen streichelte. Sie schloss die Augen. Ein Wohlgefühl erfasste sie, und sie meinte seinen Duft zu spüren, Haare, Haut, er roch nach Meerwasser, als hätte er eben noch im Ozean gebadet. Als sie kam, biss sie ihm in die Schulter, er stöhnte ebenfalls, aber nicht vor Schmerz, sondern vor Lust.

Später weckte er sie. Der Mond stand hoch am Himmel, eine bleiche gelbliche Scheibe, die ganz nah wirkte, als könne sie gleich herabfallen und zerbrechen.

»Wir gehen tanzen«, schrie er. Dann lief er nackt hinaus auf den Turm, der genau vor seinem Zimmer lag, wie sie nun bemerkte. Er wohnte ganz oben in der Ritterburg. »Komm mit!«

Sie hatten nicht nur Cocktails getrunken, sondern auch LSD genommen; davon glühte er noch. Als Nico sich aus dem Bett erhob und zur Tür ging, stand er auf der Brüstung des Turms und wedelte mit den Armen, als wären es Flügel, mit denen er tatsächlich fliegen könnte.

Dieser Anblick faszinierte und ernüchterte sie zugleich. »Hör auf, Jim«, sagte sie leise.

Er starrte sie an und wedelte noch heftiger mit den Armen. Von unten waren Rufe zu hören, es waren noch Gäste wach, sie saßen auf einer Terrasse und feuerten Jim an.

»Komm, flieg mit mir, Nico. Dafür ist die Nacht da, um zu fliegen«, rief er, als wäre das der Anfang eines Songs. »Flieg mit mir!«

»Hör auf«, wiederholte sie und machte zwei Schritte auf ihn zu. Die Nacht war warm, viel wärmer als in New York. »Das ist gefährlich.«

Er hob sein rechtes Bein in die Höhe, so dass er nur noch einbeinig auf der Brüstung stand, und lachte, meckerte sein Lachen in die Nacht hinaus und zu seinen Zuschauern hinunter auf die Terrasse. Der Turm war bestimmt sechs, sieben Meter hoch, ein Sturz, und er würde sich etliche Knochen brechen oder tot sein.

»Jim Morrison«, sagte sie lauter. »Komm zurück ins Bett, bitte. Mir ist kalt.«

Jim lachte noch lauter. »Blödsinn! Dir ist nicht kalt.« Er breitete die Arme aus und ließ sich fallen, rücklings, so dass er ihr zu Füßen auf den Boden schlug – mit einem ohrenbetäubenden Kreischen, als wäre er ein irrsinnig gewordener Nachtvogel.

26. Kapitel

Als sie erwachte, war es längst hell. Die Sonne musste schon am Himmel stehen; sie meinte, ein Stück helles Blau in einer Ecke des Fensters auszumachen, das nicht von dem Vorhang verdeckt war.

Jim lag neben ihr, nackt, sein Brustkorb hob und senkte sich, seine Nasenflügel vibrierten; ein Junge, in dem ein Rockstar steckte, in dem ein Junge steckte.

Hatte er keine Freundin? War bei dem Konzert der Velvets letztes Jahr nicht eine Frau bei ihm gewesen, so eine dunkelblonde Rehäugige? Es war ihr gleichgültig. Sie hatten alle Frauen, die sie ihre Girls nannten, Brian oder Lou und mit Sicherheit auch Jim.

Sie strich ihm über das braune lockige Haar. Nur die Gegenwart zählte, sagte sie sich. Amerikas Botschaft stimmte: Immer nur die Gegenwart. Und sie wollte gar nicht das Girl eines berühmten Musikers sein oder gar mit ihm verheiratet. Sie war Nico, hatte sich in Nico verwandelt. Das reichte ihr. Niemand, der sie kannte, würde in ihr noch Christa erkennen.

Sie schmiegte sich an ihn, und dann wachte er auf, und er lächelte, ein schönes, sanftes Lächeln, das zeigte, wie glücklich er war, sie zu sehen.

Sie frühstückten bei geschlossenen Vorhängen, trotzdem drang immer mehr Licht herein. Auch wehte von draußen

Musik heran, vielleicht war ein Wagen vorgefahren, und der Fahrer hatte das Radio laut gestellt. Es war tatsächlich »Light My Fire« zu hören, Jims Song, der auf Platz eins gewesen war, es vielleicht immer noch war, sie wusste es nicht genau.

Jim wandte nur kurz den Kopf, er hatte den Song auch gehört, sagte aber nichts dazu, sondern nippte an seinem Kaffee und rauchte genüsslich eine Zigarette.

»Was«, sagte er dann mit einer Stimme, als habe er sich seine Worte wohl überlegt, »war das erste besondere Erlebnis, das dir passiert ist?«

Nico aß ein halbes Brötchen mit Marmelade, das süße klebrige Zeug schmeckte ihr plötzlich. Sie waren noch immer nackt.

Sie musste nicht lange darüber nachdenken. Es war der schwarze Zug hinter dem Haus in Lübbenau und die kleine Hand, die aus dem Gitter auf sie zugeglitten war und der sie den Apfel gegeben hatte. Sie erzählte ihm davon, erst zögernd, dann immer sicherer.

»Es waren Juden«, sagte sie, »Juden in einem Zug, und mein Großvater hat die Weichen gestellt, damit der Zug weiterfahren konnte, vielleicht nach Auschwitz. Ich weiß nicht …«

Er rauchte, lehnte kurz den Kopf, dann seufzte er. »Juden«, sagte er. »Juden … Du bist Deutsche. Was haben euch die Juden getan?«

Sie hatte erst keine Antwort darauf. Doch dann sagte sie: »Es gibt da diese Sage. Mein Großvater hat sie mir erzählt – über einen blonden Helden, Siegfried, der einen Drachen getötet hat und fast unbesiegbar geworden ist, als er in dessen Blut gebadet hat. Die Nibelungen – es geht um Liebe und Verrat. Siegfried wird hinterrücks ermordet, an einer einzigen Stelle seines Körpers kann man ihn verletzen. Aber obwohl man weiß, wer der Mörder ist, geschieht ihm nichts. Seine Leute stehen fest zu ihm – Nibelungentreue, heißt es auf Deutsch. Das bringt man den Menschen in Deutschland bei, dass sie treu sein müssen bis in den Untergang. Vielleicht erklärt das, warum keiner aufbegehrt hat.«

»Darum habt ihr die Juden umgebracht? Aus Nibelungentreue?« Er sprach das deutsche Wort aus, das auch sie benutzt hatte. »Aber du bist nicht so eine«, sprach er weiter. »Du bist nicht treu. Vielleicht hat diese kleine Hand etwas mit dir gemacht. Vielleicht bist du da ein besonderer Mensch geworden.«

»Ja, vielleicht.« Sie schwieg einen Moment. »Und was war dein erstes besonderes Erlebnis?«

Er lächelte und drückte seine Zigarette auf der Untertasse aus, um sich gleich eine neue anzuzünden. Das Auto war offenbar weggefahren. Es war wieder still, keine Musik mehr.

»Bei mir war es anders. Ich komme auch aus der Provinz, einem Kaff in Florida. Einmal bin ich mit meinen Eltern durch die Wüste gefahren, ich war vier Jahre alt, und da war dieser schreckliche Unfall, ein Jeep hatte einen Truck gerammt. Auf der offenen Ladefläche hatten eine Menge Leute gesessen, alles Indianer. Tot lagen sie auf der Straße. Es war gerade erst passiert. Einer lebte noch, ein ganz junger, hübscher, seine Hände zuckten, und dann geschah etwas. Ich habe es genau gespürt. Mir wurde für einen Moment kalt, eisig kalt, doch dann breitete sich ganz von innen eine Wärme in mir aus. Ich begriff sofort, dass es nicht meine eigene Wärme war. Es war die Seele des jungen Mannes, die in meine gekrochen war. Seine Seele war in mir, und da ist sie immer noch.«

Er meinte seine Worte vollkommen ernst, kein Spott, kein albernes Gerede.

»Du bist nun ein halber Indianer«, sagte sie und wusste sofort, dass es dumm und falsch war, was sie gesagt hatte.

»Nein«, erwiderte er, »ich trage nur seine Seele in mir. Danach habe ich Dinge anders wahrgenommen, meine Familie zum Beispiel. Ich gehörte nicht mehr zu ihnen.«

»Was ist mit deinen Eltern? Leben sie noch?«

Hektisch drückte er seine Zigarette aus.

»Nein«, sagte er, »für mich leben sie nicht mehr.«

Sie liebten sich, duschten gemeinsam, und später fuhren sie mit einem Cabrio, das Jim gehörte oder das er gemietet hatte – sie begriff es nicht so ganz –, nach Venice Beach hinunter. Jim ging im Meer schwimmen, während Nico auf einer Decke im Halbschatten liegen blieb. Sie hatte erwartet, dass eine Menge Leute zusammenkommen würden, um den Sänger der Doors zu bestaunen, doch niemand schien Jim zu erkennen.

Später gingen sie am Strand entlang. Jim hatte offenbar alle Zeit der Welt, keine Proben, keine Termine. Dann zeigte er ihr die Stelle, an der er die Band gegründet hatte, am Strand von Venice Beach mit Ray Manzarek, einem Freund aus der Filmhochschule, der nun mit seiner Orgel für den so charakteristischen Sound der Doors sorgte.

»Ich war damals völlig am Ende«, sagte Jim, »aber ich habe

es nicht gezeigt, niemandem. Ich hatte einen mittelmäßigen Abschluss, mit dem man nichts anfangen konnte. Ich hatte einen ziemlich miesen Abschlussfilm gedreht, für den sich kein Mensch interessierte, und hatte nicht mal mehr eine eigene Wohnung. Ich war pleite, ja, total pleite, aber ich hatte ein paar Songs im Kopf.«

Sie hörte ihm gern zu, er war klug und dachte beim Sprechen nach.

»Du bist ein Poet, Jim«, sagte sie zu ihm.

Er lächelte sanft. »Das bin ich tatsächlich. Ich bin kein Sänger einer Band, das ist ein Irrtum, ich bin ein Dichter. Jedenfalls will ich einer sein.«

In einem Drugstore besorgten sie sich etwas zu essen und zu trinken, Coke und Thunfischsandwiches.

Dann erzählte er die Geschichte der Band weiter.

»Ich habe Ray meine Songs vorgesungen … Ach, nicht richtig gesungen. Ich habe mehr gesummt und den Takt geschlagen … aber Ray haben die Songs gefallen. Er war der Erste, der an mich geglaubt hat … dabei hat es Ray wirklich drauf. Er hätte auch als Filmregisseur Karriere machen können.«

»Nun macht er mit eurer Band Karriere«, warf Nico ein, als Jim wieder schwieg. Er war ein guter Erzähler, sie wollte, dass er weiterredete.

»Wir brauchten natürlich noch andere Musiker. Ray spielt ganz gut Orgel, aber wir wollten eine richtige Band gründen, also mussten wir einen Drummer und einen Gitarristen finden. In einem Yoga-Seminar, stell dir vor, da ist Ray schließlich John begegnet. John hat eigentlich Jazz gemacht, aber für richtig ernstzunehmenden Jazz war er als Schlagzeuger nicht gut genug. Er passte also zu uns.«

Sie fuhren zurück ins Hotel. Jim fragte sie, was sie für Bücher gelesen habe in letzter Zeit.

»Nietzsche«, sagte sie. »Ich habe Nietzsche gelesen.«

»Wow«, sagte er. »Euer deutscher Philosoph. Gibt es jemanden, der Nietzsche kapiert? Denkt man bei ihm nicht immer das Falsche? Dass es bei ihm Untermenschen und Obermenschen gab? Nietzsche wusste wie kein Zweiter, was dionysisch bedeutet. Das liebe ich an ihm.«

Dionysisch – er wusste wirklich, was das war, die Grenzenlosigkeit, der Tanz auf dem Vulkan …

»Ich lese am liebsten Gedichte«, sagte Jim. Er hatte eine Hand am Lenkrad und die andere in ihrem Haar. »Und nun möchte ich dich wieder lieben«, redete er weiter und schrie es über den Lärm des Motors hinweg. »Mit dir schlafen, okay?«

Sie begriff, dass sich seine Stimmung von einer Sekunde auf die nächste verändern konnte. Im Hotel trank er sofort zwei Flaschen Bier und nahm einige Pillen, von denen er auch ihr anbot. Sie wollte erst ablehnen, aber dann beschloss sie, dass sie diesen Moment an der Seite dieses so schönen wie wundersamen Mannes zelebrieren wollte, und schluckte die Pillen.

»Acid«, sagte er leise, »es ist ein wunderschöner Tag für Acid.«

An das, was etwa eine Stunde später passierte, konnte sie sich hinterher nur noch vage erinnern. Jim war plötzlich in die Lobby gelaufen, er war hinter die Rezeption gesprungen und hatte ein Radio, das dort hing, förmlich aus der Wand gerissen. Mit lauten Rufen war er zur Treppe geeilt. »Komm, Nico!«, hatte er geschrien. »Sie jagen uns, aber wir sind schneller, viel schneller.«

Auf der Treppe wäre sie beinahe mehrmals gestürzt, wenn sie sich nicht am Geländer festgehalten hätte. Jim hatte das Radio unter dem Arm. Er sang »Demon, we couldn't get much higher«, kreischte es heraus, als sie an seinem Zimmer angekommen waren.

Er steckte den Stecker des Radios ein, suchte hektisch einen Sender, der Rockmusik brachte. Ein Song von den Rolling Stones erklang, »Ruby Tuesday«.

»Was für ein Scheißlied!«, schrie Jim und zerrte den Stecker aus der Wand. Dann warf er das Radio zu Boden. Das Gehäuse zerbrach, und die Plastiksplitter verteilten sich auf dem Boden.

»Weißt du, dass mich ein Satyr verfolgt?« Er sah sie mit Entsetzen in den Augen an. »Ein richtiger Satyr!«

Sie wusste überhaupt nicht, was das war – ein Satyr, aber sie spürte eine ungeheure Wut auf Jim. Die Laute, die aus seinem Mund kamen, waren nur noch dunkle, hässliche Farben. Sie stürzten aufeinander zu, schlugen sich, wiegten sich dann in einem Tanz, der mehr ein Kampf war, als würden sie darum ringen, wer zuerst zu Boden fiel.

»Demon, we couldn't get much higher«, sang Jim weiter.

Seine Stimme klang immer hässlicher und dunkler. Demon – war ein Satyr so eine Art Dämon?

»Halt's Maul!«, schrie sie ihn an, und da küsste er sie, presste seine Lippen auf ihre, als wolle er sie ersticken, ihr den Atem nehmen. So fühlte es sich an. Er wollte sie umbringen, weil sie sein Satyr war, eine blonde Dämonin.

27. Kapitel

Das Zimmer war ziemlich verwüstet, als sie am nächsten Morgen aufwachte. Jim lag nicht neben ihr, sondern hatte sich auf einem Sessel am Fenster zusammengerollt. Im Raum verteilten sich in einer Ecke die Trümmerteile des Radios, in der anderen die Scherben mehrerer Gläser und Bierflaschen. Zwei Stühle lagen quer auf dem Boden, bei einem war die Lehne zerbrochen. Der Vorhang hing halb herab; die Sonne schien ihr ins Gesicht. Davon musste sie aufgewacht sein.

In ihrem Kopf hämmerte es, ihre Handgelenke schmerzten, am rechten sah sie einen dunklen Abdruck. Jim hatte sie gepackt und die Treppe hochgezerrt, erinnerte sie sich.

Trotzdem fühlte sie sich wohl. Auf Acid kam man sich und anderen so nahe wie sonst nie. Jim hatte einen Dämon in sich. Das hatte ihr diese Szene vermutlich sagen sollen.

Als sie ihn anschaute, hatte sie für einen Moment das Gefühl, er würde gar nicht mehr atmen, er wäre tot, gestorben, weil sein Herz ausgesetzt hatte. Alle Welt würde ihr Vorwürfe machen, an ihrer Seite war das Rockidol Jim Morrison gestorben.

Doch unvermittelt schlug er die Augen auf und fuhr sich durch sein dunkles Haar. Zum Glück, er lebte – der schönste Mann der Welt, der Mann, um den sie alle beneiden würden.

Er lächelte sie an, dann blickte er sich in dem Zimmer um. »Shit! Was ist denn hier passiert?«

»Du hast versucht aufzuräumen«, sagte sie spöttisch. Sie küsste ihn auf die Wange. Ein leichter Bartschatten war da zu sehen. Sie schloss kurz die Augen und atmete seinen Duft ein. Ihr gefiel dieser Geruch.

»O Mann!« Er erwiderte ihren Kuss und kletterte umständlich von seinem Sessel. Völlig nackt stand er vor ihr. »Das passiert mir manchmal. Kennst du die Geschichte von Jekyll und Hyde?«

Nein, sie schüttelte den Kopf, davon hatte sie noch nie gehört.

»Robert Louis Stevenson«, sagte er, als wäre damit alles erklärt. Statt zu ihr ins Bett ging er ins Bad. Er bewegte sich tänzelnd, leicht, nicht so, als hätte er gerade eine wilde Nacht hinter sich.

Wasser begann zu rauschen. Langsam erhob sie sich und ging zu ihm unter die Dusche.

»Ich würde gern ein Liebesgedicht schreiben«, flüsterte er ihr ins Ohr. »Ein richtig gutes Liebesgedicht.«

Sie frühstückten auf der Terrasse, als wären sie ein junges gewöhnliches Paar, wie Touristen, die Los Angeles entdecken wollten. Niemand wagte Jim darauf hinzuweisen, dass er erst ein Radio an der Rezeption mitgenommen und dann zerstört hatte.

Jim trank seinen Kaffee und rauchte.

»Wie ist es mit der Band weitergegangen?«, fragte Nico. »Nachdem dein Freund Ray und du sie in Venice Beach gegründet habt?«

»Wir haben Songs aufgenommen, haben in Rays und Dorothys Apartment tagelang geübt. Haben an den Arrangements gefeilt. ›Moonlight Drive‹, ›Summer's Almost Gone‹, ›End Of The Night‹. Als Band waren wir schon bald ziemlich gut. Robby ist ein grandioser Gitarrist, und John … Ich kann ihn zwar nicht leiden, aber er macht einen guten Job, er spielt präzise, hat immer einen soliden Rhythmus drauf … Dann haben wir ein wenig Geld zusammengekratzt und ein Demoband aufgenommen.« Er lachte. »Wir haben gedacht, alles würde von allein laufen, wenn sich erst mal jemand in einer Plattenfirma das Band anhören würde. Hat aber keiner gemacht. Decca, Capitol, RCA – keiner von diesen Mistkerlen, die da den ganzen Tag nur rumhocken, hat sich für unsere Songs interessiert.« Jim schnippte seine Zigarette auf die Terrasse.

»Und dann?«, fragte sie weiter, weil Jim schwieg und missmutig vor sich hin starrte. Offenbar ging seine Laune in den Keller, wenn er an die Anfänge der Doors dachte, die kaum zwei Jahre zurücklagen. »Irgendwie müsst ihr ja an einen Vertrag gekommen sein.«

»Sind wir«, erwiderte Jim und schüttete mehr Kaffee in sich hinein. Dann bestellte er gleich noch eine Kanne. »Aber das war später. Als wir nichts von den Companies hörten, beschlossen wir, ihnen auf die Nerven zu fallen, damit sie sich rühren. Ging ja nicht anders. Also bin ich mit Ray und Dorothy zu Dunhill Records. Wir haben so lange gewartet, bis sie uns zu Lou Adler vorgelassen haben, dem Big Boss. Lou ist eine große Nummer, er hat die Mamas and Papas unter Vertrag, und mit ›Eve Of Destruction‹ von Barry McGuire hatte er gerade einen

Megahit, als wir bei ihm auf der Matte standen. Seine Goldspeicher waren also gut gefüllt.«

Jim schwieg wieder. Vielleicht um die Spannung zu steigern, oder er hatte kein Interesse, ihr seine Geschichte weiterzuerzählen. Er nahm ihre Hand. »Was hältst du davon, wenn wir wegfahren – in die Mojave-Wüste, Richtung Arizona?«

»Ich habe Zeit«, sagte sie gleichmütig, »aber zuerst will ich deine Geschichte zu Ende hören – wie ihr es geschafft habt, groß rauszukommen.«

»Die der Band? Nun, wir haben Lou eine Rohpressung unserer Platte in die Hand gedrückt. Er hat sie widerwillig angenommen und ist dann zu seinem Plattenspieler, so einem sauteuren Teil, das hinter seinem Schreibtisch stand. Wenn man Lou in die Augen sieht, dann weiß man, dass er ein Schakal ist, dass ihn nur Geld interessiert. Er hat sich jeden unserer Songs angehört – zehn Sekunden lang, keine Sekunde länger. Dann hat er uns nur angegrinst. ›Nichts dabei, womit ich etwas anfangen kann‹, hat er gemeint. Ich habe gemerkt, wie ich wütend wurde. Ich war wirklich kurz davor, ihm seine Fünftausend-Dollar-Anlage buchstäblich um die Ohren zu schlagen, aber wir hatten Dorothy dabei, Rays Freundin, daher habe ich nur gesagt: ›Ist schon okay, Mann, wir wollen sowieso nicht von irgendwelchen Nichtskönnern rausgebracht werden.‹ Dann sind wir raus auf die Straße. Ich hätte kotzen können. Hätte ich auch fast gemacht, direkt in den Eingang.«

»Aber irgendwann habt ihr einen Vertrag bekommen«, animierte Nico ihn weiterzureden, als er schon wieder schwieg.

»Ja, später hat uns Columbia einen Vertrag gegeben, aber die haben nichts auf die Reihe gekriegt. Ein paar Probeaufnahmen, dann waren wir wieder draußen. Erst nachdem wir in mehreren Clubs gespielt hatten und man uns in L. A. kannte, hat uns Elektra einen Deal angeboten. Drei Alben, aber nur lausige fünf Prozent Tantiemen. Haben wir aber trotzdem angenommen, weil Ray meinte, er habe keinen Nerv mehr, bei irgendwelchen Plattenbossen Klinken zu putzen.«

»Eins musst du mir noch verraten.« Nico nahm sich eine Zigarette aus seiner Schachtel und steckte sie sich an. Sie erkannte, dass Jim wieder die Lust verlor, über die Band zu sprechen. »Was war der erste Song, den du geschrieben hast?«

Er schaute sie an; in seinen Augen funkelte es. Sie meinte, dieses Funkeln bereits zu kennen, seine Laune schlug abermals um; es wurde ihm langweilig; irgendetwas musste passieren. »Wollen wir nicht zum Meer fahren? Oder besser noch: Wir werfen etwas ein, und dann schlafen wir miteinander, schön lange, und gleich noch einmal …«

»Dein erster Song«, wiederholte sie. »Was war dein erster Song?«

»Für die Band? Das war ›Moonlight Drive‹. Der Mond fasziniert mich. Gibt es etwas Schöneres und Klareres als Mondlicht?« Dann begann er leise zu singen: »Easy to love you as I watch you glide – falling through wet forests on our moonlight drive.«

Sie schloss für einen Moment die Augen und stellte sich diesen Moonlight Drive vor – ein Strand im silbernen Licht, das leicht schäumende Wasser, die zarten Schatten zweier Menschen, die sich bewegten …

Wie geht das?, wollte sie fragen. Mit wenigen Worten solch eine Atmosphäre zu kreieren? Wie macht man das, einen so guten Song zu schreiben?

Doch Jim hörte nach diesen zwei Zeilen auf zu singen. Er drückte seine Zigarette aus und sprang auf. »Ich muss einige dringende Telefonate führen«, sagte er hektisch. »Mit der Band … wegen einiger Termine.«

Er verschwand im Innern des Hotels.

Als er nach zwei Stunden zurückkehrte, war ihr sofort klar, dass er etwas genommen hatte – Acid vermutlich. Außerdem hatte er ein Bier in der Hand.

»›Light My Fire‹ ist immer noch die Nummer eins in den Charts.« Er lächelte. »Eigentlich ist es mir egal. Ich war auch dagegen, das Solo in der Mitte rauszuschneiden, damit es im Radio gespielt wird. Na ja, scheiß drauf.« Er setzte die Bierflasche an die Lippen und trank sie in einem Zug aus. »Wir müssen gehen«, flüsterte er ihr dann zu. »Wegfliegen … nur du und ich.«

Sie nahm auch Plättchen LSD.

Diesmal war alles ganz hell und leicht, als sie sich liebten. Ein warmes, weißes Licht stand im Zimmer, wie eine Säule, um die sie herumtanzten, bevor sie auf das Bett fielen. Sie hörte auch Musik, einen Song von den Rolling Stones – »Satisfaction«, und dann vernahm sie ihre eigene Stimme, ihr eigenes Stöhnen, das einem Lied glich, einem Lied, dem nur noch die Worte fehlten.

28. Kapitel

Als sie aufwachte, war ihr erster Gedanke, dass sie auch einen Song schreiben wollte – einen Song über Ari, den kleinen Löwen, den sie mehr als alles andere auf der Welt liebte. Manchmal schickte Edith ihr Zeichnungen, die Ari für sie angefertigt hatte – hübsche, bunte Krickeleien, aber meistens gab es eine gelbe Frau in der Mitte mit langen Haaren, die ihr über den Rücken fielen und so ähnlich wie Flügel aussahen. Das war sie – Ari hielt sie für eine Art Engel, der herbeiflog und dann wieder verschwand. Und so verhielt es sich ja auch. Sie nahm ein Flugzeug nach Paris, stieg aus und reiste ein paar Tage später zurück.

Ein Song für Ari.

Jim war verschwunden, als sie sich im Zimmer umsah. Nichts deutete darauf hin, dass er überhaupt da gewesen war. Er schien auch nichts zu besitzen, keinen Koffer, aus dem er lebte. Wo bekam er seine Kleidung her? Sie stieg nackt aus dem Bett und sah in dem Kleiderschrank nach, der eine halbe Wand einnahm, doch da hingen nur ein weißes Hemd und eine schwarze Lederhose.

Als sie zum Frühstück hinunterging, sagte ihr jemand, dass Jim im Swimmingpool sei, schon seit zwei Stunden schwimme er, als wollte er einen neuen Weltrekord aufstellen.

Er war ein Verrückter, ein Getriebener, das wusste sie längst.

Eine Viertelstunde später kam er in einem weißen Bademantel, den er sich an der Rezeption geliehen haben musste, und mit nassen Haaren zu ihr.

»Heute fahren wir in die Wüste, okay?«, sagte er und trank von ihrem Kaffee.

»Okay«, antwortete sie.

»Ich liebe die Wüste. Wir werden ein paar Eidechsen sehen. Eidechsen liebe ich auch – und dann sollten wir etwas Besonderes rauchen. Oder wir kauen Peyote – Peyote stammt von Kakteen und gehört zur Wüste.«

»Meskalin?«, fragte sie.

»Ich nenne es Peyote.«

Sie hatten nur vier Flaschen Wasser und ein Sixpack Bier dabei, als sie in dem Cabrio losfuhren.

Jim hatte beste Laune, er hatte sich einen Joint angesteckt und rauchte genussvoll. Aus dem Radio klangen die Beach Boys – es war ein Tag wie eine schöne Postkarte mit Strand und Meer.

»Wir nehmen die Interstate 10«, sagte Jim, als wollte er ihr tatsächlich ihre Route erklären. Er hob kurz die Sonnenbrille und schaute sie an. »Die führt von L. A. bis nach Phoenix, aber keine Sorge, so weit fahren wir nicht.«

Nico lehnte sich zurück, sie hob kurz ihre Sonnenbrille an und sah in den tiefblauen Himmel. Solch blauen Himmel gab es weder in Deutschland noch in Frankreich, dachte sie. Nur auf Ibiza, da war es auch so, dass der Himmel blau wie das Meer sein konnte.

Es dauerte eine ganze Weile, bis sie Los Angeles entkommen waren, aber dann nahm der Verkehr schlagartig ab. Sie passierten Tankstellen, Motels, Drugstores und heruntergekommen aussehende Souvenirläden.

Dann kam »Light My Fire« im Radio. Jim lachte auf.

»Ich kann es immer noch nicht fassen, dass unser Song fast stündlich auf irgendeinem Sender läuft. Robby hat ihn geschrieben, aber ohne Rays Intro wäre er nicht halb so gut.«

Nur einmal, in New York, hatte sie etwas von sich im Radio gehört – »I'll Be Your Mirror« –, sie hatte sich jedoch eher geschämt, dass sie sich für solch einen banalen Song hergegeben hatte. Jim hatte sie auch noch nie nach ihrer Musik gefragt.

»Es gefällt mir, dass wir einfach so losfahren«, sagte sie, als der Doors-Song verklungen war. »Und es gefällt mir, dass du keine Angst vor mir hast. Du bist der Erste. Sonst haben alle Männer Angst vor mir.«

Nein, das stimmte nicht ganz – auch A. hatte keine Angst vor ihr gehabt.

Jim verzog das Gesicht und warf ihr einen Seitenblick zu. »Ich habe vor nichts und niemandem Angst. Hatte ich nie. Mein Vater war bei der Navy; wir sind fast jedes Jahr umgezogen. Immer war ich der Neue in der Klasse. Richtige Freunde hatte ich daher nicht, nirgendwo.«

»Wann sind deine Eltern gestorben?«, wagte sie zu fragen.

Jim starrte vor sich hin, dann überholte er in einem waghalsigen Tempo einen Truck, der daraufhin laut hupte.

»Ehrlich gesagt sind meine Eltern gar nicht tot«, sagte er ein paar Minuten später. »Nur für mich sind sie tot. Meine Mutter hat neulich angerufen, sie wollte zu einem Konzert kommen, und dann hat sie mich noch eingeladen, sie in Florida zu besuchen. Mein Vater ist nun Befehlshaber auf einem Flugzeugträger. Aber vorher müsste ich mir bitte die Haare schneiden.« Er lachte auf. »Ich habe sofort aufgelegt. Sie kennen mich gar nicht, sie wussten nie, wer ich wirklich bin.«

Niemand weiß, wer wir sind, wollte sie erwidern, vielleicht wissen wir es selbst nicht einmal.

»Ich hatte nie einen Vater«, sagte sie stattdessen. »Er war tot, bevor ich geboren wurde, aber manchmal im Traum sehe ich ihn. Da steht er auf den Gleisen hinter dem Haus meines Großvaters und starrt vor sich hin. Mich beachtet er nie.«

Die Straße zog sich schnurgerade durch eine karge, ausgedörrte Landschaft. Hoch stand die Sonne am Himmel, doch durch den Fahrtwind war es angenehm warm. In einem Ort namens Landers machten sie Rast und aßen in einem Diner an der Straße etwas. Jim schien sich in der Gegend auszukennen, doch niemand erkannte ihn, obwohl in allen Magazinen in den letzten Wochen unzählige Fotos von ihm abgedruckt worden waren.

»Ich könnte nie auf dem Land leben«, sagte er, während sie eine eiskalte Coke tranken, »aber ich mag die Leere der Wüste – dass der Blick sich in der Unendlichkeit verliert.«

Sie fuhren noch eine Weile weiter, dann bog Jim von einer asphaltierten Straße auf eine Sandpiste ab.

»Nun wird es ziemlich ungemütlich«, sagte er. »Aber wir sind gleich da.«

Die Piste schien aus Wellen von Sand zu bestehen. Wie ein kleines Schiff in unruhiger See richtete sich das Cabrio auf und sank dann wieder herab.

»Fühlt sich an wie auf einer Achterbahn«, sagte Nico.

Jim nickte. »Aber das hier ist echt.«

Einmal setzte der Wagen auf, was ihm jedoch offenkundig keinerlei Sorgen bereitete. Staub wirbelte hinter ihnen auf. Hier wuchs fast nichts mehr, allenfalls ein paar Grasbüschel ragten aus der trockenen Erde. Rechts und links der Straße türmte sich Geröll. Es war eine menschenleere Kraterlandschaft, die sie durchquerten.

»Ich liebe die Wüste«, sagte Jim erneut. »Ich sollte viel häufiger hier herausfahren.« Er verlangsamte das Tempo. Sofort schien die Hitze zuzunehmen. Die Luft vor ihnen flirrte. Zwei Flaschen Wasser hatten sie bereits ausgetrunken, doch Jim griff hinter sich und zog noch eine hervor.

»Wir fahren zu einem heiligen Ort«, sagte er, nachdem er ihr die Flasche gereicht hatte. »Ich hoffe, wir sind da allein. Ich würde es hassen, wenn hier noch jemand herumlaufen würde. Manchmal sind Leute da, die glauben, dass man von dort Ufos sehen kann, oder sie beten zu einem Indianergott.«

Die Straße wurde flacher und die Piste breiter. Der Wagen hob und senkte sich nun seltener und nicht mehr so heftig.

Plötzlich bremste Jim abrupt ab. »Schau her!« Er deutete nach vorn. »Das ist er – der Giant Rock. Deshalb sind wir hier.«

Ein riesiger Stein lag vor ihnen in der Wüste, neben einem Abhang, der ganz aus Geröll bestand.

»Wir sind allein. Gott sei Dank – keiner ist mit seinem Bike hier herausgefahren.«

Der Wagen rollte wieder an.

»Der Stein war ein heiliger Ort für die Hopi-Indianer, vielleicht ist er es immer noch«, sagte Jim mit ehrlicher Ehrfurcht in der Stimme.

In einiger Entfernung hielt er an, und sie stiegen aus.

Der Stein war riesig. Man konnte tatsächlich den Eindruck haben, er wäre geradewegs vom Himmel gefallen, ein Asteroid, der mitten in der Wüste auf die Erde geprallt war.

»Spürst du die Stille, die den Stein umgibt?«, sagte Jim leise. Er berührte den Felsbrocken vorsichtig mit den Fingerspitzen. »Dieser Stein ist weise, viel klüger als wir Menschen. Er weiß, wie das Universum entstanden ist – ganz bestimmt.«

Nico ließ ihre rechte Hand über den Stein gleiten. Er fühlte sich kühl an, fast wie ein Lebewesen, ein riesiger Wal, der in der Wüste schlief.

»Gigantisch«, flüsterte sie.

Jim reichte ihr eine Zigarette. »Es gibt keinen besseren Ort, um high zu werden.«

Sie legten sich in den Schatten des Steins und rauchten. Stille legte sich wie ein Tuch über sie. Eine solche Stille hatte sie noch nie erlebt. Nur einmal hörten sie ein Flugzeug, das aber nicht zu sehen war.

Jim hatte die Augen geschlossen, während er tief inhalierte.

»Ich müsste einen Song über die Stille schreiben«, sagte er vor sich hin. »Einen Song, der die Stille in der Seele beschreibt.«

Nico wollte etwas erwidern, aber dann fielen ihr die Augen zu. Wann hatte sie je solch einen Frieden erlebt? Sie legte ihren Kopf auf Jims Schulter. Zu ihrer Überraschung ließ er es geschehen. Schlief sie ein? Atmete sie nur noch?

Das Marihuana, das Jim besorgt hatte, war stark, und es war gut.

Als sie die Augen wieder öffnete, schwebte eine einsame kleine Wolke über den Himmel. Das bin ich, dachte sie und musste unwillkürlich leise kichern. Ich bin diese wandernde Wolke.

Dann hatte sie das Gefühl zu zerfließen; sie beide, Jim und sie, waren ein schmaler, träger Fluss, der sich durch die Wüste in Richtung Horizont schlängelte.

Endlich, nun völlig erwacht, registrierte sie, dass sie eng an den Felsen gedrückt lag. Jim war nicht mehr da. Niemand war zu sehen. Die Sonne war ein ganzes Stück weitergewandert, der Himmel schien nun aus blauem Samt zu sein.

Jim hat mich alleingelassen, war ihr erster panischer Gedanke.

Doch als hätten ihre Gedanken ihn herangerufen, kam er mit einem Lächeln um den riesigen Stein herum, in beiden Händen kleine trockene Äste.

»Wir machen nachher ein Feuer«, rief er ihr zu. »Noch ist es heiß, aber in der Nacht kann es verdammt kühl werden.«

»Wir bleiben über Nacht?« Nico richtete sich auf.

»Klar, wir wollen doch die Sterne sehen. Nirgendwo gibt es einen schöneren Sternenhimmel.«

Er warf das Feuerholz etwa zehn Schritte von dem Felsen entfernt in den Sand, dann verschwand er erneut. Mit einer Decke, zwei Sandwiches und dem Sixpack Bier kehrte er zurück.

»Ich bin so froh, dass wir hier sind. Eigentlich müsste ich mit der Band proben und dann zu Fotoaufnahmen nach New York oder weiß der Teufel wohin ...« Er warf ihr eine Dose zu und öffnete seine, die mit einem Zischen aufsprang. »Ich bin gar kein richtiger Sänger, weißt du das? Manchmal hasse ich es zu singen. Viel lieber wäre ich ein Dichter. So jemand wie William Blake. Kennst du Blake?«

Sie schüttelte den Kopf. Wenn man mit Jim zusammen war, musste man sich zwangsläufig dumm und unbelesen vorkommen. Das hatte schon jemand in der Factory zu ihr gesagt.

»William Blake war ein englischer Dichter. Er ist Anfang des 19. Jahrhunderts in London gestorben. Ich habe die Band nach ihm benannt. Es gibt eine Zeile in einem Gedicht über die Pforten der Wahrnehmung.« Jim veränderte seine Stimme. »›If the doors of perception were cleansed, every thing would appear to man as it is, infinite. – Würden die Pforten der Wahrnehmung gereinigt, erschiene alles dem Menschen, wie es ist: unendlich.‹ Großartig, nicht wahr?«

»Wie viele Tausende von Büchern hast du eigentlich gelesen?«, fragte sie beeindruckt.

»Ich war ein einsames Kind«, erwiderte Jim. Er warf die Decke neben das Feuerholz und winkte ihr zu. »Ich habe uns noch etwas mitgebracht, aber jetzt will ich mir diesen Felsen von oben ansehen. Komm, wir steigen den Geröllberg hinauf.«

Er reichte ihr die Hand und zog sie auf die Beine, ließ sie dann aber sofort wieder los. Als hätte er es eilig, lief er aus dem Schatten heraus, den der gigantische Felsen warf, und strebte auf den Geröllberg zu, der nur ein Stück entfernt lag, und begann hinaufzuklettern.

Sie folgte ihm und sah, wie geschickt und gewandt er war, ihr selbst fiel es schwer, diesen Steinhaufen zu erklimmen. Schweiß brach ihr aus, ihr Herz klopfte. Solche Anstrengungen war sie nicht gewöhnt.

Jim saß schon oben auf einem Stein, als sie endlich ankam. Er lächelte. »Die Sonne geht bald unter«, sagte er.

Der Untergrund war warm, fast als würde man auf Lava sitzen. Er reichte ihr eine Dose Bier, die erstaunlich kühl war. »Der Kofferraum ist voll davon«, sagte er. »Keine Angst.«

Das Bier tat gut, es mochte hier noch mehr als dreißig Grad heiß sein.

Niemand war zu sehen, nur endlose Wüste, aus der hin und wieder Geröll ragte.

»Ist diese Leere nicht wunderbar?«, sagte Jim. Dann stieß er plötzlich einen Schrei aus, wie ein Tier; er lauschte, doch niemand antwortete ihm.

»Ich habe etwas dabei.« Er lächelte sie an; in dem sanften Abendlicht sah er wie ein großer, glücklicher Junge aus. Er griff in seine Tasche und holte zwei kleine grünliche Kapseln hervor. »Habe ich in L. A. besorgt – für einen solchen Abend in der Wüste.«

Mit einer schnellen Bewegung legte er ihr die Kapsel an die Lippen, damit sie den Mund öffnete und sie herunterschluckte. »Peyote«, sagte er. »Ist ungefährlich, sorgt aber für eine unvergleichliche Stimmung.«

Sie spürte die Kapsel in ihrem Mund; sie fühlte sich hart an, als hätte sie eine Murmel auf der Zunge. Sie wartete, bis Jim sich auch eine Kapsel in den Mund geschoben hatte, dann erst schluckte sie ihre hinunter.

»Ich wette, Tausende von Indianern haben auch schon hier gesessen, haben auf den Stein geschaut und Peyote gekaut oder getrunken.«

Sie trank einen Schluck Bier. Die Farbe des Himmels veränderte sich, das Blau wurde immer intensiver und tiefer. Wenn sie ein Vogel wäre, dachte sie, dann würde sie nun losfliegen, immer weiterfliegen in dieses Blau hinein.

Als würde er ein Gedicht zitieren, sagte Jim plötzlich: »Jene, die ihre Sehnsucht zu zügeln wissen, können das nur, weil ihre Sehnsucht schwach genug ist, beherrscht zu werden.« Er schaute sie an. »Das ist auch von Blake. Er war ein Genie, vielleicht der klügste Mensch, der je gelebt hat. Ich möchte etwas schreiben, das so gut ist wie seine Gedichte, bevor ich sterbe«, fügte er in einem ernsten Tonfall hinzu.

»Hast du einen Wunsch, wie du sterben möchtest?«, fragte sie plötzlich, ohne darüber nachgedacht zu haben. Als Ari krank gewesen war, da war ihr der Tod schrecklich nahe gekommen, da hatte sie gedacht, dass sie ohne ihr Kind nicht mehr würde leben wollen.

Jims Blick war auf die unendliche Weite der Wüste gerichtet. »Träumend möchte ich sterben – mit einer Vision vor Augen, in die ich dann hineinfalle.« Wieder klang er vollkommen ernst. »Aber«, fügte er in einem anderen, leichteren Tonfall hinzu, »jetzt denke ich nicht ans Sterben. Jetzt sind wir hier, um das Licht einzufangen und es mit in die Nacht zu nehmen.«

Seine Worte klangen poetisch, fand sie. Er war wirklich ein Dichter.

»Ich will etwas lernen«, sagte sie. »Erklär mir, wie man einen Song schreibt.«

Jim nahm einen kleinen Stein, der neben ihm lag, und schleuderte ihn von sich. Der Stein traf ein Stück unter ihnen auf einen Haufen kleiner schwarzer Felsbrocken; es klang wie ein hohler Ton, der zu ihnen aufstieg.

»In guten Songs geht es um Träume«, sprach Jim vor sich hin. »Träume über Liebe, über Glück, darüber, wie sich Pforten öffnen. Darum ist es ganz wichtig, dass du deine Träume kennst. Ich meine, deine wahren Träume. Schreib sie auf, nimm sie ernst. Höre zu, was sie dir sagen.«

»Träume.« Sie sprach das Wort aus, als wäre es ihr fremd, als müsste sie es schmecken, um es zu verstehen.

»Wenn man sich traut zu träumen, dann kommen sie auch.« Jim nahm den nächsten Stein und warf ihn noch ein Stück weiter. »Und manchmal leuchtet aus diesen Träumen ein besonderes Wort auf, und mit dem kannst du dann anfangen. Das Wort, um das du einen Song baust. ›Moonlight‹ war so ein Wort, dann kam ›Drive‹ dazu; Licht und Bewegung … Ja«, fügte er leiser und nachdenklicher hinzu. »So ist es entstanden, und den Worten, wenn sie denn passen, folgt eine Melodie.«

Sie verstand es nicht richtig, aber nun begriff sie immerhin, warum Jim die Band »Doors« genannt hatte; die Poesie segelte durch eine offene Pforte zu ihm. Diese Pforte musste man finden, im Traum oder im Rausch.

»Du bist sicher, dass du so viel von dir preisgeben möchtest, dass du Songs schreiben willst?« Er schaute sie an, seine Augen funkelten auf.

»Ganz sicher!«, antwortete sie schnell und entschieden.

Er lächelte und hob die Hand wie ein Priester, der seinen Segen aussprach. »Dann erlaube ich es dir hiermit. Nico, du hast die Erlaubnis von James Douglas Morrison, Songs zu schreiben. Ganz offiziell, ausgesprochen hier im heiligen Indianerland vor dem Giant Rock.«

Sie berührte sein Haar, sie hätte ihn am liebsten geküsst, tat es dann aber doch nicht. Diesen Moment wollte sie nur für sich behalten, kein Mann, und war er auch noch so sinnlich, sollte sich in ihrer Erinnerung davorschieben. Ein Licht schoss aus der Wüste auf sie zu, eine Kugel aus Licht, dann jedoch dachte sie, dass es nur der Wind war, der auffrischte.

Vermutlich brachte das Peyote, das sie geschluckt hatte, sie durcheinander.

Eine Weile saßen sie schweigend da. Jims Atem wurde lauter, rhythmischer, auch das konnte eine Wirkung der Droge sein, dass sie auf einmal alles viel klarer wahrnahm.

Sie hatte plötzlich das Gefühl, ihm etwas über sich erzählen zu müssen – dass sie oft Angst hatte, obwohl sie so stark und unnahbar wirkte, dass sie sich oft noch als das kleine Kind fühlte, das einsam in der Nacht auf den Schienen stand.

Doch dann sagte sie etwas, das sie selbst sofort zum Lachen brachte, obwohl es sich für sie wie die reinste Wahrheit anfühlte. »Wollen wir nicht heiraten?«, fragte sie und lachte laut auf. Ihr Lachen hallte über die Wüste.

Jim aber lachte nicht. »Wunderbar!«, rief er. »Nico und Jim heiraten für einen Tag und eine Nacht.«

29. Kapitel

Er war der schönste Mann, mit dem sie je geschlafen hatte – nach A. vielleicht, aber A. sollte sie am besten für alle Zeit vergessen und in der Wüste lassen. I leave you behind in the desert, A., dachte sie und begriff dann, dass sie diesen Gedanken auch laut aussprach.

Jim hatte ihr noch einiges über Songs gesagt – dass die richtigen Akkorde wichtig waren, gute Arrangements, dass die Strophen nicht zu lang sein durften, dass man Wiederholungen an die richtigen Stellen setzen musste – und dass es beim Sound eines Songs vor allem auf die Musiker ankam, mit denen man zusammenarbeitete. Ray, der Tastenmann der Doors, sei genial darin, Ideen aufzugreifen und weiterzuentwickeln, und John, der Drummer, er könne ihn wirklich nicht ausstehen, aber sein Gefühl für Rhythmus sei phänomenal, und Robby könne mit seiner Gitarre zaubern, mit seinen Bottleneck-Künsten gebe er der Band einen unverwechselbaren Sound. Deshalb, weil all das zusammenkam, seien die Doors die Doors und würden sich von jeder anderen Band der Welt unterscheiden.

Zwischendurch spürte sie Anflüge von Müdigkeit, vielleicht war es die Droge, die sich bemerkbar machte, mühte sich aber, wach zu bleiben, weil ihr noch nie jemand so viel über Musik erklärt hatte wie Jim, obwohl er selbst gar kein Instrument spielte.

Als die Sonne fast untergegangen war und ein silbriges Licht, das einen kühlen Wind mit sich brachte, über der Wüste flimmerte, stiegen sie von dem Geröllberg hinunter. Unten, am Giant Rock, war es noch dunkler und kälter. Filigrane Schatten schienen um den Felsen herumzutanzen; einmal meinte sie auch, ein winziges Tier gesehen zu haben, das vor ihnen davonlief. Der Peyote-Rausch, wenn sie ihn denn überhaupt gespürt hatte, war verflogen. Sie fror, am liebsten hätte sie sich in den Wagen gelegt und sich nach Hause fahren lassen. Ein Drink auf der Terrasse im Castle und dann noch ein guter Joint …

Wollen wir tatsächlich über Nacht in der Wüste bleiben?, war sie im Begriff zu fragen, als sie sah, dass Jim begann, vor dem Giant Rock ein Feuer zu entzünden. Eine Flamme loderte auf und erhellte sein Gesicht, das in diesem Moment einfach nur glücklich und ganz jungenhaft aussah.

Sie versuchte, eine Zeile für diese Szene zu finden, Worte, die man für einen Song gebrauchen konnte und die das, was sie empfand, festhielten, dann musste sie lächeln. »Light my fire« gab es ja schon.

Als das Feuer brannte und sofort eine wohltuende Hitze ausstrahlte, breitete Jim die Decke aus, die neben dem Holz gelegen hatte. Er hatte noch eine zweite dabei, erkannte sie, noch mehr Bier und ein paar Sandwiches. Offenbar hatte er umsichtig einiges an Proviant in den Kofferraum des Cabriolets gepackt.

»Wir sollten nackt sein, wenn wir heiraten«, sagte er. Die langen Haare fielen ihm ins Gesicht, so dass sie nicht erkennen konnte, ob er seine Worte ernst meinte, doch dann zog er seine Schuhe und auch seine Hose aus. Ein paar Sekunden später war er nackt. Aufrecht stand er am prasselnden Feuer und streckte seine rechte Hand von sich.

»Und sieh dir diese Sterne an«, sagte er so laut, dass seine Stimme über der Wüste verwehte.

Sie zog ihre Stiefel aus, grub ihre Zehen in den warmen Sand am Feuer.

Nackt ging Jim um das Feuer herum. Er sah wie ein Schamane aus, ein junger, verrückter, schöner Schamane. Er hob kurz das Kinn, die Aufforderung, dass sie nicht nur ihre Stiefel ausziehen sollte. »Weißt du«, sagte er dann und richtete die Augen wieder zum Nachthimmel. »Weißt du, dass viele dieser Sterne vielleicht gar nicht mehr existieren. Nur ihr Licht ist noch da, es reist durch Raum und Zeit, mit dreihunderttausend Kilometer in der Sekunde. Hat das nicht dieser deutsche Forscher, dieser Einstein herausgefunden?«

Sie hatte keine Antwort darauf. Einstein, ja, klar, diesen Namen hatte sie schon einmal gehört, aber sonst wusste sie nichts über ihn.

»Reisendes Licht«, sagte sie laut, ein Ausdruck, der ihr gefiel. Sie zog ihre Hose aus, den Slip, Shirt und Jacke. Nackt stellte sie sich neben ihn.

»Ich kenne ein paar Sternenbilder«, sagte Jim und legte seinen Arm um ihre Hüfte. Seine Haut war warm, viel wärmer als ihre. »Nicht nur den Großen Wagen, aber jetzt muss ich die Venus finden, den hellsten Stern am Nachthimmel, aber er verschwindet schnell, taucht nur kurz nach Sonnenuntergang und vor Sonnenaufgang auf.«

Jim führte sie um das Feuer herum, das nun hoch aufloderte.

»Da ist sie!«, rief er plötzlich, und tatsächlich war auf dem Sternenteppich über ihnen ein heller Kristall auszumachen. »Die Venus – das ist ein gutes Zeichen für unsere Hochzeit.«

Es war nur ein Spaß, wollte sie entgegnen, ich bin keine Frau, die heiratet, ich möchte niemanden heiraten, nicht einmal dich.

Jim ließ sich nah am Feuer in den Sand sinken. Er zog ein Messer hervor, mit dem er am Nachmittag das Holz geschnitten hatte. Er lächelte, während er die Schneide betrachtete. »Eine Heirat mit James Douglas Morrison läuft folgendermaßen ab – wir müssen unser Blut tauschen, wenigstens ein paar Tropfen davon. Blut von mir für dich und von dir für mich.«

Sie ließ sich neben ihn in den Sand sinken. Blutsbrüderschaft, dachte sie, heißt es nicht so? Kinder tun so etwas, um sich ewige Freundschaft zu schwören.

Abrupt stand er wieder auf und holte zwei Dosen Bier. »Zuerst müssen wir trinken und noch etwas rauchen. Damit wir ganz entspannt sind.«

In dieser Einöde gab es nur ihn und sie, nichts anderes spielte eine Rolle, und es gefiel ihr; Nico lehnte sich gegen ihn, und sie tranken, er aus ihrer Dose, sie aus seiner, dann schob er ihr eine Zigarette in den Mund. Sie spürte, wie sein Penis sich aufrichtete, doch er selbst achtete nicht darauf.

»Nun sind wir bereit«, sagte er. Das Messer sah auf einmal viel größer und gefährlich aus. Er zog es sich mit einer schnellen Bewegung über den Mittelfinger der rechten Hand, ein langer Riss, der sich sofort mit Blut füllte. Lächelnd betrachtete er die Wunde, bevor er ihr seinen verletzten Finger in den Mund schob. Zuerst schreckte sie zurück, doch dann saugte sie sein

Blut förmlich auf. Jim hatte die Augen geschlossen, er stöhnte leicht, eher aus Lust denn vor Schmerz.

Ein paar Minuten saßen sie so da. Dann öffnete er die Augen, zog seinen Finger aus ihrem Mund.

»Nun du«, sagte er; seine Augen waren dunkel, sie fror plötzlich, obschon das Feuer noch brannte.

Vor Schmerzen hatte sie sich stets gefürchtet; Schmerzen hatte sie schon als Kind nicht gemocht.

Der Riss, den sie sich an dem Zeigefinger ihrer rechten Hand beibrachte, war viel kleiner als seiner. Trotzdem tat es so weh, dass sie zusammenzuckte.

Jim lächelte. »Du bist ein Mädchen«, sagte er. »Ich mag Mädchen.« Sanft führte er ihren Finger zu seinem Mund und leckte ihr dann das Blut ab, bevor sich seine Lippen ganz um die winzige Wunde schlossen.

Sie spürte eine plötzliche Erregung, ein Schauer glitt durch ihren Körper. Ja, es entstand wirklich eine Verbindung zwischen ihnen.

»Du bist mein Seelenbruder«, flüsterte sie.

Jim schaute sie an; sie sah ein kleines Licht in seinen Augen. Seine rechte Hand streichelte ihre Brust, wanderte dann an ihrem Körper hinunter, während er an ihrem Finger saugte.

Auch ihre Erregung wuchs. »Wir sind für diese Nacht verheiratet«, sagte sie.

Jim nickte. Seine Hand war weitergewandert, lag zwischen ihren Beinen.

Vorsichtig, als wäre er tatsächlich ernsthaft verletzt, führte er ihren Finger zurück.

»Du musst etwas für mich singen«, sagte er leise. »Was kannst du für mich singen?«

Sie erinnerte sich, dass sie diese Situation schon einmal erlebt hatte, vor vielen Jahren am Strand von Cannes; da hatte sie zum ersten Mal vor einem Fremden gesungen.

Sie schüttelte den Kopf. »Ich kann nicht«, flüsterte sie. »Du bist der Sänger.«

»Come on«, sagte er. Seine Hand lag heiß auf ihrer Vagina. »Du willst Songs schreiben und singen.«

Ohne nachzudenken, sang sie ein anderes Lied, das ihr Großvater ihr beigebracht hatte und an dessen Text sie seit mehr als zwanzig Jahren nicht mehr gedacht hatte, trotzdem fielen ihr die Worte sofort ein. »Die Gedanken sind frei, wer kann sie erraten – sie fliehen vorbei wie nächtliche Schatten.«

Jim wiegte sich ein wenig im Rhythmus der Melodie. »Du singst deutsch?«, sagte er. »Ist das ein Liebeslied?«

»Nein«, sagte sie. Nun begann auch sie, ihn zu streicheln. »Es ist ein Lied über Gedanken, die überall hinfliegen können.«

Er küsste sie, seine Zunge erkundete ihren Mund, und sein Finger drang in sie ein.

Als er sich auf sie legte, suchte sie den Himmel nach der Venus ab, doch das helle Licht, das eben noch da gewesen war, war verschwunden.

Fünfter Teil

New York 1968

30. Kapitel

Früh am nächsten Morgen, nachdem die Sonne sie geweckt hatte, verließen sie den Giant Rock und fuhren nach Los Angeles zurück. Sie sprachen kaum. Jim rauchte und drehte am Radio; keiner der Songs, der gespielt wurde, schien ihm zu gefallen. Seine Laune war ziemlich im Keller. Auch Nico hatte nichts zu sagen, sondern starrte hinter ihrer Sonnenbrille in den endlos blauen Himmel. So waren sie beide. Der Zauber der Nacht war verflogen; das Spiel, verheiratet zu sein, hatte nur für die letzten Stunden gegolten, und nun war es beendet.

»Ich muss mich wieder um die Band kümmern«, sagte Jim, als sie am The Castle angekommen waren. »Und um Pam.«

Pam war seine Freundin, von der er oft behauptete, dass sie gar nicht seine Freundin sei, dabei waren die beiden, wie fast jeder wusste, schon ein paar Jahre zusammen.

»No bad feelings«, sagte Nico. »Ich hoffe, wir sehen uns noch einmal.«

Während er seine Habseligkeiten aus dem Hotel holte, ging sie in ihr Zimmer und nahm ein langes Bad, wie sie es liebte. Einen richtigen Abschied bekamen sie nicht hin, und sie war beinahe sicher, dass Jim nicht zuerst zu seiner Freundin fahren würde, sondern in einen der Clubs, in dem die Doors am Anfang ihrer Karriere gespielt hatten, um sich zu betrinken. Das brauchte er von Zeit zu Zeit: einen ordentlichen Alkoholrausch.

Jim hatte ihr alles gegeben, was sie brauchte, um Songs zu schreiben. Das war das Wichtigste an ihrem Ausflug in die Wüste. Und sie würde bald damit anfangen.

Dann tat sie noch etwas anderes: Sie färbte sich die Haare rot. Blond war die andere Nico gewesen, das Model, die Sängerin der Velvets, die allenfalls ein paar Lieder trällern und das Tamburin schlagen durfte, aber diese Nico existierte nicht mehr.

Doch was brauchte sie, um gute Songs zu schreiben? Eine Band, eigene Texte, eigene Musik und ein Instrument. Ein paar Tage zerbrach sie sich den Kopf, wie sie an all das herankommen sollte. Nicht in Kalifornien, da war sie sich sicher. Sie musste zurück nach New York. Kalifornien war kein Ort, an dem sie lange sein wollte. Sie gehörte zur Bohème, zu kreativen Menschen wie Andy Warhol oder Paul Morrissey, die über Kunst nachdachten und nicht darüber, wie sie möglichst plakativ gegen bürgerliche Sitten verstoßen konnten. Kalifornien war voller Hippies, an jeder Ecke bunt gekleidete, manchmal sogar tatsächlich blumenumrankte junge Frauen und Männer, die etwas verkaufen wollten, und sie wollten reden, immer reden, über Krieg, Frieden und Liebe. Nico hatte nichts gegen »Make love, not war«, doch dieses ständige Gerede ging ihr auf die Nerven.

An ihrem vorletzten Abend aber fand sie in L. A. auf einem dieser Hippiemärkte, auf denen sie für gewöhnlich Parfüm und Kerzen kaufte, etwas, das sie gesucht hatte, ohne es gewusst zu haben.

Ein Mann hockte auf dem Boden, er war schon älter, bestimmt über vierzig, mit langen Haaren und einem zotteligen

Bart, in dem graue Strähnen zu sehen waren. Er trug ein hellblaues Hemd und Sandalen, wie sie hier alle trugen. Er bot Instrumente an, Trommeln, Bongos, jede Menge Bongos, ein paar zerschrammte akustische Gitarren und noch ein anderes Instrument, das wie eine kleine Orgel aussah, auch wenn es keine Orgel war. So ein Instrument hatte sie schon einmal auf einer Lesung gesehen; Allen Ginsberg hatte es benutzt, um seine Gedichte musikalisch zu untermalen.

Der Hippie bemerkte ihr Interesse. Mit einem Lächeln stand er auf. »Das Ding kommt aus Indien«, sagte er mit sonorer Stimme. »Ist keine Orgel, sondern ein Harmonium. Funktioniert ohne Strom, etwa so wie ein Akkordeon.« Er drückte ein paar Tasten. Seine Bewegungen verrieten, dass er das Instrument nicht beherrschte, wahrscheinlich trommelte er nur auf seinen Bongos herum. »Mönche haben auch auf solchen Dingern gespielt – im Mittelalter.«

Nico drückte auf ein paar Tasten, doch nichts tat sich.

Der Hippie führte ihre Finger an die richtige Stelle. »Man spielt mit der rechten Hand, mit der linken muss man den Blasebalg bedienen. Die Luft strömt hinein, und dann kommen die Töne – Schwingungen«, rief er aus. »Auch manche Yoga-Lehrer haben so ein Ding.«

Sie probierte es. Der Blasebalg befand sich hinten am Instrument, wie ein Fächer, der sich über die Rückseite zog. Sie bewegte ihn vor und zurück und drückte zwei Tasten. Sofort schienen sich helle Töne aus dem Harmonium emporzuschwingen, als wären da kleine unsichtbare Vögel mit wunderschönen Flügeln.

»Perfekt«, sagte sie.

Der Hippie lächelte. »Bist du Musikerin?«, fragte er.

»Ja«, sagte sie. »Das bin ich.«

Dann kaufte sie das Harmonium. Es ließ sich unter den Arm nehmen und wog nicht mehr als sechs, sieben Kilogramm.

Das würde sie schaffen, sagte sie sie. Solch ein Instrument passte zu ihrer Stimme, sie könnte es bei Kerzenlicht spielen, wann immer und wo immer sie wollte.

Gleich am Abend fing sie an zu üben, und zwei Tage später auf dem Flug zurück nach New York hielt sie das Harmonium wie eine Schatztruhe auf ihrem Schoß.

Es machte ihr nichts aus, dass New York anders geworden war, sie war es auch. Die Factory hatte sich ebenfalls verändert; sie war umgezogen, an den Union Square. Aber genau gegenüber kam sie im Apartment von Viva, einer neuen Freundin von Andy, unter.

Hier saß sie in ihrem Kerzenzimmer mit dem Harmonium und übte beinahe Tag und Nacht.

Zwischendurch überredete Andy sie, in zwei seiner Filme mitzuspielen; nichts Großes, sie musste sich wieder die Haare färben und lediglich sich selbst darstellen, wie sie es bereits so häufig getan hatte, aber je länger sie vor der Kamera stand, desto mehr wusste sie, dass sie das nicht mehr wollte. Keine Filme, keine Fotografien – wie oft war das Auge einer Kamera auf sie gerichtet gewesen? Viel zu oft. Manchmal, wenn sie am Harmonium geübt hatte, schloss sie sich im Bad ein und schaute sich im Spiegel an. Was sahen all diese Fotografen, Reporter, all diese Menschen, die auf ihre Werbebilder gestarrt hatten, in ihr? Sie konnte sich keinen Reim darauf machen. Wahrscheinlich gab es nur eine Handvoll Menschen, die sie so gesehen hatten, wie sie war. Jim Morrison hatte dazu gehört, A. sicher nicht, aber vermutlich auch Leonard Cohen, obschon sie nie miteinander geschlafen hatten. Merkwürdigerweise jedoch musste sie oft an ihn denken, und seit ihrer Begegnung folgte sie seiner Überzeugung, dass es besser war, vegetarisch zu leben und keine Tiere zu essen.

Wie Jim es ihr geraten hatte, begann sie, ihre Träume aufzuschreiben.

In den meisten Träumen war sie ein Kind, das jemand alleingelassen hatte; ihre Mutter hatte ihre Hand zurückgezogen, oder ein dunkler Schatten, von dem sie glaubte, es sei ihr Vater, stand da und starrte an ihr vorbei in die Ferne. Manchmal aber auch, besonders wenn sie Drogen genommen hatte, träumte sie von Farben, auf denen sie schwamm, als wären sie Wellen, die in Richtung Horizont trieben. Oder sie geriet in einen Farbstrudel, der zuerst wie ein harmloser Regenbogen aussah, dann aber auf die Erde fiel und sie zu verschlingen drohte.

Einmal auch träumte sie von ihrem Tod; es war ein warmer, angenehmer Traum, ein Traum voller Sonne und Hitze, nicht mehr. Dann sank sie aus dieser Wärme in eine noch wärmere Dunkelheit, in der es nichts mehr gab, keine Farben, keine Töne.

Mit dem Harmonium kam sie mit der Zeit immer besser zurecht, es war ihr Instrument, sie konnte es überall mit hinnehmen; die Klänge, die sie arrangierte, hatten nichts mit dem harten Gitarrensound der Velvets zu tun, und nichts an ihren Kaskaden aus Tönen, die sie wob, erinnerte an die süßlichen

Flöten- oder Geigenklänge, die ihr »Chelsea Girl«, ihr erstes Album, so verleidet hatten.

Die Musik, die sie nun spielte, floss wie ein dunkler Strom aus einer anderen Zeit ans Tageslicht. Nur die Worte fehlten noch. Wo bekam sie die richtigen Worte her?

Andy hatte in der Factory neue Leute um sich geschart, wie er es beständig tat. Auch er langweilte sich schnell, brauchte neue Reize. An den Velvets hatte er das Interesse verloren, wahrscheinlich hatte er sich zu oft mit Lou gestritten, zudem hatte die Band ihm keinen Gewinn eingebracht, und für Nicos Karriere als Sängerin interessierte er sich ebenfalls nicht. Obendrein nahm er ihr übel, dass sie es nicht geschafft hatte, Jim Morrison zu überreden, einen Film mit ihm zu drehen. Vielleicht hatte der Stimmungswechsel in der Factory, dass nichts mehr so unbeschwert und easy war, auch damit zu tun, dass immer mehr harte Drogen konsumiert wurden, nicht nur Marihuana und LSD, sondern Koks und Heroin. Eigentlich war alles zu jeder Tages- und Nachtzeit zu bekommen. Billy Name konnte alles besorgen, wenn man nur genug Geld hatte.

An einem Tag im November 1967 drehte irgendein Italiener, der mit einem Mädchen gekommen war, das in einem von Andys Filmen mitgespielt hatte, völlig durch. Er hatte eine Pistole dabei, fuchtelte mit ihr herum und hielt sie Paul sogar an den Kopf, als wollte er ihn erschießen. Es war wie in einem verrückten Theaterstück; niemand nahm ernst, was geschah, und doch hatte jeder von ihnen Angst. Während sie alles stumm und mit wild pochendem Herzen beobachtete, hatte Nico das Gefühl, als hätten sie alle in der Factory, ohne es wirklich zu bemerken, eine Grenze überschritten, als würden sie alle die Realität nicht mehr akzeptieren, sondern nur noch Spiele zelebrieren, absurde, überdrehte Spiele, um sich nicht zu langweilen und sich selbst zu spüren. Erst nachdem der Italiener aus Versehen in die Decke geschossen hatte, begriffen sie, dass die Waffe tatsächlich geladen und entsichert gewesen war und er leicht jemanden hätte töten können.

In den Nächten plante Nico ihre Abreise aus New York, zurück nach Paris, zu dem kleinen Ari, mit dem sie voller Sehnsucht kurze Telefonate führte, oder nach Ibiza, wo ihre Mutter sich mehr schlecht als recht durchschlug. Zum Glück sah ihre Schwester Helma nach ihr.

Dann wieder war Nico sicher, dass sie ihre Songs nur in New York würde schreiben können – auf Englisch, in der Sprache, in der alle großen Songschreiber schrieben. Außerdem kam ihr erstes Album gerade heraus, das ihr zwar so fremd war, als wäre es eine fremde blonde Frau, die darauf sang, doch ein wenig Promotion musste sie für die Platte machen. Immerhin wollten ein paar Radiostationen Interviews von ihr, und nicht alle Songs waren schlecht.

Es gab immer Gründe zu bleiben und Gründe zu gehen.

Einen Monat, sagte sie sich immer wieder von Neuem, noch einen Monat, bevor ich zurück nach Paris gehe, und im Spätherbst würde sie dreißig werden. Dreißig war eine Schwelle; bis dahin musste sie es mit ihrer Musik geschafft haben.

31. Kapitel

Dann war es plötzlich Juni. Der Sommer hielt in New York Einzug, selbst in Manhattan konnte man es spüren. Der 3. Juni 1968 war ein Montag. Sie war bei Viva ausgezogen und wohnte nun bei Fred, dem Sohn eines texanischen Milliardärs, der mit Öl reich geworden war. Fred war viel unterwegs, manchmal schliefen sie miteinander, aber es war, wie Nico es mochte: keine wirklich feste Beziehung.

Bei einem Typen im Village, dem sie vertraute, kaufte sie fast jeden Montag Marihuana, eben so viel, dass sie über die Woche kommen würde. Er hieß Henk oder Henry und war selbst einmal Musiker gewesen, und er wusste, dass sie ein Album aufgenommen hatte. Gelegentlich bot er ihr etwas zu trinken an oder dass sie zusammen eine Zigarette rauchten.

»Ich habe etwas Neues«, sagte Henk oder Henry, »eine besondere Lieferung, beste Ware.« Er lächelte, Bartstoppeln zogen sich über seine Wangen, die sich bereits grau verfärbten.

»Gegen eine Zigarette ist nichts einzuwenden«, entgegnete Nico. Sie setzte sich, während Henk sich zu seinem altertümlichen Küchenschrank umwandte und in einer Schublade kramte.

Wie immer bei Henk lief im Hintergrund der Fernseher, schwarz-weiß, ein abgeschrammtes Gerät mit einer verbogenen Antenne. Plötzlich erstarrte sie. Der Schrecken war ihr in den Körper gefahren, noch bevor das Bild ihr Gehirn erreichte. Sie sah ein Foto von Andy, das offensichtlich in einer Nachrichtensendung eingeblendet wurde, dann einen Krankenwagen und die Fassade des Columbia Hospital.

Ohne auf Henk zu achten, der ihr etwas von einer neuen Band erzählte, weil er wusste, dass sie mit den Velvets gespielt hatte, sprang sie auf und drehte den Ton am Fernseher lauter.

»Noch ist nicht klar, wer auf Andy Warhol geschossen hat«, sagte eine aufgeregt klingende Frauenstimme. »Zeugen berichten von einer Frau, die fliehen konnte. Ob Warhol das Attentat überlebt hat, ist ebenfalls noch nicht bekannt. Berichte, er sei auf dem Weg ins Hospital verstorben, wurden bisher nicht bestätigt.«

Nico spürte, wie ihr die Knie wegsackten. Sie musste sich auf einen Stuhl sinken lassen.

»Was ist passiert?«, fragte Henk. Sein Blick glitt vom Bildschirm zu ihr.

»Andy«, flüsterte sie, »es kann doch nicht sein, dass jemand … dass jemand Andy erschossen hat.« Sie spürte, wie ihr die Tränen kamen. Gleichzeitig schnürte sich ihr die Kehle zu. Das konnte nicht wahr sein, das musste ein grausamer Scherz sein. Wollten Andy und Paul die ganze Welt zum Narren halten? Mit einer Kunstaktion, indem sie sich via Fernsehen über alle lustig machten?

Ein weiterer Ambulanzwagen raste durch das Bild, dann tauchte eine blonde, stark geschminkte Frau mit einem Mikrophon in der Hand auf dem Bildschirm auf. »Eben erfahren wir, dass Andy Warhol wiederbelebt werden konnte«, sagte sie. »Er wird zurzeit operiert.«

»Warhol ist der Typ, dem die Factory gehört, nicht wahr?«, sagte Henk. »Ist er tot?« Blanke Neugier lag in seiner Stimme.

Halt dein Maul!, hätte sie ihn am liebsten angeschrien. Andy ist ein Genie und der wunderbarste Mensch, den es gibt.

Nico stürmte aus der Wohnung. Auf der Straße versuchte sie, sich zu beruhigen, und steckte sich eine Zigarette an. Andy lebte. Das war eine gute Nachricht. Aber auch wenn er keine Drogen nahm und nie Alkohol trank, war er immer ein schmächtiger, eher kränklicher Mann gewesen, niemand mit einer besonders kräftigen Konstitution. Wie sollte er das überstehen?

Sie lief an der Factory vorbei. Alles war von der Polizei abgesperrt worden; drei Streifenwagen parkten auf dem Gehsteig, eine Ambulanz stand mit laufendem Motor da, als wäre noch jemand verletzt worden. In der offenen Tür hatten sich zwei uniformierte Polizisten mit ernsten Gesichtern postiert. Nico meinte, auf dem Gehsteig irgendwo in einem Pulk neugieriger Passanten Billy Name auszumachen, aber vielleicht täuschte sie sich auch. Hier würde sie jedenfalls nichts tun oder in Erfahrung bringen können, wie es aussah.

Also rannte sie in ihr Apartment. Fred war nicht da; wahrscheinlich war er auch in der Factory gewesen, neuerdings kümmerte er sich um die Siebdrucke, die Andy herstellte, und verkaufte sie an Shops im ganzen Land.

Kaum war sie in der Wohnung, klingelte das Telefon.

Jemand schluchzte. »Hast du schon gehört?«, fragte Viva mit von Tränen erstickter Stimme. »Diese Verrückte … Solanas hat auf Andy geschossen.«

Valerie Solanas? Nico kannte sie, eine dunkelhaarige, eher

unscheinbare Frau, die in einem von Andys Filmen mitgespielt hatte; sie galt als Männerhasserin und hatte irgendein krudes Manifest entworfen, in dem es darum ging, dass eine Welt ohne Männer eine bessere sei.

»Aber warum …?«, brachte Nico mühsam hervor. »Warum schießt sie ausgerechnet auf einen Mann wie Andy?«

»Weil sie total irre ist.« Nun schrie Viva beinahe. »Sie glaubt, er hätte ihr irgendwelche Ideen geklaut, ein Drehbuch, ein verdammtes Skript … Ach, sie ist durchgeknallt. Wir müssen für Andy beten«, sagte Viva dann. »Kannst du beten?«

Nein, wollte sie sagen, ich kann nicht beten, habe ich nie gekonnt, nicht einmal als Kind. Weil es keinen Gott gibt, weil es sinnlos ist.

Dann kam Fred in die Wohnung, er war völlig aufgelöst und hatte Tränen im Gesicht. Nico verabschiedete sich von Viva und legte auf. Fred und sie umarmten sich stumm und hielten sich eine Weile fest.

»Ich war nicht da«, stammelte Fred dann. »Ich war kurz im Diner, einen Block entfernt … Ich … Diese Verrückte! Niemand konnte ahnen, dass sie eine Pistole hat …«

Nico löste sich aus der Umarmung. »Wir müssen Andy helfen«, flüsterte sie. »Mit unserer Liebe und unseren Gedanken.«

Fred schaute sie fragend an, ohne jedoch etwas zu erwidern.

Nico ließ die Jalousien herunter, verdunkelte das Apartment, so gut es ging, während Fred sie von einem Küchenstuhl aus reglos beobachtete.

Dann zündete sie ihre Kerzen an. Einen Vorrat an Kerzen hatte sie immer dabei, ganz gleich, wo sie sich befand.

»Vierzehn Kerzen«, sagte Nico, mehr zu sich selbst als zu Fred, »vierzehn ist eine besondere Zahl. Es ist der halbe Mondkreislauf. Vierzehn ist zweimal sieben. Sieben ist die heilige Zahl für das Göttliche und die Welt. Drei steht für die Göttlichkeit, die Vier für die vier Elemente. Vierzehn Buchstaben hat mein erster Name – Christa Päffgen, und das N von Nico ist der vierzehnte Buchstabe im Alphabet. Es müssen also genau vierzehn Kerzen für Andy sein.«

Überall in der Wohnung verteilte sie die Kerzen, die bald ihr warmes Licht verströmten. Ein wenig sah es nun wie in einem Tempel aus – ein Tempel für Andy Warhol.

Sobald alle Kerzen brannten, fühlte sie sich ruhiger.

Fred schaute sie an. »Du glaubst, das hilft Andy?«

»Ganz sicher«, sagte sie. »Kerzenlicht hat eine heilende Kraft. Andy wird es spüren, wo immer er ist, dass wir ihm helfen wollen.« Sie setzte sich auf das Sofa. Schatten flirrten nun durch die Wohnung, fast als wären sie Gespenster, freundliche Gespenster, die gekommen waren, um zu helfen.

Wo war Andy nun?, fragte sie sich. Wo war sein Geist? War er schon tot? Nein, Andy lebte. Er musste leben. Er war ihr bester Freund. Kaum jemand hatte sie in ihrem Leben so intensiv begleitet wie Andy. Ohne ihn hätte sie es in New York nie so lange ausgehalten, ohne ihn wäre sie nie Sängerin geworden.

Fred setzte sich neben sie. »Warum schießt diese Frau auf ihn? Andy hat noch nie jemandem etwas zuleide getan, vor allem niemals einer Frau.«

Nico betrachtete die Kerzen. Einige brannten stumm herunter, andere flackerten wild. Wenn alles von solcher Schönheit wäre wie das Licht der Kerzen, wäre es eine andere Welt, in der wir leben, dachte sie.

Je länger sie in eine Flamme starrte, desto sicherer war sie, dass Andy überleben würde. Eine Verrückte würde einen Künstler wie Andy nicht einfach so töten können.

Die Zeit verrann. Zweimal ging Fred zum Telefon, hob ab, rief dann jedoch niemanden an, sondern legte den Hörer nach einigen Momenten des Zögerns wieder auf.

»Paul wollte mir Bescheid sagen«, flüsterte er. »Wenn es Neuigkeiten gibt. Wollen wir etwas rauchen?«

Nico nickte stumm. Sie nahm sich ein Blatt Papier und schrieb ein paar Buchstaben – ein A für Andy und ein N für Nico. Dann ein C für Candle. War es so? Konnte man in so einer Situation, während ein Freund um sein Leben rang, einen Song schreiben? Bob Dylan hätte es wahrscheinlich gekonnt – und Jim Morrison auch.

»Silver flame«, schrieb sie. So ein Licht musste eine Kerze für Andy werfen, ein silbriges Licht. Silber war Andys Farbe.

Fred reichte ihr eine Zigarette und küsste sie auf die Wange, was er sonst nie tat. »Was tust du?«, fragte er zaghaft.

Ich schreibe etwas für Andy, wollte sie erwidern, doch unvermittelt klingelte laut und dringlich das Telefon.

»Paul«, sagte Fred, »er ist im Krankenhaus.«

Es klingelte weiter, ohne dass Fred Anstalten machte abzuheben. Die Angst, nun die Todesnachricht von Andy zu hören, stand lodernd in seinen Augen.

Nico legte den Stift beiseite. Silver flame, dachte sie, dass ihr diese beiden Worte eingefallen waren, war ein gutes Omen.

Es hatte bereits viermal geläutet, als sie endlich den Hörer in die Hand nahm. Sie nannte ihren Namen, doch niemand antwortete. Eine Sekunde lang hörte sie nur ein lautes Atmen, dann Stimmengewirr im Hintergrund.

»Er lebt«, sagte Paul heiser. »Andy lebt, aber …« Ihm versagte die Stimme, er räusperte sich. »Er war schon tot, als er hier ankam. Drei Schüsse hat diese Irre auf ihn abgefeuert, drei verdammte Schüsse. Kannst du dir das vorstellen?«

»Nein«, flüsterte Nico. »Das kann ich nicht.« Sie spürte plötzlich einen Druck auf ihrer Brust, als läge da ein zentnerschweres Gewicht.

»Fünf Stunden hat die Operation gedauert«, sagte Paul ein wenig gefasster. »Andy hat viel Blut verloren … Die Kugeln haben ihm die Brust zerfetzt, Magen, Lunge … Die nächsten Stunden werden entscheiden, sagt der Arzt. Wir müssen für ihn beten.«

»Ich habe vierzehn Kerzen für Andy aufgestellt«, sagte Nico, doch sie hatte nicht das Gefühl, dass Paul ihr zuhörte.

»Sie haben diese Verrückte auf dem Times Square gefasst«, redete er weiter, während sich im Hintergrund wieder laute Stimmen erhoben. »Diese Verrückte … ich würde sie am liebsten erwürgen. Und dann haben die ersten Galeristen angerufen. Andy ringt mit dem Tod, und mich rufen sie an, weil sie seine Bilder kaufen wollen. Ist das nicht verrückt? Auf einmal ist Andy weltberühmt.« Er begann zu husten. Dann legte er unvermittelt auf.

Sie stand mit dem Hörer in der Hand da.

Fred hatte es in der Zwischenzeit gewagt, den Fernseher

anzuschalten, er suchte einzelne Sender, und dann tauchte die blonde Frau wieder auf, die immer noch vor dem Krankenhaus stand; sie wiederholte aber nur das, was sie schon zuvor gesagt hatte.

»Die nächsten Stunden entscheiden, ob Andy überlebt«, sagte Nico.

Fred nickte. Auf einmal störte es sie, dass er da war; sie nahm eine Kerze und ging in das kleine Nebenzimmer, in dem ihr Harmonium stand.

Die Musik kam ganz leicht zu ihr, wie ein kleiner, vertrauter schwarzer Vogel, der sich auf ihre Schulter setzte. Eine Melodie formte sich, schwoll zu einer Welle und floss um sie herum. Sie dachte an Andy, an den blassen Andy mit seinem hellen Haar, wie er an ihrem ersten Abend, als sie mit Brian Jones in die Factory gekommen war, schüchtern in der Ecke gestanden hatte und sie unsicher angelächelt hatte. Ja, er war ein stiller Beobachter, genau wie sie, darin hatten sie sich erkannt, zwei Menschen, die von kaum jemandem als das gesehen wurden, was sie waren. Denn auch ihn hätte niemand auf den ersten Blick für das Genie gehalten, das er war, hätte verstanden, dass die Factory sein Werk war, dass er der Hüter all dieser wunderbaren Ideen war, die aus der Factory in die Welt hinausflogen.

»Andy«, flüsterte sie in ihre Musik hinein, während ihre linke Hand den Blasebalg betätigte und ihre rechte Hand über die Tasten des Harmoniums glitt. »Du bist der Falkner, deine Ideen sind Vögel in silbernen Käfigen, die du in die Welt entlässt.«

Ihr erster eigener Song würde nicht Ari gelten oder Jim, sondern Andy. Andy war der Falconer – und so würde der Song heißen, »The Falconer«, dem viele andere folgen würden, Lieder für Ari und Jim, Lieder über Liebe und Leere, über Heimat und Einsamkeit …

Leise bewegte sie ihre Lippen. Die Klänge des Harmoniums wurden leiser, die Kerze flackerte.

»This is for you, Andy, survivor and falconer«, flüsterte sie und begann zu singen: »Father child – Angels of the night – Silver flame – my candle-light.«

Tief und voll klang ihre Stimme; die Stimme einer erwachsenen Frau, die sich über die Töne erhob, die aus dem Harmonium hervorschwebten.

Nico schloss die Augen, während sie weitersang. Plötzlich war alles gut. Andy würde überleben, die Factory würde weiterbestehen, und sie hatte ihre Stimme als Sängerin gefunden, mit einem ganz eigenen Instrument. Nicht jeder würde ihre Musik verstehen, aber in Gedanken raste sie durch die Zeit; da war eine Bühne, da waren Kerzen, Scheinwerfer, ein paar Instrumente und Menschen, die sie ansahen und darauf warteten, dass sie begann, ihre Musik zu spielen.

Sie fuhr sich mit der Zunge über die Lippen, sie hatte Lampenfieber, das sie aber genoss, weil es jede Faser ihres Körpers erreichte und sie sich lebendig fühlen ließ. In ihren schwarzen Stiefeln bewegte sie sich langsam ein paar Schritte in Richtung Licht und zu einem Mikrophonständer, der ihr stolz und erhaben vorkam, wie er dastand, ganz allein für sie.

Als sie das Licht erreicht hatte, strich sie sich ihr langes Haar zurück, sie lächelte ein wenig unsicher, ihr typisches Lächeln, und spürte tausend Augen erwartungsvoll auf sich ruhen.

»Mein Name ist Nico«, hauchte sie ins Mikrophon, das ihre Stimme in das Dunkel der Halle hinaustrieb, »und ich bin gekommen, um für euch zu singen. Meine Songs …«

Epilog

Ibiza 1988

Reno hatte keine Ahnung, wo er Nico suchen sollte. Warum war sie nicht gekommen? Sie war unzuverlässig, wie er aus ihren Erzählungen wusste. Stundenlang hatte sie Leute warten lassen, oft war es ihr gar nicht bewusst gewesen, dass sie zu spät kam. Sie habe eben ein anderes Zeitgefühl als ihre Mitmenschen, hatte sie ihm mehr als einmal erklärt. Doch bei ihren Treffen war sie jedes Mal pünktlich gewesen. Dieses Buch über ihr Leben und ihre Musik bedeutete ihr viel.

Es war heiß, auf der Straße waren nicht viele Menschen; die Touristen hatten sich entweder in Cafés verzogen, oder sie lagen am Strand.

Als Reno eine schwarzhaarige Frau sah, die ein Fahrrad schob, winkte er ihr zu, erleichtert, dass Nico doch gekommen war, aber dann bemerkte er, dass die Frau viel jünger war, noch keine dreißig, und ihn verständnislos anschaute.

Am Hafen überlegte er, sich auch in ein Café zu setzen; er mochte diese Gegend hier, mochte den Gedanken, einfach auf ein Schiff gehen zu können, um wieder abzufahren, irgendwohin, obschon er genau wusste, dass er es nicht tun würde. Er war hierhergekommen, um ein Buch zu schreiben, und genau das hatte er getan, auch wenn es sich völlig anders entwickelt hatte als geplant. Zum ersten Mal hatte er das Gefühl, etwas geschrieben zu haben, das einen Wert besaß.

Aber hier am Hafen würde er Nico vermutlich nicht finden, also machte er kehrt, und mit jedem Schritt zurück wuchs das beklemmende Gefühl, dass ihr etwas passiert sein könnte, ihr oder ihrem Sohn …

Er kam an einem kleinen Plattenladen vorbei, in dem er vor zwei Wochen nach Nico gefragt hatte. Gab es hier eine LP von Nico? Der Ladenbesitzer, ein kleiner gedrungener Spanier mit Vollbart, hatte ihn fragend angeschaut. »Nico, the singer?«

Ganz recht, hatte er auf Englisch erwidert, weil sein Spanisch allenfalls reichte, um etwas zu essen zu bestellen. Nico, die Sängerin, sie lebe hier auf Ibiza.

Der Mann hatte dann einen alten, abgegriffenen Katalog hervorgezogen. Ein Album war lieferbar: »Nico in Tokyo«.

»I can order this for you«, hatte der Spanier gesagt, doch Reno hatte ihm nur zugenickt und war wieder gegangen.

Einmal hatte er Nico gefragt, ob sie ihm ein paar ihrer Alben mitbringen könne. Sie hatte das Gesicht verzogen und gemeint: »Wir müssen arbeiten. Wenn wir fertig sind, singe ich vielleicht etwas für dich.«

»Deinen Lieblingssong?«

»The End«, sagte sie, »dann singe ich ›The End‹ für dich.«

Das Lied war von den Doors. In *Apocalypse Now*, einem Film von Francis Ford Coppola über das Grauen des Vietnamkrieges, war es noch einmal zu besonderen Ehren gekommen.

»Oder nein«, hatte Nico sich dann korrigiert, »ich singe etwas von Bowie für dich – ›Heroes‹. Wenn das Buch wirklich je fertig werden sollte, sind wir Helden, wir beide.«

Warum hatte sie ihm nicht einmal eine Telefonnummer gegeben, unter der er sie im Notfall erreichen konnte?, fragte er sich. Keine Adresse, keine Telefonnummer. Und keine müde Mark hatte er bisher für seine Arbeit von ihr erhalten. Nicht einmal die Rechnung bei Juan in der Bar hatte sie übernommen. »Bowie«, hatte sie einmal gesagt, »ich kenne Bowie. Er wird mir Geld geben, um ein neues Album zu produzieren, und die Hälfte ist dann für dich. Ehrenwort.« Wahrscheinlich war sie pleite und lebte darum in einem Haus, das Freunden gehörte, über die sie bisher noch nicht gesprochen hatte.

Während er weiter durch die Gassen der Altstadt streifte, dann und wann einzelne Touristen passierte, wuchs seine Wut auf Nico. Nein, ihr ist nichts passiert, dachte er in dieser Stimmung plötzlich. Sie hat es sich nur anders überlegt, oder vielleicht hat sie jemand angerufen, und nun war sie bereits auf dem Weg nach London oder Amsterdam oder Westberlin, um ein Konzert zu geben.

»Ein Buch mit mir zu schreiben wird nicht einfach sein«, hatte sie ihm gleich am zweiten Tag erklärt. »Es gab eine Zeit, da gefiel es mir zu lügen, Geschichten zu erzählen, eine andere Realität zu erfinden. So ist mein ganzes Leben verlaufen – immer ein wenig abseits der Realität. Ich habe mich als Nico erfunden, in vielen verschiedenen Rollen, aber vielleicht bin ich in Wahrheit immer die ängstliche, vaterlose Christa Päffgen aus Lübbenau geblieben.«

Er hatte ihre Worte da noch nicht verstanden, weil er ihre Geschichte noch nicht gekannt hatte. Trotzdem hatte er gewagt, sie zu fragen, was ihr größter Fehler in ihrem Leben gewesen sei.

Sie hatte ihn angesehen, mit vor Entsetzen geweiteten Augen, und sich eine Zigarette angesteckt, und als er schon glaubte, sie würde seine Frage nicht beantworten, sagte sie mit leiser Stimme: »Der größte Fehler war, dass ich nicht als Mann auf die Welt gekommen bin – oder nicht als eine kleine hässliche Frau.«

Dann hatte sie lauthals gelacht, als wären ihre Worte nichts als ein dummer Scherz.

Ich gehe in meine Pension zurück, sagte er sich. Nico würde vielleicht morgen kommen – und wenn nicht … Was sollte er ohne sie mit dem Manuskript anfangen, das er unter dem Arm trug? Er würde allein versuchen müssen, für den Text einen Abnehmer zu finden – vielleicht könnte er zumindest einen Auszug an eine Zeitung verkaufen und damit seine Unterkunft bezahlen.

Das Taxi sah er nur aus den Augenwinkeln, der Fahrer, ein älterer, grauhaariger Mann mit einem buschigen Schnauzbart, zog ein Fahrrad aus dem Kofferraum, augenscheinlich, um es in eine Toreinfahrt zu schieben, ein rotes Damenfahrrad, an dem der Lenker völlig verbogen war.

Reno wollte schon weitergehen, dann entdeckte er den schwarzen Schal auf dem Gepäckträger. Nico … sie hatte sich bei ihren letzten Treffen trotz der Hitze einen schwarzen Schal um den Kopf gewickelt.

Als er auf ihn zutrat, blickte der Fahrer auf. Fragend schaute er ihn an.

»Por favor?«, fragte der Mann. Sein Schnauzbart hüpfte auf und ab und entblößte von Nikotin bräunlich verfärbte Zähne.

Reno deutete auf das Fahrrad. »What about the bike?«, fragte er. »Where have you found it?«

Der Spanier schaute ihn an, dann wanderte sein Blick zurück zu dem Fahrrad.

Es war nicht nur der Schal, fiel Reno auf, nein, auch dieses schwere rote Schloss war ein Hinweis auf Nico, dass es ihr Fahrrad war.

»A lady«, erwiderte der Taxifahrer, dann deutete er hinter sich, während er ins Spanische wechselte und die Worte nur so hervorsprudelten.

Reno verstand kaum etwas, aber immerhin so viel, dass es einen Unfall gegeben haben musste – »un accidente« – und dass der Mann mit seinem Taxi durch die Stadt gefahren war, zu verschiedenen Krankenhäusern, aber immer hatte er weiterfahren müssen, weil niemand die verletzte Frau habe aufnehmen wollen. Schließlich habe er aber ein Hospital gefunden. Aufgeregt flatterten die Hände des Spaniers hin und her. »No fue mi culpa.« Es sei nicht seine Schuld gewesen, meinte er und gestikulierte weiter. Reno begriff, dass der Fahrer nichts mit dem Unfall zu tun gehabt hatte, anscheinend hatte er das Opfer nur am Straßenrand gefunden.

»A woman with long black hair?«, fragte Reno, und als der Spanier nickte, schob er ihren Namen hinterher – »Nico?« –, doch da zuckte der Taxifahrer mit den Achseln und hielt ihm das ramponierte Fahrrad hin.

»No, gracias.« Reno wehrte ab. »But I have to know where I can find the woman. En qué hospital?«

Der Fahrer deutete erneut hinter sich und verlor sich in einer weitschweifigen Beschreibung. Das allgemeine Krankenhaus von Ibiza, glaubte Reno zu verstehen. Da habe man sich endlich um die Frau gekümmert.

Er bedankte sich, nickte ein weiteres Mal dem Fahrer zu und eilte die Straße hinunter. Ein Fahrradunfall – das musste nichts Schlimmes bedeuten, ein gebrochenes Bein vielleicht, aber dann hätte Nico dem Taxifahrer ihren Namen verraten, dann hätte er mehr über sie gewusst.

Seine Besorgnis wuchs, während er auf das Krankenhaus zusteuerte, das ein Stück abseits der Altstadt lag. Er legte sich ein paar Worte zurecht, sein Spanisch war schlecht, und er hatte nicht einmal sein kleines Wörterbuch dabei. Eine junge Frau in einem weißen Kittel saß in einem Glaskasten am Empfang der Klinik, sie hatte in einem Magazin geblättert und schaute auf, als er sich näherte. Ihr langes blondes Haar war zu einem Zopf geflochten, und sie hatte Sommersprossen und trug eine Nickelbrille, durch die sie ihn neugierig ansah. Sie erinnerte ihn an eine erwachsen gewordene Pippi Langstrumpf.

»Una cuestión«, stammelte er. »Una mujer … Un accidente … with a bike«, schob er auf Englisch nach, weil ihn sein spanischer Wortschatz schon im Stich ließ.

»Sie sind aus Deutschland?«, sagte die Frau. Sie sprach fast akzentfrei.

Er war so überrascht, dass er nur nicken konnte.

»Ich habe drei Jahre in Deutschland gelebt«, erklärte die Frau. »In München, schöne Stadt, aber sehr teuer.« Sie lächelte und offenbarte weiße, makellose Zähne. »Wen suchen Sie genau?«

»Eine schwarzhaarige Frau … sie hatte offenbar einen Fahrradunfall. Ein Taxifahrer hat sie gebracht«, erwiderte er hastig.

»Hat die Frau einen Namen?« Die Frau zog einen Karteikasten heran.

»Sie heißt Nico«, sagte er, dann fügte er hinzu: »Sie ist Sängerin. Als Sängerin heißt sie Nico … ihr richtiger Name lautet Christa Päffgen.«

»Ah!«, rief die Frau aus und zog eine gelbe Karteikarte hervor. »Von dieser Frau sprechen Sie … Alle haben sie für eine Hippiefrau gehalten, jemand, der …«, sie zögerte, »… Drogen nimmt. Ihre Arme … Da waren wohl Einstiche, so etwas …« Sie hob ihre Hände in einer Geste der Ratlosigkeit. »Es gibt viele Drogen auf Ibiza.«

Er nickte. Hinter ihm hatte sich eine Frau mit einem kleinen quengelnden Kind genähert.

»Kann ich die Frau sehen?«, fragte er.

»Sind Sie ein Verwandter?«, fragte die spanische Pippi Langstrumpf.

»Ich bin ein Freund«, sagte er, und die Frau nickte und notierte eine Nummer auf einem winzigen Zettel, den sie ihm durch eine Öffnung unter der Glasscheibe durchschob. »Wahrscheinlich hatte die Frau nur einen Sonnenstich«, sagte sie. »Ist deshalb ohnmächtig geworden.«

Er musste in die zweite Etage hinauffahren. Man hatte am Empfang Nicos Namen gewusst; das musste bedeuten, dass es ihr besser ging und sie Auskunft über sich hatte geben können.

Trotzdem war ihm beklommen zumute, als er sich dem

Krankenzimmer näherte. Es war heiß, die Hitze schien sich in den Gängen zu stauen, und der Geruch von Desinfektionsmittel nahm ihm den Atem.

Was sollte er Nico sagen? Ich habe dich vermisst, habe mir Sorgen gemacht? Wahrscheinlich würde sie ihn nur spöttisch anlächeln.

Eine alte Frau schob sich in einem Rollstuhl unter Mühen an ihm vorbei, sonst war niemand zu sehen. Als er vor dem richtigen Zimmer stand, klopfte er zaghaft an. Doch niemand antwortete ihm.

Als er vorsichtig die Tür öffnete und in das Zimmer spähte, fiel sein Blick zuerst auf eine leere, abgezogene Matratze, dann sah er Nico in dem zweiten Bett; sie lag wie eine Tote da, die Augen geschlossen, mit einem Kopfverband und einem Infusionsständer neben dem Bett.

Nach einem harmlosen Sonnenstich sieht das aber nicht aus, wollte er schon sagen, als er bemerkte, dass jemand vor ihrem Bett saß, ein Mann, sehr jung, in einem weißen T-Shirt, mit halblangen hellbraunen Haaren.

Ihr Sohn, dachte er und zog die Tür leise wieder zu, vermutlich war das ihr Sohn, der auch nach Nico gesucht hatte.

Hastig machte er sich davon. Erst auf der Straße fiel ihm auf, dass sein Herz raste und er keuchend ein- und ausatmete.

Warum war er so abrupt geflohen?, fragte er sich. Er hätte sich bei dem Besucher erkundigen sollen, was genau mit Nico geschehen war.

Trotzdem brachte er nicht den Mut auf, in die Klinik zurückzukehren.

Morgen, schwor er sich, gleich in der Frühe würde er Nico besuchen und ihr aus ihrem Buch vorlesen.

Am Abend und in der Nacht ging er den Text noch einmal durch, den er bisher geschrieben hatte, dann nahm er sich die wenigen Fotos vor, die Nico ihm überlassen hatte. Zwei zeigten sie als junge schöne Frau auf den Titelseiten der *Elle* – sie hielt den Kopf ein wenig affektiert und schaute von oben herab in die Kamera. Das dritte Foto wirkte überaus modern, war aber auch schon mehr als zwanzig Jahre alt: eine blonde Nico mit dunkler Sonnenbrille neben Brian Jones auf einem Rockkonzert. Welche Wandlungen sie durchgemacht hatte, verriet das vierte Foto, das vermutlich auf ihrer letzten Tour aufgenommen worden war; als schwarzer Schatten mit langen Haaren saß sie allein an ihrem Harmonium. So hatte er sie auch bei dem Konzert in Manchester gesehen – eine Sängerin, die es mit ihren dunklen Liedern weit hinausgetrieben hatte. Das Heroin hatte ihr die Energie gegeben, zu dieser langen einsamen Reise aufzubrechen.

Eine Zeit lang, hatte Nico ihm einmal während ihrer Gespräche verraten, war es für sie schwer gewesen, überhaupt noch eine intakte Vene zu finden, um sich etwas zu spritzen.

Am nächsten Morgen machte er sich früh ins Krankenhaus auf. Er wollte der erste Besucher sein, und in welchem Zimmer sie lag, wusste er ja.

Doch als er die Tür öffnete und in das Krankenzimmer hineinsah, traf sein Blick lediglich auf ein leeres Bett. Er begriff sofort, dass etwas mit Nico passiert sein musste. Dass man sie nach einer Nacht in der Klinik wieder entlassen hatte, konnte kaum sein, so krank und matt, wie sie gestern gewirkt hatte.

Er hielt die Klinke in der Hand, unfähig, sich zu bewegen, gelähmt von dem Blick auf das leere, weiße Bett.

»Die Frau ist heute am frühen Morgen gestorben«, sagte jemand hinter ihm auf Deutsch. Die spanische Pippi Langstrumpf stand in einem weißen Kittel da und schaute ihn mit trauriger Miene an. »Ich habe Sie gesehen, wie Sie hereingekommen sind. Ich dachte, ich sage es Ihnen besser. Es war kein Sonnenstich, leider. Ein Aneurysma im Gehirn vermutlich. Sie ist nicht mehr aufgewacht.«

»Ein Aneurysma«, wiederholte er, ohne zu verstehen.

»Ja, tut mir leid«, sagte Pippi Langstrumpf. »Man muss so etwas sofort entdecken, um jemanden zu retten … Blutungen im Gehirn sind sehr gefährlich …« Sie hob hilflos die Hände.

»Danke«, flüsterte er und eilte an der Krankenschwester vorbei.

In den Gassen der Altstadt begann die Hitze bereits zu flirren. Musik wehte ihm aus Bars und Souvenirläden entgegen, billige, belanglose Schlager. Es würde ein schöner Sommertag werden. Es war der 18. Juli 1988. Und Nico war tot.

Am Abend betrank er sich und reiste dann zwei Tage später nach Hamburg zurück. Was sollte er mit dem Manuskript anfangen? Er überlegte, es tatsächlich an David Bowie zu schicken, doch vermutlich würde ein Rockmusiker von der Klasse Bowies es ohnehin nicht zu Gesicht bekommen, wenn er es einfach an das Management schickte, und Deutsch würde er auch kaum verstehen.

Also schickte er es lediglich an ein Magazin in Westberlin, bei dem ein paar kluge Köpfe über Rockmusik schrieben.

Fast drei Wochen hörte er nichts von der Redaktion, dann am 15. August, während er sich schon wieder in eine Übersetzung vergraben hatte, klingelte sein Telefon.

»Du bist der Typ, der uns dieses Buch über Nico geschickt hat?«, fragte ihn ein Mann, der sich als André vorstellte. »Sorry, Bücher veröffentlichen wir nicht, aber vielleicht hat dir keiner gesagt, dass Nico morgen beerdigt wird. Hier in Berlin – auf dem Friedhof Grunewald-Forst. Da liegt auch ihre Mutter. Die ist 1970 gestorben.«

Als er etwas erwidern, eine Frage stellen wollte, hatte dieser André schon aufgelegt.

»Das ist der Selbstmörder-Friedhof«, erklärte ihm ein Taxifahrer am nächsten Tag, nachdem er am Bahnhof Zoo aus dem Zug gestiegen war. »So heißt der hier, weil sich immer Leute in der Havel in der Nähe umgebracht haben, die sie dann hier verscharrt haben. Die durften ja nicht auf den richtigen Friedhof – da war die Kirche streng damals.«

Es war ein schöner Sommertag. Aus der Ferne konnte er sehen, dass sich eine kleine Trauergemeinde versammelt hatte, etwa dreißig Personen. Es war niemand dabei, den er erkannt hätte, kein Lou Reed, kein John Cale und auch kein David Bowie, obschon er sich als Fremder nur auf zwanzig Schritt Entfernung herantraute. Es wurden einige Reden gehalten, ein junger blonder Mann weinte, und dann, als die Urne in das Grab hinabgelassen wurde, erscholl plötzlich Nicos Stimme aus einem Kassettenrekorder. Sie sang ihr Lied »Reich der Träume«:

»Schlaf, hol mich ein, trag mich fort, ganz allein in die Welt meiner endlosen Träume.«

Wichtige Personen in Nicos Leben – und was aus ihnen wurde

JACKSON BROWNE: wurde 1948 in Heidelberg geboren; als er, kaum siebzehnjährig, in den sechziger Jahren aus Kalifornien in New York auftauchte, erwarb er sich schnell den Ruf eines Wunderkinds.

Seine Affäre mit Nico währte nicht lange, aber er schrieb einige beeindruckende Songs für sie. Sein erstes eigenes Album kam 1972 heraus; seit dieser Zeit gilt er als einer der bedeutendsten Singer-Songwriter in den USA. Sein Album »Running On Empty« aus dem Jahr 1977 wird als eine der erfolgreichsten Live-Platten aller Zeiten angesehen. Im Jahr 2004 wurde er in die Rock and Roll Hall of Fame aufgenommen.

JOHN CALE: wurde 1942 in Wales geboren und erhielt in London eine klassische Ausbildung an den Instrumenten Klavier und Bratsche. In New York arbeitete er mit John Cage zusammen, bevor er zu Velvet Underground stieß.

Nach heftigen Streitigkeiten mit Lou Reed verließ er die Band schon im Jahr 1968 wieder. Danach arbeitete er als Avantgarde-Musiker mit Patti Smith, Brian Eno und vielen anderen zusammen. 1990 nahm er mit Lou Reed das Album »Songs For Drella« auf, eine Hommage an den verstorbenen Andy Warhol. 2010 wurde er zum »Officer of the British Empire« ernannt.

Während ihrer gemeinsamen Zeit bei Velvet Underground hatte er eine kurze Affäre mit Nico; danach blieb er ihr musikalisch so eng verbunden wie niemand sonst. Er schrieb drei Lieder für ihr Debütalbum »Chelsea Girl« und produzierte und arrangierte die Songs auf den Alben »The Marble Index« (1969), »Desertshore« (1971), »The End ...« (1974 »Camera Obscura« (1985).

Von ihm stammt die Aussage: »Bevor ich ›The Marble Index‹ produziert habe, wusste ich gar nicht, dass ich Arrangements schreiben konnte, aber glücklicherweise begegnete ich einer so starken Persönlichkeit wie Nico, die mich einfach ins kalte Wasser schmiss und zwang, schwimmen zu lernen. Unglücklicherweise hing Nico an gewissen psychischen Substanzen, so dass ich mich nie wirklich auf sie verlassen konnte. Damit sorgte sie im Studio für etwas, das dort sonst kaum zu finden ist – Spontaneität.«

LEONARD COHEN: wurde am 21. September 1934 in Montréal geboren und starb am 7. November 2016 in Los Angeles. Er hatte sich schon in Kanada als Maler und Dichter einen Namen gemacht, bevor er 1967 mit »Songs Of Leonard Cohen« sein erstes Album herausbrachte, das gleich ein Riesenerfolg wurde. Er erhielt zahlreiche Auszeichnungen und wurde im Jahr 2008 in die Rock and Roll Hall of Fame aufgenommen. In New York wohnte er eine Zeit lang im Chelsea Hotel und schrieb auch einen Song darüber.

Zu dieser Zeit besuchte er auch die ersten Konzerte von Nico und verliebte sich in sie. Für sie schrieb er angeblich mehrere

Songs – so »Take This Longing« und »One Of Us Cannot Be Wrong«. Nico erklärte später über Cohen, dass sie immer ein wenig Angst vor ihm gehabt habe, weil er so hartnäckig war und davon überzeugt, dass sie die ideale Frau für ihn sei. Eine Affäre hatten die beiden jedoch nie.

ALAIN DELON: wurde 1935 geboren und gilt bis heute als einer der erfolgreichsten französischen Schauspieler aller Zeiten. Seinen Durchbruch schaffte er 1960 mit dem Film *Nur die Sonne war Zeuge*. Nachdem sich seine Eltern getrennt hatten, wuchs er bei Pflegeeltern auf und kam nach deren Tod in ein Internat. Mit vierzehn Jahren arbeitete er in der Metzgerei seines Stiefvaters. Von 1959 bis 1964 hatte er eine Beziehung mit Romy Schneider.

Zu dieser Zeit lernte Nico ihn bei Filmarbeiten kennen und verliebte sich in ihn. Aaron, ihr gemeinsamer Sohn, kam 1962 zur Welt, doch Delon bestritt stets die Vaterschaft, was zum lebenslangen Zerwürfnis mit seiner Mutter Edith Boulogne führte.

BOB DYLAN: wurde 1941 in Duluth, Minnesota, geboren. In seiner Jugend wurde er von Hank Williams, Chuck Berry und Buddy Holly beeinflusst; er galt aber zunächst als Folkmusiker. Seinen ersten Auftritt hatte er im Jahr 1961; auf seinem ersten Album ein Jahr später erschienen vornehmlich Kompositionen anderer Musiker.

Als er Nico traf und eine kurze Affäre mit ihr hatte, war soeben sein zweites Album mit dem Lied »Blowin' In The Wind«

erschienen, das ihm den Durchbruch brachte. Für Nico schrieb er nur einen Song – »I'll Keep It With Mine«. 2016 erhielt Dylan als erster Musiker überhaupt den Nobelpreis für Literatur.

BRIAN JONES: wurde am 28. Februar 1942 in Cheltenham, Gloucestershire, geboren und starb am 3. Juli 1969 in Hartfield, Sussex. Er lernte früh Klavier, interessierte sich aber nach seinem siebzehnten Geburtstag nur noch dafür, Gitarre zu spielen. Seine ersten Auftritte hatte er mit dem Bluesmusiker Alexis Korner. Durch ihn lernte er Mick Jagger und Keith Richards kennen und wurde Gründungsmitglied der Rolling Stones. Wegen seines Drogen- und Alkoholkonsums gab es jedoch bald Schwierigkeiten mit der Band.

Mit Nico hatte er eine intensive Affäre, bei der er sie angeblich häufiger geschlagen haben soll. 1969 teilten die Rolling Stones ihm mit, dass sie sich wegen seiner Eskapaden von ihm trennen wollten.

Am 3. Juli 1969 wurde er tot in seinem Swimmingpool gefunden. Die Todesursache wurde nie abschließend geklärt, so dass es Gerüchte gab, er sei an einer Überdosis Heroin gestorben oder gar ermordet worden.

WILHELM MAYWALD: wurde am 15. August 1907 in Kleve geboren und starb am 21. Mai 1985 in Paris. Von 1928 bis 1931 studierte er in Köln Kunst und Architektur und ging 1933 nach Paris, wo er sich als Fotograf selbstständig machte. Während des Krieges floh er in die Schweiz, kehrte aber schon 1946 nach Paris zurück und fotografierte 1947 die erste Kollektion Christian

Diors. Seit dieser Zeit galt er als der angesagteste Modefotograf Frankreichs.

Als Nico ihn kennenlernte, stand er auf der Höhe seines Könnens und seines Ruhms. Für sie wurde er nicht nur ein wichtiger Fürsprecher und Auftraggeber, sondern eine Art Ersatzvater.

JIM MORRISON: wurde am 8. Dezember 1943 in Melbourne, Florida, geboren und starb am 3. Juli 1971 in Paris. Schon in der Schule, die er wegen der Militärkarriere des Vaters häufig wechseln musste, galt er als Sonderling. Im Oktober 1963 begann er ein Studium der Film- und Theaterwissenschaft in Los Angeles. Dort lernte er auch Ray Manzarek kennen, mit dem er nach dem Studium die Band »The Doors« gründete. Zuerst war er so schüchtern, dass er dem Publikum auf der Bühne stets den Rücken zuwandte. Doch mit der Zeit wurde er immer exaltierter. Im August 1966 bekamen die Doors ihren ersten Plattenvertrag. Das Debütalbum erschien im Januar 1967, gleich die zweite Single »Light My Fire« wurde zu einem Nummer-eins-Erfolg.

Am 5. März 1969 wurde Morrison wegen angeblicher obszöner Handlungen auf der Bühne verhaftet und angeklagt. Alkohol- und Drogensucht bereiteten ihm und der Band zunehmend Probleme. Nach den Aufnahmen für das Album »L. A. Woman« im Oktober 1970 – mit dem Song »Riders On The Storm« – zog Morrison sich zurück und ging mit seiner Freundin nach Paris, um dort Gedichte und Drehbücher zu schreiben. Am 3. Juli starb er an einem Herzstillstand. Ob eine Überdosis Heroin zum Tod führte, wurde nie geklärt. Eine Obduktion war nicht angeordnet worden.

Mit Nico hatte Morrison eine kurze, heftige Affäre. Sie bezeichnete ihn oft als ihren »soul brother«. Er habe ihr persönlich die Erlaubnis gegeben, Songs zu schreiben. Ein Foto, das beide zusammen zeigt, existiert jedoch nicht. Auch über den Ausflug in die Wüste, den beide gemeinsam von Los Angeles unternommen haben sollen, sind keine Einzelheiten bekannt.

PAUL MORRISSEY: wurde 1938 in New York geboren. Er war nach seinem Studium für kurze Zeit Sozialarbeiter, bevor er Andy Warhol kennenlernte. In der Factory wurde er Warhols wichtigster Mitarbeiter und war vor allem für die Filmproduktionen verantwortlich. Im Jahr 1975 trennte er sich von Warhol, als der dazu überging, sich auf Malerei und geschäftliche Dinge zu konzentrieren.

HEINZ OESTERGAARD: wurde am 15. August 1916 in Berlin geboren und starb am 10. Mai 2003 in Bad Reichenhall. Er studierte Kunst und Zeichnen und besuchte die Hirsch'sche Zuschneideakademie in Berlin. 1946 kehrte er aus russischer Gefangenschaft nach Berlin zurück und wurde einer der bedeutendsten Modeschöpfer Deutschlands. 1967 ging er nach München und arbeitete exklusiv für das Versandhaus Quelle.

In Berlin wurde er zum Förderer Nicos. Ihre ersten Auftritte als Model hatte sie bei ihm in seinem Atelier am Grunewald.

NICO PAPATAKIS: wurde am 5. Juli 1918 in Addis Abeba geboren und starb am 17. Dezember 2010 in Paris. Er verbrachte seine Jugend in Äthiopien und Griechenland und siedelte 1939 nach Paris über, wo er von 1947 bis 1952 Geschäftsführer des berühmten Cabarets »La Rose rouge« war. 1951 produzierte er seinen ersten Film mit dem Schriftsteller Jean Genet. Von 1951 bis 1954 war er mit der Schauspielerin Anouk Aimée verheiratet. Sein letzter Film *Walking a Tightrope* stammt aus dem Jahr 2010.

Nico verdankt ihm ihren Künstlernamen und war eine Zeit lang mit ihm zusammen.

LOU REED: wurde am 2. März 1942 in New York geboren und starb am 27. Oktober 2013 in East Hampton. Er studierte Englisch und begann sich noch während des Studiums für Free Jazz zu interessieren. In New York wurde er 1963 Songschreiber für Tanzmusik. 1964 gründete er mit John Cale eine Band, und die beiden lernten Andy Warhol kennen, der sie unter dem Bandnamen The Velvet Underground förderte und produzierte. Nach der Trennung von Warhol und Velvet Underground startete er ab 1972 eine Solokarriere. Sein Album »Transformer« wurde von David Bowie produziert – mit dem Klassiker »Walk On The Wild Side«. Seit 1995 war er mit der Performance-Künstlerin Laurie Anderson zusammen. 1996 wurde er in die Rock and Roll Hall of Fame aufgenommen.

Mit Nico verband ihn eine Hassliebe. Er war die treibende Kraft, dass sie möglichst wenige Songs bei Velvet Underground sang, weil er im Mittelpunkt stehen wollte und sie als Musikerin nicht ernst nahm, gleichzeitig hatte er eine längere Affäre mit ihr.

HERBERT TOBIAS: wurde am 14. Dezember 1924 in Dessau geboren und starb am 17. August 1982 in Hamburg. Er brachte sich schon früh das Fotografieren bei und wurde 1942 zur Wehrmacht eingezogen und an die Ostfront geschickt, wo seine ersten bedeutsamen Fotoarbeiten entstanden. Nach dem Krieg versuchte er sich als Schauspieler und ging dann nach Paris, wo er Willy Maywald begegnete und als Retuscheur für ihn tätig war. Nach einer Razzia in der homosexuellen Szene musste er Paris verlassen und zog nach Berlin, wo er sich mit Aufnahmen von Hildegard Knef, Zarah Leander, Klaus Kinski und vielen anderen Größen der westdeutschen Nachkriegskultur einen Namen machte. Ende der sechziger Jahre ging er nach Hamburg und wandte sich erneut der Schauspielerei zu. Daneben gestaltete er Schallplattencover. Im Februar 1982 erkrankte er an Aids und starb einige Monate später.

Nico verdankte ihm nicht nur ihren Namen, den er für sie aussuchte, sondern auch ihre Karriere. Die besten frühen Aufnahmen von ihr stammen von Herbert Tobias. »Wir machten die ersten Fotos sehr bald. Ich schminkte Christa. Frisierte sie. Brachte ihr Posen bei – Sitzen, Stehen, Gehen … alles, was ich über Modefotos wusste. Die junge Christa war ungewöhnlich begabt, in kurzer Zeit lernte sie ›es‹ – denn ›das‹, was man nicht lernen kann in diesem Metier, brachte sie mit, hatte sie sowieso.«

ANDY WARHOL: wurde am 6. August 1928 in Pittsburgh geboren und starb am 22. Februar 1987 in New York. Er studierte Graphik in Pittsburgh und machte 1949 einen Abschluss in

Malerei und Design. Seine ersten Zeichnungen entstanden in den fünfziger Jahren in New York, wo er anfangs in einer Schuhfabrik arbeitete. 1956 stellte er erstmals in New York aus und wurde der erfolgreichste Werbegraphiker der Stadt. Anfang der sechziger Jahre machte er sich mit Siebdruck vertraut und begann, mit Comic- und Cartoon-Objekten zu arbeiten. 1962 hatte er mit »Campbell's Soup Cans« seine erste Einzelausstellung – zweiunddreißig identische Bilder von Suppendosen.

Im selben Jahr gründete er auch seine legendäre Factory, die vieles zugleich war: Atelier, Filmstudio, ein Ort für Partys und für manche eine Art Zuhause. Stars wie Mick Jagger, Bob Dylan und Künstler wie Salvador Dalí und Marcel Duchamp verkehrten dort. Das Attentat durch Valerie Solanas am 3. Juni 1968 war für Warhol ein Wendepunkt. Er wurde lebensgefährlich verletzt und war für einige Minuten klinisch tot. War er zuvor schon sehr introvertiert, zeigte er sich nun noch in sich gekehrter und zudem misstrauischer der Öffentlichkeit gegenüber. Künstlerisch konzentrierte er sich auf Bilder und Siebdrucke, und die Factory war kein Sammelpunkt mehr für Szenegänger in New York.

Mit Nico verband ihn eine enge Freundschaft, sie sahen sich beide als Außenseiter, als Beobachter, wenn in der Factory Partys gefeiert wurden. Das Attentat war für Nico ein Schock, aber auch ein Schlüsselerlebnis in ihrer eigenen künstlerischen Entwicklung. Danach trat zwischen ihr und Warhol eine Entfremdung ein. Seine Kunst wurde für Nico zu kommerziell und austauschbar, sein Gebaren zu sehr das eines Geschäftsmannes.

Warhol starb 1987 an den Folgen einer Gallenoperation. Zweitausend Trauergäste – unter ihnen Yoko Ono, Calvin Klein, Debbie Harry, Liza Minnelli – kamen am 1. April zu seinen letzten Ehren in die St. Patrick's Cathedral in New York. Nico gehörte nicht dazu.

Nachwort

Nico und Velvet Underground – diese beiden Namen waren mir schon immer ein Begriff, weil mich die Musik der sechziger Jahre interessierte, doch welch eine faszinierende und widersprüchliche Figur Nico war, ging mir erst auf, als ich den Film *Nico, 1988* mit der großartigen dänischen Schauspielerin Trine Dyrholm sah. Erzählt wird Nicos letztes Jahr, ihre Tour, ihre letzte Liebesgeschichte mit ihrem englischen Manager, der sie aus ihrer persönlichen Drogenhölle herausholen will, was ihm zum Teil gelingt.

Dieser Film war mir ein Anstoß, in das Leben Christa Päffgens einzutauchen, die dann Nico wurde. Bei kaum einer Künstlerin in der zweiten Hälfte des zwanzigsten Jahrhunderts liegen Schönheit und Verfall, Gelingen und Scheitern, Liebe und Verlust so nahe beieinander. Mich hat interessiert, wie aus dem schönen schüchternen Mädchen, das vaterlos in Lübbenau aufwächst, das erste deutsche Supermodel, die Muse Warhols und die einzigartige Sängerin wird, die gegen alle Widerstände ihren Weg sucht und mehr sein will als die blonde Schöne auf den Titelseiten der Hochglanzmagazine.

Nico hat ihre Schönheit oft eingesetzt, doch sie ist nie den leichten Weg gegangen; und immer, bei fast jeder Station ihres Lebens drängt sich der Eindruck auf, dass sie eigentlich allein war, dass sie stets für sich kämpfen musste – mit ihren Mitteln. Halt gaben ihr offenbar nur wenige Menschen; am meisten vermutlich der Fotograf Willy Maywald und ja, wohl auch Andy Warhol, der ihr, die nie eine eigene Wohnung hatte und erst in den achtziger Jahren ein eigenes Konto besaß, mit der Factory eine Zeit lang eine Heimat bot.

Dieses Buch ist keine Biographie, sondern ausdrücklich ein Roman; das heißt, etliche Passagen sind fiktiv, von mir erfunden – etwa einige Szenen mit Jim Morrison oder der Prolog und Epilog mit der Figur des Memoirenschreibers Reno (obschon es wohl stimmte, dass Nico ein Buch über ihr Leben schreiben wollte). Vieles ist dramaturgisch arrangiert, wobei ich jedoch immer versucht habe, der historischen Figur Nico gerecht zu werden.

Über ihr Leben gibt es viele Zeugnisse; insbesondere ihre Selbstaussagen sind indes sehr widersprüchlich. Es machte ihr offenkundig Spaß, ihre Zeitgenossen zu verwirren, ihnen Märchen aufzutischen, oder sie erzählte Geschichten, die dazu passten, was ihr soeben durch den Sinn ging oder in welcher Lebensphase sie sich gerade befand. Beispielsweise behauptete sie, ihr Vater wäre ein Widerstandskämpfer gewesen und von den Nazis erschossen worden oder dass sie türkische Wurzeln hätte, als sie begann, sich für orientalische Musik zu interessieren.

Welch eine Faszination sie nicht nur auf Männer ausübte, ist aus vielen Zeugnissen herauszulesen – und die Zahl ihrer Verehrer war schier endlos. Man könnte sich beinahe fragen, welcher berühmte Musiker der sechziger Jahre nicht in sie verliebt war. (Von Paul McCartney allerdings ist es bezeugt; er war nicht von dem Gedanken angetan, dass sie vorübergehend bei ihm einziehen wollte.)

So umstritten ihr Status als Musikerin für Lou Reed, John Cale und andere auch gewesen sein mag, Nico hat zweifelsohne in der Musikgeschichte ihre Spuren hinterlassen. Für viele ist sie eine Vorläuferin des Punk oder sogar – indem sie arabische Einflüsse verarbeitete – dessen, was man später World Music nannte. Dass ihre Musik heute noch gehört wird, beweist ein Ausflug auf diverse Streaming-Plattformen. Offensichtlich geht die Zahl ihrer Hörerinnen und Hörer in die Millionen.

Hilfreich für diesen Roman waren viele Quellen, die im Netz von ihr zu finden sind – Szenen aus Filmen, Sequenzen, in denen sie zu Wort kommt, Zeugnisse von Zeitgenossen. Richard Witts und Tobias Lehmkuhl haben ausführliche Biographien über Nico vorgelegt, und in dem Sammelband »Nico – wie kann die Luft so schwer sein an einem Tag an dem der Himmel so blau ist« kommen zahlreiche Weggefährten, Kritiker und Bewunderer zu Wort und beleuchten das Faszinosum Nico.

Am ehesten allerdings erschließt sich das Phänomen Nico, wenn man sich auf ihre bizarre, sehr eigenwillige Musik einlässt. Dann kommt man dieser einzigartigen Künstlerin am nächsten, auch wenn klar ist, dass man sie nie wirklich wird ergründen können.

Literaturhinweise
(eine Auswahl)

Hopkins, Jerry/Sugerman, Daniel: Keiner kommt hier lebend raus – Die Jim-Morrison-Biografie; aus dem Amerikanischen von Werner F. Bonin, München 1991.

Kennealy-Morrison, Patricia: Strange Days – Mein Leben mit Jim Morrison; aus dem Amerikanischen von Thomas Ziegler, Köln 1998.

Lehmkuhl, Tobias: Nico – Biographie eines Rätsels, Berlin 2018.

Manzarek, Ray: Die Doors, Jim Morrison und ich; aus dem Amerikanischen von Kirsten Borchardt, Höfen 1999/2017.

Rothenberger, Manfred/Weber, Thomas (Hg.): Nico – Wie kann die Luft so schwer sein an einem Tag, an dem der Himmel so blau ist, Fürth 2019.

Wilcock, John: Die Autobiografie und das Sexleben des Andy Warhol, herausgegeben von Christopher Trela; übersetzt von Alan Tepper, Höfen 2012.

Witts, Richard: Nico – The Life and Lies of an Icon, London 1993.

Dank

Mein herzlicher Dank gilt meiner Familie für Geduld, Kritik und wichtige Hinweise sowie Stefanie Werk vom Aufbau Verlag, die sich sofort für dieses Projekt begeistert hat.

Leseprobe

BETTINA STORKS
DORA MAAR
UND DIE ZWEI GESICHTER
DER LIEBE
Picasso ist ihr Leben,
die Kunst ihre Leidenschaft
ROMAN
atb

KAPITEL 1

Paris, 1928

Henriette Theodora Markovitch wartete auf einer harten Holzbank vor dem Büro des Kunstprofessors in den ehrwürdigen Hallen der *Académie des Beaux-Arts*. Nervös spielte sie mit den Ecken ihres Taschentuchs.

Ihre Bewerbungsmappe mit Skizzen und Bildern hatte sie bereits vor Wochen eingereicht.

Von Weitem hallten unter den großen Säulen die Schritte und Stimmen der Studenten, die um diese Zeit die Räumlichkeiten wechselten.

Sie strich mit den Fingern durch ihr schwarzes Haar, das sie neuerdings als Bubikopf mit einem kurzen Pony trug.

Einer der Studenten warf ihr im Vorbeigehen einen indiskreten Blick zu. Sie sah demonstrativ gelangweilt in seine Augen, bis er verlegen den Kopf senkte. Ihrer Ausstrahlung war sich Theodora bewusst: Die Frisur setzte ihre großen dunklen Augen und die ovale Gesichtsform perfekt in Szene. Selbst in einer Stadt wie Paris würde sie als eine hübsche, junge Frau gelten, wenngleich auch als Exotin.

In ihrem ausdrucksstarken Gesicht spiegelten sich die gleichmäßigen Züge ihres Vaters. Ihr Körperbau war weit von der französischen Grazie ihrer Mutter entfernt. Theodora war kräftig gebaut, mit runden Hüften und stämmigen, doch wohlgeformten Beinen, die mit hohen Absätzen perfekt zur Geltung kamen.

»Du hast den Körper einer Slawin«, pflegte Julie zu sagen,

was in ihrer Welt gleichzusetzen war mit all den Eigenschaften, die sie in Josip verkörpert sah, dem in ihren Augen grobschlächtigen Slawen. Als Tochter aus den besten bürgerlichen Kreisen von Tours war Julie vor ihrer Ehe Geigerin gewesen – und hatte damit ein Instrument gewählt, das ihr zartbesaitetes Nervenkostüm in allen Nuancen widerspiegelte. Aber Dora wusste, dass Julie sich täuschte, denn das Wesen ihres Vaters war weitaus feiner und subtiler, als es sein Äußeres vermuten ließ. Auch Josip war sich dessen bewusst, und in stiller Übereinstimmung belächelten Vater und Tochter Julies Herabsetzungen.

Ein Geräusch direkt hinter ihr riss Theodora aus ihren Gedanken.

Schritte. Eine Tür ging auf. Neben ihr stand eine dunkel gekleidete Dame und blickte streng zu Theodora herab.

»Mademoiselle Markovitch?«

»Ja, die bin ich«, sagte Theodora mit ihrer tiefen, heiseren Stimme und stand auf.

»Folgen Sie mir bitte.«

Ohne eine Regung zu zeigen, drehte sich die Sekretärin um und lief zurück an ihren Schreibtisch, auf dem eine überdimensional große Pappmappe lag. Theodora erkannte sie sofort. Es handelte sich um die ihre.

Die Sekretärin deutete auf einen leeren Stuhl gegenüber von einem Pult. »Nehmen Sie Platz, bitte. Monsieur Sage wird gleich mit Ihnen sprechen.«

Theodora warf einen Blick auf den Stuhl, richtete sich auf und blieb stehen.

Die Sekretärin runzelte die Stirn und verließ den Raum.

Nach einer Weile öffnete sich eine zweite Tür, die hinter einem Regal versteckt war. Ein mittelgroßer Mann mit einer Nickelbrille trat ein, nahm Platz und fuhr mit der flachen Hand über ein vor ihm liegendes Blatt Papier. Dann sah er mit strengem Blick zu Theodora und schüttelte den Kopf.

»Ihre Arbeit wurde rein zufällig geprüft, Mademoiselle, bis sich herausstellte, dass es sich um die Bewerbung einer Frau handelte. Ich muss Ihnen leider sagen, dass wir keine weiblichen Studentinnen aufnehmen. Wussten Sie denn nicht, dass eine Bewerbung an der Académie des Beaux-Arts als Frau sinnlos ist?«

Er schob die Mappe zu ihr herüber. Theodora spürte ihren Herzschlag. Eine Mischung aus Enttäuschung, Wut und Trotz stieg langsam in ihr auf, und sie starrte auf ein graues, widerspenstiges Haar, das an seinen Brauen hing. Ob es wohl dort gewachsen war?

»Das ist mir bekannt«, sagte sie schließlich beherrscht. »Aber diese Tatsache muss doch nicht in Stein gemeißelt sein. Frauen leisten hervorragende künstlerische Arbeit. Wir sind eine ernstzunehmende Konkurrenz.«

»Wohl kaum«, schmunzelte er und machte dann ein entrüstetes Gesicht, als sei ihm die Impertinenz, Mann und Frau in der Kunst auf eine Stufe zu stellen, erst jetzt bewusst geworden.

Dora presste die Lippen aufeinander.

»Mademoiselle, wir befinden uns in der Metropole der europäischen Kunst. Paris ist eine Klasse für sich, ganz zu schweigen von unserer Einrichtung hier. Ich glaube nicht, dass ein Matisse, ein Braque oder ein Pablo Picasso Ihre Ansicht auch nur in Erwägung ziehen würde. Eine Frau mag die Muse eines Künstlers sein, aber sie kann ihm doch nicht den Pinsel aus der Hand nehmen. Ich bitte Sie!«

Dora musste angesichts des zweideutigen Bilds, das soeben vor ihren Augen entstand, lachen, beherrschte sich aber. Am liebsten hätte sie das quer gewachsene Haar aus seinen Brauen herausgerissen.

»Ich behaupte, dass wir Frauen die männliche Kunst bereichern, ihr mit unserem Werk unsere weibliche Sicht entgegensetzen. Und noch mehr – wir vermögen, ganz eigene Wege zu gehen«, sagte Theodora selbstbewusst.

Monsieur Sage räusperte sich.

»Es gibt andere Wege, Mademoiselle, da gebe ich Ihnen recht. Weibliche Wege. Hier in Paris existieren Schulen, die Ihresgleichen durchaus ausbilden. Es bleibt dabei: die Académie des Beaux-Arts ist eine Anstalt für angehende *männliche* Künstler, weltweit anerkannt. Rodin, Degas und Renoir waren unsere Absolventen. Wo kämen wir denn dahin, wenn wir …« Er brach ab. »Ich wünsche Ihnen viel Glück.«

»Haben Sie schon von Camille Claudel gehört? Sie hat großartige Werke geschaffen«, platzte es aus Dora heraus.

»Ihr Beispiel hinkt, Mademoiselle. Mademoiselle Claudel war einst Rodins Muse, und was ist aus ihr geworden? In einer Irrenanstalt ist sie gelandet.«

»Weil sie seine Muse war – oder weil Rodin sie als Künstlerin nie ernst genommen hat?«, fragte Dora mit zusammengekniffenen Augen zurück. »Da muss man ja verrückt werden. Was blieb dieser armen Frau denn sonst als Ausweg als die Flucht in den Wahn?«

Monsieur Sage wischte mehrmals durch die Luft, als verscheuche er eine lästige Fliege, nahm dann den Bleistift in die Hand und widmete sich konzentriert seinen Unterlagen.

»Ich darf doch sehr bitten, Mademoiselle. Ich wünsche Ihnen einen angenehmen Tag. *Au revoir.*«

Theodora riss die Zeichenmappe vom Tisch, atmete tief durch und rauschte grußlos aus dem Raum.

Sie rannte die breiten Treppen des sandsteinfarbenen Gebäudes hinab. Unten angekommen schnappte sie nach Luft.

Rodin. Degas. Renoir.

»Den Pinsel aus der Hand nehmen«, sagte sie laut und fing mitten auf dem Gehweg herzhaft an zu lachen. »Was würde nur ein Matisse dazu sagen? Oder ein Picasso?«, äffte sie den Mann mit dem seltsamen Augenbrauenwuchs nach und hob mahnend ihren Zeigefinger in die Luft. »Was wäre mit den Herren, wenn wir ihnen den Pinsel aus der Hand nähmen?«

Einige Passanten drehten sich kopfschüttelnd nach ihr um. Sie reagierte mit einer übertriebenen höfischen Verneigung. Dann ging sie weiter.

Ihr Vater hatte sie gleich gewarnt.

»Du wirst eine Enttäuschung erleben, wenn du dich in den heiligen Hallen bewirbst, *Dorica*. Niemals, noch nie im Leben haben sie dort Frauen akzeptiert. Warum sollten sie ausgerechnet mit dir anfangen?«

Dorica. Doralein.

»Weil irgendjemand den Anfang machen muss und weil die Zeit reif ist«, hatte sie stolz erwidert.

Sie warf einen Blick auf ihre Uhr. Sicher wartete *Tata* bereits im *La Rotonde* auf sie. Den Treffpunkt hatte sie vorgeschlagen. Es galt im Moment als *das* Lokal der Kunstszene.

Im Quartier Latin herrschte der übliche Trubel. Menschen schlängelten sich durch die schmalen Gassen, einige blieben vor Kunstgalerien stehen und bewunderten die ausgestellten Werke. Theodora war nicht nach Kunst zumute. Sie lief, ohne nach links und rechts zu sehen, durch die Rue de Seine, überlegte an der Place de l'Odéon kurz, ob sie die Métro nehmen sollte, steuerte dann aber das Musée de Cluny an und erreichte den Jardin du Luxembourg. Sie lief immer schneller durch die gepflegten Grünanlagen, ließ Rodins Statue mit Stendhals in Bronze gegossenem Profil hinter sich, bis sie endlich auf die

Rue Notre-Dame-des-Champs stieß und den Boulevard du Montparnasse erreichte.

Sie entdeckte ihren Vater hinter einer Fensterscheibe des La Rotonde an einem Tisch sitzend.

»Warum nimmst du nicht die Métro, *Dorica*«, sagte er zur Begrüßung, als sie schwer atmend vor ihm stand. Er erhob sich, zog einen Stuhl unter dem Tisch für sie hervor und küsste sie auf die Wange.

»Weil ich wütend bin, *Tata*. Ich laufe gern, wenn ich wütend bin.«

Sie streifte ihre Handschuhe ab, setzte sich und zündete, nachdem ihre Atmung sich beruhigt hatte, eine Zigarette mit ihrer Spitze an. Dann nahm sie einen kräftigen Zug und blies den Rauch aus. Konzentriert schloss sie die Augen.

War das wirklich gerade alles geschehen?

Stockend berichtete sie ihrem Vater, was sich soeben in der Académie zugetragen hatte.

»Ich habe dich gewarnt, *ma fille*«, sagte er und gab dem Kellner ein Zeichen.

Theodora bestellte heiße Schokolade mit einer *Tarte aux abricots*, der Vater einen weiteren Pernod. Er nahm die Zeichenmappe seiner Tochter, klappte sie auf und blätterte sie durch.

»Ich halte dich für sehr begabt. Was wirst du jetzt tun?«

Theodora seufzte und zuckte die Schultern.

»Du musst einen anderen Weg wählen, mein Kind. Du brauchst eine Ausbildung. Lehrer, die dich weiterbringen.«

Theodora lächelte ihren Vater geheimnisvoll an und nickte zustimmend. Fragend runzelte er die Stirn und bedeutete ihr, zu sprechen.

»Richtig! Es gibt noch andere namhafte Ausbildungsstätten hier in Paris.«

Ihr Vater stellte seinen Pernod zurück auf den Tisch und sah sie mit einer Mischung aus Bewunderung und Neugierde an.

»Ich habe mich an der *Union centrale des Arts décoratifs* beworben. Sie lehren Malerei und Fotografie.«

»Fotografie?«, fragte Josip entrüstet. »Warum ausgerechnet Fotografie? Wie wäre es mit einem bürgerlichen Beruf, *Dorica*? Als Architektin? Ich könnte dich mit namhaften Leuten zusammenbringen.«

Sie zuckte die Achseln und nahm einen großen Schluck ihrer Schokolade. Sofort stieg ihre Laune. Genüsslich leckte sie sich die Lippen.

Josip tippte nervös mit seinen Fingerspitzen auf den Tisch.

»Zu spät«, sagte sie, und der Triumph spiegelte sich in ihren Augen. »Ich wurde bereits angenommen. Ein bürgerlicher Beruf kommt nicht infrage, *Tata*. Niemals. Das wäre mir zutiefst zuwider.«

»Aber warum denn, um Himmels willen, ausgerechnet Fotografin?«

»Weil ich die anderen studieren und nicht selbst ein Studienobjekt sein möchte. Wer hat mir im Alter von zwölf eine Kamera geschenkt?«

Sie sah ihn herausfordernd an.

Josip rollte die Augen. »Dann werden die Leute sich über deine Fotografien auslassen, so oder so. Wer etwas schafft, über denjenigen können die Kritiker schreiben, was sie wollen.«

Dora kniff die Augen zusammen.

»Ich werde Erfolg haben! Malerei oder Fotografie. Es bleibt dabei«, sagte sie nach einer langen Pause. »Entweder du unterstützt mich in meinem Vorhaben, oder ich kämpfe allein.«

Josip holte tief Luft. Um seine Augen zuckte es. So war es

immer, kurz bevor er explodierte. *Maman* nannte seine Wutausbrüche Anfälle. Anfälle, die sich in der Regel gegen Julie, niemals aber gegen Theodora richteten.

»Versteh doch, *Tata*. Ich möchte eine richtige Künstlerin werden«, sagte sie in bittendem Ton und legte ihre Hand auf seine.

Die Worte *Künstlerin* und *Tata* wie auch die Berührung ihrer Hand schienen Josip Markovitch unmittelbar zu besänftigen, und sogleich entspannten sich seine Gesichtszüge.

»Du bist genauso stur wie ich. Selbstverständlich stehe ich hinter dir, mein Kind. Ich warne dich nur vor den Folgen«, presste er hervor.

»Weißt du, bei wem ich schon bald Malunterricht erhalte?«, fragte sie, nahm genüsslich einen weiteren Zug von ihrer Spitze und lächelte Josip Markovitch herausfordernd an.

»Du wirst es mir sagen.«

»Bei dem Größten, *Tata*. Bei keinem Geringeren als André Lhote.«

Anerkennend hob Josip die Brauen und tippte sorgfältig seine Asche in den Aschenbecher. »Du erhältst Zeichenunterricht bei Monsieur Lhote?«

Theodora nickte.

»Das ist ja ganz wunderbar, *Dorica*. Wann?«

Josip atmete erleichtert durch.

»Morgen? Übermorgen? Schon bald. Aber wichtiger ist das Danach. Was ich nach der Grundausbildung tun werde. Danach gehe ich an die *Académie Julian*, wo …«

»… wo Frauen dieselbe Ausbildung erhalten wie Männer an der Académie des Beaux-Arts«, vollendete Josip ihren Satz und hob theatralisch die Hände. »Selbstverständlich übernehme ich sämtliche Kosten, *Dorica*. Ich schätze mich glücklich, eine Tochter zu haben, die weiß, was sie will.«

»Und was sie *nicht* will, *Tata.* Das ist manchmal noch wichtiger.«

Im Stillen dachte sie, dass sie niemals ein bürgerliches Leben wie Julie und Josip führen wollte. Josip hatte sich durch seine Reisen zwischen Paris und Buenos Aires etwas Freiheit und Abstand von seiner Ehe erkämpft. Abstand von Julie, die hier glücklicher war als damals als Modistin in Buenos Aires, wo sie vergeblich versucht hatte, Damenhüte zu verkaufen.

So lange lag das gar nicht zurück.

Heute, wenn Josip Markovitch seine Familie in Paris besuchte, zog er meist schon nach wenigen Tagen ins *Hotel du Palais d'Orsay*, weil er Raum und Ruhe brauchte, wie er stets betonte. Die darauf folgenden Eifersuchtsszenen von Julie waren Theodora ein Graus, einfach unerträglich.

Seit einiger Zeit jedoch stürzte sich Julie in das gesellschaftliche Leben von Paris. Mittagstee. Nachmittagskaffee und Modeschauen. Cafébesuche mit gleichgesinnten Damen, bei denen ausgiebig in Modezeitschriften geblättert wurde. Julie gab ein Vermögen für ihre Garderobe aus, was Josip bei seiner monatlichen Buchführung meist zähneknirschend zur Kenntnis nahm.

»Es geht *Maman* gut, solange sie einkaufen kann, *Tata.* Lass sie doch«, beschwichtigte Theodora.

Theodora, die ihrerseits ebenso stets ausgefallene Kleidung trug, setzte auf Qualität, nicht auf Quantität. Sie wusste das Exklusive geschickt zu kombinieren. Immer war sie auf der Suche nach dem Besonderen, nach den Dingen, die man nicht kaufen konnte. Sie sehnte sich nach einem Leben ohne Konventionen, voller Überraschungen und Eroberungen. Ein Leben, wie es hier in Paris die Bohème führte. Und auch wenn sie noch nicht genau wusste, was das Leben für sie bereithalten sollte, wusste Theodora doch, dass sie von Inspiration, billigem Rotwein,

Zigaretten, von Luft und Liebe, der Poesie, berauschenden Bildern und Skulpturen leben wollte.

Von Breton und Éluard hatte sie bereits gehört – Männer, die einer neuen Strömung der Kunst angehörten, den Surrealisten. Es hieß, sie ließen auch Frauen in ihrem Kreis zu. Sie musste also einfach die richtigen Leute kennenlernen. Es war bekannt, wo sich die Pariser Bohème herumtrieb. Derzeit bildeten Lokale wie das La Rotonde hier in Montparnasse, das Café de Flore und das Les Deux Magots die Heimat der Künstlerszene, galten als deren zweites Wohnzimmer.

Theodora war klug genug, um wertzuschätzen, dass sie sich ein Künstlerleben nur ihrer Privilegien wegen leisten konnte. Diese verdankte sie allein ihrem *Tata*. Josip war nicht nur ein liebender Vater, sondern auch ihr finanzieller Förderer, genau wie er in seiner Heimat Kroatien einst einen gefunden hatte. Einen gebildeten Mann von gesellschaftlichem Rang, der wie ein Vater über seine geistige Entwicklung gewacht und ihm in Wien ein Architekturstudium ermöglicht hatte.

»Dieser Gönner war sein leiblicher Vater«, hatte Julie in der ihr eigenen indiskreten Art mehr als einmal zu Theodora gesagt. Aber Julies versteckte Häme interessierte Theodora nicht, genauso wenig wie die sogenannten gesellschaftlichen Normen.

Sie ließ ihren Blick durch das Lokal schweifen. Am anderen Ende saß eine Gruppe junger Männer und diskutierte lauthals. Zwei von ihnen glaubte sie von Zeitungsbildern zu erkennen: Der Mann im weißen Anzug musste der Lyriker Paul Éluard sein, der neben ihm der Poet André Breton, ein Mann mit einer Nickelbrille, dichtem, dunklem zurückgekämmtem Haar und sinnlichen Lippen. Beide verschwanden hinter dicken Rauchschwaden. Theodora schnappte ein paar Worte ihres Gesprächs auf.

Revolution. Unbewusstes. Soziale Gerechtigkeit.

»Ich weiß nicht so recht«, hörte sie irgendwann Josips Stimme wie aus der Ferne. Beherrscht wandte sie sich wieder ihrem Vater zu.

Er kreiste unbehaglich die Schultern, nachdem er Geld in den auf dem Tisch bereitstehenden Teller geworfen hatte, und stand auf. Mit einer versteckten Geste, die Theodora sofort zu lesen verstand, deutete er auf das Publikum des La Rotonde.

»Was, *Tata*?«, fragte sie freundlich und warf einen letzten Blick zu den Männern hinüber.

»Hier fühle ich mich nicht wohl. Keine Ahnung, woran es liegt. Als wäre ich ein Fremder unter all diesen Leuten.«

»Wir sind immer Fremde, *Tata*. Es ist unsere Natur, Außenseiter zu sein. Du hast mich das gelehrt«, schmunzelte Theodora.

»*Quand même!*«, gab er lächelnd zurück. »Trotzdem. Dann gestehe mir gerade deshalb die mir vertrauten Lokalitäten der bürgerlichen Art zu.«

Ja, Josip Markovitch setzte alles daran, ein Bürger zu sein, einer von feinem Geist mit künstlerischen Ambitionen, ein Weltenbürger, der Buenos Aires, New York, Zagreb und Wien wie seine Westentasche kannte. Trotzdem haftete an seinen maßgeschneiderten Seidenanzügen nicht nur der Duft seines hölzernen, edlen Rasierwassers, sondern auch ein verräterischer Hauch seiner Herkunft. Als uneheliches Kind einer Wäscherin trennte ihn gerade einmal *eine* Generation von der Gosse.

Theodora wusste sehr genau, was sie wollte, und sie würde mit einem Geheimnis um ihre Biographie anfangen. Genau wie Josip Markovitch es sie gelehrt hatte.

»Gib niemals zu viel von dir preis«, lautete seine Devise.

Zu schweigen war keine Lüge, und es gab den anderen Raum

für Phantasie. Je mehr ihr die anderen andichteten, umso besser.

»Ja, *Tata*«, sagte Theodora und hakte sich auf dem Nachhauseweg bei ihm ein. »Wir können gern woanders hingehen. Das nächste Mal.«

Sie spürte das weiche Leder seines Handschuhs auf ihrer Hand, als sie die Métro-Station Notre-Dame-des-Champs ansteuerten. Von dort ging es ins 17. Arrondissement auf die Place de la Porte de Champerret, wo die Familie Markovitch eine großzügige Etage in einem Bürgerhaus bewohnte.

»Diesem Monsieur Sage ragte ein schrecklich widerspenstiges Haar aus seiner Braue – und das, während er mir zu verstehen gab, ich solle meine Ambitionen in der Kunst vergessen. Am liebsten hätte ich es ihm herausgerissen.«

»Dora«, mahnte ihr Vater und tätschelte ihre Hand, während sie die Métro-Station erreichten. »Du mit deinem Temperament. Du machst den Leuten Angst.«

»Woran denkst du, *Tata*?«, fragte Dora. Die Métro fuhr ein und wehte ihr die Haare aus dem Gesicht. Josip hielt seinen Hut fest.

»Wie ich diese Zukunftspläne deiner Mutter beichte. Was wird meine kleine Verrückte dann wohl tun?«

Theodora lächelte und legte ihren Kopf an seine Schulter.

»Sie wird toben und dich beschimpfen, mein lieber *Tata*, und am Ende wird sie sich damit abfinden.«